目覚めた女は
怖い。
東野圭吾

覺醒的女人是很可怕的。

謊言裡的魔術師

ブラック・ショーマンと覚醒する女たち

東野圭吾
王蘊潔 譯

Contents

TRAPHAND

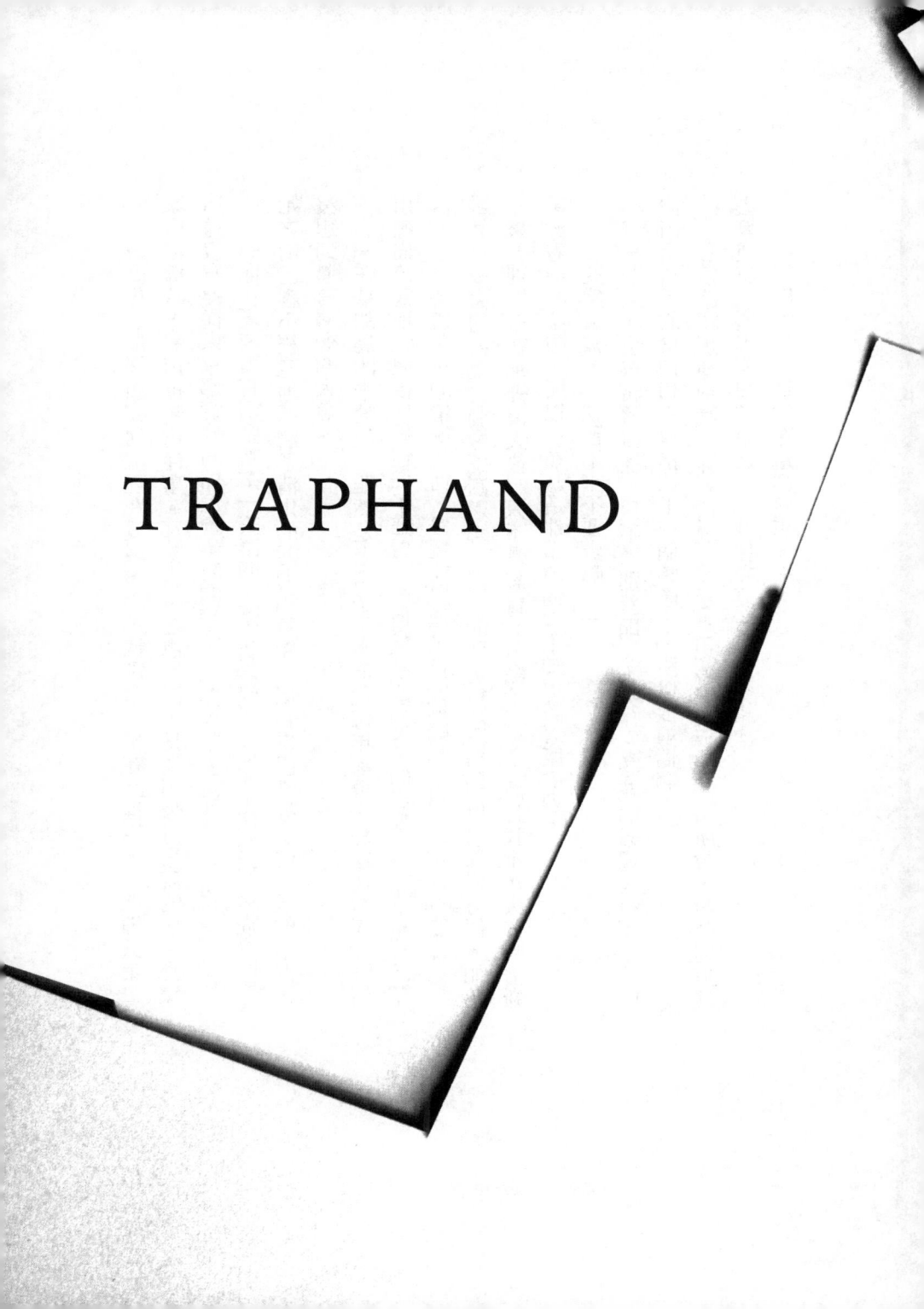

最近正在煩惱該如何處理在夏威夷的那棟別墅。坐在計程車上，準備去第二家店續攤時，清川提起這件事。那家店位在惠比壽，是清川最近發現的店。那家店並沒有遵從東京都實施的縮短營業時間禁令，即使晚上十點多，也可以喝到酒。

「你在夏威夷有別墅嗎？」美菜問。剛才吃飯時，他完全沒有提到這個話題。她之前已經不經意地打聽了清川的財力和資產，以為自己掌握了他大致的情況，沒想到還有漏網的大魚。

「在歐胡島的卡哈拉，雖然是老房子了，但我每年都會去那裡住幾天。」清川輕描淡寫地說完後，輕輕聳了聳肩，「但受到新冠疫情的影響，今年沒辦法去，目前也不知道明年的情況如何，畢竟連奧運是否能夠順利舉辦，也仍然是未知數。雖然夏威夷的入境管制會逐漸鬆綁，但可能還是無法恢復到以前那麼方便。如此一來，別墅放在那裡沒人住，只不過想賣又有點捨不得，而且我不想失去喝著雞尾酒看海的樂趣，所以正在為這件事煩惱，不知道該怎麼處理。」

「既然這樣，那就留下來不要賣啊。」

「雖然我也很希望這樣，只不過別墅即使不去住，該花的錢還是少不了。」清川用右手的食指和大拇指比了一個圓圈，「所以很煩惱啊。」

必須確認那棟別墅的詳細情況。美菜心想著。雖然如清川所說，暫時還無法去夏威夷，但等疫情結束之後，長住在夏威夷也不錯。

「司機先生，請你在這裡停車。」

清川對司機說道。他們在離幹線道路有一小段距離的路旁下了車。

「酒吧在這裡嗎？」美菜打量四周後問道，因為附近看起來不像有任何店家。

「就在前面。」

清川在公寓和加油站之間的小巷前停下了腳步，然後指著地面說：「妳看。」地上放了一塊立方磚，上面刻了「TRAPHAND」的英文字。

「Traphand……是陷阱手的意思嗎？這家店有一種秘密基地的感覺。」

「妳完全說對了。」

走進小巷深處，看到一道素雅的木門。清川打開門，走了進去。美菜也跟在他的身後。店內調整了照明，光線很昏暗。

右側是一張吧檯，一個身材修長、看起來像是老闆的男人站在吧檯內，他在黑色襯衫外穿了一件黑色背心，連口罩都是黑色。「歡迎光臨。」男人向美菜他們打招呼。

酒吧內沒有其他客人。後方有桌子，桌子旁也沒有客人。

清川在吧檯前坐了下來，美菜在他旁邊坐下。

「請問兩位要喝什麼？」

「在點酒之際，我可不可以繼續剛才的話題？」清川轉頭看向美菜說，「就是關於別墅的事。」

「好啊，我很想知道，但是這和酒有什麼關係？」

「因為想起那棟別墅，就想要點一款特別的酒。如果妳不介意，可以和我喝同樣的酒嗎？」

「沒問題啊，請問是什麼酒？」

「不是別的，就是藍色夏威夷。」清川豎起食指說：「可以嗎？」

「藍色夏威夷嗎？我曾經聽過名字，但是沒有喝過，好喝嗎？」

「妳自己喝了就知道了。——老闆，給我兩杯藍色夏威夷。」

「好。」老闆點了點頭回答。

美菜上半身轉向清川。

「我聽說別墅有兩種，一種是公寓式，另一種是獨棟式，請問你的別墅是哪一種？」

「那是獨棟的別墅。雖然公寓式別墅只要付管理費，就可以很省心，但是在這種度假公寓，日常生活中不可能不遇到其他住戶。既然千里迢迢飛去夏威夷，當然希望可以好好享受私人時間，所以我就咬牙買了獨棟的別墅。」

「我非常理解你的想法，但是好奢侈啊。」

「我就當作是犒賞自己，因為我活到這把年紀，一直都很認真工作。」清川露出了自嘲的笑容。四十五歲、沒有結過婚——他的個人簡介上寫了這些內容。

老闆拿著雪克杯搖了起來，店內響起了喀沙喀沙的響亮聲音。

清川從上衣口袋拿出了手機，用指尖操作幾下後，把螢幕遞到美菜面前。

「那只是隨手拍的，拍得不是很好，但差不多就是這種感覺。」

手機螢幕上是從斜前方拍攝的一棟馬路旁的房子。長方形的兩層樓房子，從馬路到房子的玄關有幾級階梯，周圍的樹木都是鮮豔的綠色。

「好漂亮。」美菜小聲嘀咕，「離海邊很近嗎？」

「走路差不多十多分鐘，但是站在房子背面，就可以看到大海。」

清川再次操作手機，把螢幕放在美菜面前。

那是從室內拍戶外的風景，遠處有一片蔚藍的大海，的確美不勝收，但美菜對室內的布置更有興趣。沙發應該是歐洲的頂級品牌，其他擺設看起來也不便宜。

「雖然這麼問很失禮，但這種別墅大約需要多少錢？」

清川聽了美菜的問題露出了苦笑說：「妳問得真直接啊。」

「對不起，我真是太俗氣了。」美菜合起雙手，「你不回答也沒有關係，請你忘了我的問題。」

「妳不需要道歉，我那棟房子差不多是這個數字。」清川在吧檯下伸出兩根手指。

「這是……」美菜不知道單位是多少，所以還是不太瞭解。

「兩百出頭。」

兩百——到底是多少呢？美菜思考著。不可能只有兩百萬日圓，所以是兩百萬美金嗎？她計算著換成日圓是多少錢，忍不住心跳加速。原來超過兩億日圓。

咚。聽到輕微的聲音，轉頭看向前方，發現吧檯上放了兩杯雞尾酒。碎冰中注入了清澈的藍色液體，還加了一片鳳梨，插了兩根細吸管。

「兩位久等了，你們的藍色夏威夷。」老闆用低沉的聲音說。

「好漂亮。」美菜說著，拿起了杯子，聯想到藍色的大海後喝了一口。淡淡的苦味和甜味，還有微微的酸味在嘴裡擴散，獨特的香氣飄進鼻腔。

她放下杯子，瞪大眼睛說：「真好喝。」

「謝謝。」老闆向她鞠了一躬。

清川把手伸了過來，碰到了美菜杯子裡的吸管。

「妳知道為什麼要放兩根吸管嗎？」

美菜搖了搖頭說：

「不知道。我剛才還在想，酒裡面放吸管有點奇怪，該不會是讓情侶一起喝？」

清川噗哧一聲笑了起來。

「偶爾也有人這麼想，但可惜答錯了。這稱為攪拌吸管，可以用來攪拌雞尾酒中的碎冰，攪拌之後，即使碎冰溶化，整杯調酒的味道還是很均勻。」

「原來是這樣，所以不是用來喝酒的。」

「不，用來喝酒也沒有問題，只不過因為很細，所以喝起來也不太方便，喝的時候就要同時用兩根。」

「喔，所以有兩根……原來是這樣。」

「不好意思，我很愛分享自己所知道的事。」清川的手離開了吸管。

下一剎那，有什麼東西擋住了視野。原來是一份攤開的菜單放在自己面前。

「不好意思，打擾兩位聊天，不知道兩位是否要點下酒菜？」老闆拿著菜單問。

「啊，我不需要……」

「這樣啊，那這位先生呢？」老闆把菜單移動到清川面前，「本店有不少市面上難得一見的堅果和乳酪。」

「不，我現在也不需要，謝謝。」

「好。」老闆收起菜單，闔起時發出了啪、啪的聲音，然後放回吧檯下方。他的動作流利敏捷，美菜忍不住看得出了神。

「那我們來乾杯。」清川拿起了酒杯。

「要為什麼乾杯呢？」

「當然是為我們有緣認識乾杯，妳覺得呢？」

「好啊。」

雞尾酒杯在半空中碰杯，發出了叮的聲音。

美菜品嘗著藍色夏威夷的味道，再次向清川發問。

「你只有在夏威夷買別墅嗎？」

清川頓時皺起了眉頭。

「日本國內的話，在輕井澤也有，只不過很少有機會去住，所以幾年前賣了。可惜賣錯了時機，新冠疫情讓很多人都離開了東京，那裡的別墅價格漲了不少。早知道之後會漲價，我就會繼續留著。」

「誰都不會想到會發生這種事。」

「就是啊。」

關於清川的別墅，打聽得差不多了。

「你說你目前住在廣尾，那裡是公寓嗎？」

「對。」

「是自己的房子嗎？」

清川搖了搖頭說：

「是租的，因為我不喜歡一直住在同一個地方，每隔幾年就會搬家，所以租房子比較輕鬆。一旦買了之後，如果到時候賣不出去不是很傷腦筋嗎？我也不想賤價求售。」

「那倒是。」

美菜點了點頭，但暗自盤算如果以後和他結婚，就要叫他趕快買高級公寓，如果財力允許，不止買一間，還要同時買好幾間，萬一他死了，也可以確保自己有收入來源。

他們聊著聊著，藍色夏威夷的杯子空了。

「要不要再喝什麼？」老闆問。

「妳想喝什麼？」清川問美菜。

「喝什麼好呢？雖然我愛喝酒，但對雞尾酒不太熟。」

「如果兩位不介意，我可以為兩位調一杯今晚的推薦酒。」

清川聽到老闆這麼說，打了一個響指說：

「就這麼辦，既然老闆有推薦的酒，當然非喝不可。」

「好。」

老闆拿起雪克杯，開始為他們調酒。老闆調酒的動作很神奇，每一個動作都很精準，而且身體並非只是機械式地搖動，動作很柔和，讓人聯想到優雅的舞姿，即使一直盯著看，也不會看膩。

「對了，老闆，請問這杯酒使用了哪些材料？」

「白蘭地和白蘭姆酒，以及君度橙酒和檸檬汁。」

老闆流利地回答，但是光聽到這些酒名，美菜無法想像會調出什麼樣的酒。

老闆搖完雪克杯之後，把酒倒進兩個杯子，然後放在美菜他們面前說：「請慢用。」

美菜打量著棕色的液體後喝了一口，淡淡的柳橙香氣掠過鼻尖。

「好喝。」

清川也點頭同意美菜的感想，「嗯，味道很有品味。」

「很高興兩位都很滿意。」老闆露出從容的笑容。他可能對這杯酒很有自信。

「既然換了新的酒，那可以改變話題嗎？」美菜看著清川問。

「沒問題，妳想聊什麼？」

「我想更詳細瞭解你的工作情況，你之前說在IT產業任職，請問具體是什麼樣的工作？」

「我的業務範圍很廣，其中之一，就是預測流行趨勢，將大數據和AI結合，瞭解下次會在什麼時間點，出現什麼樣的熱潮。我的客戶除了時尚業界以外，也包括生活用品的品牌……」清川說到這裡，突然打了呵欠，「啊，不好意思，然後，呃……對了對了，我們剛才在聊流行的話題。有很多企業和組織都想瞭解有關流行的資訊，因為在當今的時代，等熱潮出現之後再採取行動，就會落後於人，但我們公司擁有劃時代的系統……因為我們將大數據和AI……」清川說到這裡，眨了眨眼睛，右手的指尖揉了揉兩眼的眼瞼，然後輕輕搖了搖頭。

「怎麼了？」

「不，沒事。呃，我剛才說到哪裡了？」

「你說目前做提供流行預測的生意，除此以外，還有做其他生意嗎？」

「除此以外……嗯，還有娛樂方面的生意。幻迷……美菜，妳知道『幻迷』嗎？」

「如果你說的是《幻腦迷宮》，那我很熟，是很紅的動畫。」

不知道為什麼，清川沒有回答。他摸著額頭。

「清川先生，」美菜叫了他一聲，「怎麼了？」

「啊？不，沒事。呃……」

「剛才說到『幻迷』。」

「對，目前正在計畫根據那部動畫開發線上遊戲……已經和作者談好了……」

清川用手掌搓著臉，深呼吸了幾次。「真奇怪。——老闆，請問廁所在哪裡？」

「我帶你去。」

老闆走出吧檯，帶清川去廁所。廁所就在入口附近，但門似乎有點隱密。

老闆走回吧檯內後，眼中帶著笑意問美菜：

「是交友ＡＰＰ，還是交友網站？」

「啊？」

「你們今天晚上似乎是第一次實際見面。」

美菜呵呵笑了起來。

「你聽到了我們的談話。你說得沒錯，我們是在交友網站上認識的，今天是第一次約會。」

「妳對這個男人的評價如何？」

「到目前為止還不錯，但現在下結論還為時太早。」

「妳是想法很務實的人，很詳細地瞭解他的資產狀況，而且不是不經意地打聽，而是大膽地直球對決。我並不是在批評妳，而是稱讚妳這樣做很好，因為這是關係到自己一輩子的事，不需要有任何顧慮。」

「在決定結婚對象時，鑑定對方的背景很重要，二十年前，松嶋菜菜子在電視劇中也說過這句話。」

「鑑定的確很重要，而且要嚴格鑑定。」

美菜對老闆這句意味深長的話感到納悶，「請問是什麼意思？」

老闆開始操作不知道什麼時候拿在手上的手機，然後把螢幕出示在美菜面前。美菜看到螢幕上的照片，忍不住大吃一驚。因為螢幕上出現了清川剛才給她看的夏威夷那棟別墅。

「你怎麼會有這張照片……」美菜說到這裡，恍然大悟，「這個手機不是你的，是他的手機吧？你假裝帶他去廁所，拿走了他的手機嗎？」

「我不是拿走，只是借用一下。因為如果他睡著了，我就要通知他的朋友。」

他的手腳太快了，美菜完全沒有發現。

「你怎麼知道他的手機密碼？」

「可以想辦法。」

「想辦法……」

「比起這些枝微末節的事，還有更重要的問題。妳看了這張照片，有沒有發現什麼？」

美菜注視著照片，搖了搖頭說：

「並沒有發現任何奇怪的地方，有什麼問題嗎？」

「妳仔細看一下，這是用廣角鏡頭拍的照片，但是這隻手機的相機並沒有廣角鏡頭。使用廣角鏡頭在室內拍照，這到底是怎麼回事？根據我的推理，這張照片並不是他拍的，而是從房仲業者的房屋資料偷來的，因為房仲業者通常都會用廣角鏡頭的相機拍攝物件。」

美菜看了看手機，又看向老闆。

「你的意思是，他說在夏威夷有別墅是在騙我？」

「如果真的有別墅，就會給妳看他實際拍攝的照片。」

「所以是為了假裝自己是有錢人而說謊嗎？」

「應該是這樣，只不過他說在夏威夷有別墅應該是另有原因。」

「有什麼原因？」

「這個男人上週第一次來這家店，只點了一杯酒，那就是藍色夏威夷。他喝完之後，就馬上回家了。一個星期後的今天，帶著女人一起來這裡，點了藍色夏威夷。我當然會認為事情不單純，於是就仔細觀察了他的行為。」

「他做了什麼？」

老闆把一個杯子放在吧檯上，倒了水之後，插了一根細吸管。

「他剛才向妳說明了攪拌吸管，但真正的目的並不是向妳賣弄他的博學，而是在碰觸吸管時，把某樣東西放進了妳的雞尾酒。我看到白色的粉末從他的指尖掉落。」老闆攪動了杯子裡的吸管，「加入白色粉末之後，原本透明的液體就會變成這樣。」

美菜看到杯子裡的水後大吃一驚，因為水漸漸變成了漂亮的藍色，和藍色夏威夷的顏色很像。

「白色粉末就是藥粉。」老闆再次走出吧檯，走向廁所。他打開廁所門，指著廁所說：「如果不小心吃下那種藥，就會變成這樣。」

美菜從高腳椅上站了起來，在老闆身後向廁所內張望。清川抱著馬桶睡著了。

「啊，該不會是安眠藥……」

老闆點了點頭說：

「為了避免心懷不軌的人濫用於強暴，最近的睡眠導入劑經過改良，在水中溶解時，都會變成藍色，但如果加在原本就是藍色的飲料中，就很難發現。藍色夏威夷可說是最具代表性的這種飲料，他上週來這家店，應該是來事先察看，如果藍色夏威夷不是他想像中的顏色，就會打亂他的計畫。」

「計畫……你是說他打算讓我吃下安眠藥嗎？」

「應該是這樣。我也大致能夠猜到他的目的，」老闆在操作清川的手機時，不悅地皺起眉頭，「雖然我早就料到了，但沒想到他這麼惡劣，這些照片都不堪入目。」

「照片？」

「……啊啊，這張似乎好一點。」老闆把手機出示在美菜面前。

美菜忍不住皺起了眉頭。因為照片中的女人一絲不掛地趴在床上，臉轉向側面，閉著眼睛。可能睡著了。

「我不認為有女人願意被人拍下這種狀態的照片，所以應該是他擅自拍下的，而且我認為那名女性不是睡著了，而是被下藥迷昏了。」

「太惡劣了……」

美菜一臉驚訝地瞪向睡著的清川。他把自己迷昏之後，打算做什麼？把自己帶去附近的飯店或是其他地方，脫光自己的衣服之後呢？美菜完全不認為他只拍裸照就會罷休。

「啊，但是……」美菜想到一件重要的事，看著老闆問：「為什麼最後是他吃下安眠藥，而不是我呢？」

老闆輕輕舉起雙手說：

「很簡單，因為我換了杯子。」

「換了杯子？」美菜努力回想，馬上就想到了，「原來是那個時候，就是給我們看菜單的時候，兩個酒杯的確暫時從視野中消失了。」

「我管不了其他地方，但如果有人想在這家店做出卑劣的犯罪行為，我無法視若無睹。」

「原來是這樣，我完全沒有發現。不過——」美菜看著睡得不省人事的清川說：「好像是藥效很強的安眠藥，太危險了。」

老闆走回吧檯內，拿出一個瓶子。

「我在把杯子調包的同時，也加了一些這個。」

美菜看了酒瓶上的標籤，驚叫起來：「龍舌蘭酒……」

「既然要教訓他，就要徹底教訓。」老闆的眼中露出無敵的笑容。

「好厲害，真是太感謝了，你救了我。」

「我已經暗中警告他，我發現了他圖謀不軌，但他似乎沒有察覺，他應該對雞尾酒並不熟。」

「警告？」

「就是這杯雞尾酒。」老闆指著美菜面前的杯子說：「這並不是我獨創的雞尾酒，而是一款經典雞尾酒，名叫床第之間——就是床上的意思。如果他發現我的警告，放棄動歪腦筋走人，現在就可以在床上舒服地呼呼大睡了。」

美菜注視著老闆的臉，忍不住心想，這個人到底是何方神聖？

「妳喝完這杯，也差不多該回家了。東京都要求餐廳縮短營業時間，本店今晚也要打烊了。酒錢的事不必擔心，我會請他結帳。晚安，祝妳下次遇到一個真正的好男人。」

老闆打了一個響指，用另一隻手指向門口。

美菜轉頭一看，發現門不知道什麼時候已經打開了。

裝修的女人

1

真世抬頭仰望深棕色的房子，用力深呼吸。雖然屋齡超過二十年，但地點位在港區白金，室內面積超過一百平方公尺，房價應該將近兩億日圓。如果順利接下這個案子，就可以久違地大展身手一下。真世內心充滿了期待。

她在公共玄關的自動門門禁系統上按了三〇五室的門鈴。對講機系統也很新，聽說幾年前，整棟公寓都曾經大規模裝修，可能是當時換新了。

「請問是哪一位？」對講機中傳來女人的聲音。真世報上了自己的姓名，旁邊的門打開了。

真世搭電梯來到三樓，沿著走廊，來到了三〇五室前。住戶並沒有掛門牌。真世按了門鈴之後，再次深呼吸。

門打開了，一個留著中長髮的削瘦女人探出頭。可能知道有客人要上門，女人的臉上畫著濃妝，兩道濃眉和一雙大眼睛似乎畫得特別用心。

「請進。」

「打擾了。」真世鞠了一躬後走進房間，遞上了名片。「我是文光不動產裝修部的神尾，非常感謝您的聯絡。」

「神尾真世小姐，妳真年輕，原本聽到建築師，還以為會是男人。」

「啊……不好意思。」

「妳不必道歉，我很慶幸是女生。但是不好意思，我沒有名片。」

「沒問題，我已經知道您的名字了。請問是上松女士，對嗎？」

「對，我叫上松和美，請多指教。」

「您客氣了，請多指教。」

「進來吧，雖然家裡什麼都沒有。」

「打擾了。」真世脫下包鞋，換上了自己帶來的拖鞋。

走進屋內，發現真的一無所有。因為上松和美說，她在三個月前購買了這棟房子，但從來沒有住過，所以也很正常。

真世仔細打量室內，和她事先查到的格局相同。兩房一廳，客廳和飯廳就超過十坪。

上松和美希望將房子改成一房一廳，所以正確地說，不是裝潢，而是裝修。

「因為我一個人住，不需要兩個房間。」

「原來是這樣。」

上松和美的年紀大約四十歲左右，從她的五官不難想像，即使卸了妝之後，仍然是個美女，照理說，並不能排除她未來遇到戀愛對象的可能性，但是上松和美說，即使真的發生這種情況，她也不打算結婚，會持續保持單身。既然她具有買下這棟房子的財力，的確沒必要結婚。

真世問了上松和美幾個問題，想瞭解她理想中的房子是什麼樣子。在日常生活中，認為什麼事最重要，生活節奏如何，是否有很多客人上門，是否飼養寵物等等，但是，上松和美幾乎都回答說，接下來會慢慢規劃。

「因為現在還不瞭解狀況，所以無法決定，原本想等搬進新房子後再思考。」

「請問可以去參觀一下您目前住的地方嗎？也許可以在某種程度上瞭解您的生活方式。」

上松和美皺著眉頭，歪著頭說：

「我目前住在惠比壽的套房，但那只是重新裝修之前暫時落腳的地方，所以我覺得沒有參考價值。」

「請問在此之前，您住在哪裡呢？」

「在此之前……我住在橫濱。」不知道為什麼，上松和美說話的語氣突然沉重起來。

「是公寓嗎？」

「不，是老舊的獨棟房子。」

「這樣啊。請問我可以去看一下那棟房子嗎？因為只要瞭解您以前的生活方式，或許可以成為裝修時的參考。」

上松和美聽了真世的意見，搖了搖頭說：

「那棟房子正在出售，所有的東西都清空了，即使妳看了，也完全沒有幫助。如果無論如何都需要這樣的手續，妳才能夠提出設計方案，那只能很遺憾地認為，我和妳之間沒有緣分，不再麻煩妳了。我會另找其他人。」

上松和美說話的語氣突然變得十分冷淡，和前一刻判若兩人。真世驚慌失措，慌忙對她說：

「當然不是非要不可，我只是想確認一下。那我會提出幾種方案，我們在這個基礎上進一步討論，不知道您認為如何？」

上松和美滿意地露出微笑說：「很好啊，就這麼決定了。」

「請問可以給我一個星期左右的時間嗎？」

「一個星期嗎？好，我很期待。」

上松和美似乎不再生氣了。「我會努力符合您的期待。」真世在說話時，暗自鬆了一口氣。

隔週的同一天，真世聯絡了上松和美。因為她已經規劃出大致的格局，所以想請上松和美看一下。

「我去拜訪您在惠比壽的住家，請問方便嗎？」

真世問，電話中傳來猶豫的低吟。

「來我家不太方便。我上次也說了，這裡是套房，而且堆滿了從橫濱搬來的物品，根本沒有空間可以攤開設計圖，但如果約在咖啡店，也無法靜下心來好好談話，而且也可能被別人聽到。有沒有什麼理想的地點呢？」

「我知道了，既然這樣，我知道一個好地方。」

2

聽到真世提出想要借用一下酒吧，武史停下了正在擦杯子的手。

「我正在納悶，妳無事不登三寶殿，原來是打這個主意。為什麼妳事先沒有向我打聲招呼，就擅自這麼決定了？」

「我現在不是在拜託你嗎？因為還沒有開始營業，不會有什麼影響吧？」

「妳沒有看到門口掛著『準備中』的牌子嗎？在開始營業之前，需要做很多準備工作。」

「你可以繼續做你的準備啊，我們只要有桌椅就行了。而且你要做什麼準備？不就只是擦擦杯子嗎？」

「哪有這麼簡單？有很多準備工作，比方說，要先掌握材料的庫存，才有辦法在客人問我要推薦什麼雞尾酒時回答，因為要盡可能清掉庫存。」

「怎麼會這樣？你也太摳了。」

「妳的客人什麼時候來這裡？」

「我和她約了五點。」

真世看了一眼放在旁邊的手機。目前剛過四點半。

「唉，下不為例喔。」武史繼續擦杯子。

「你別這麼說，以後也幫我一下啦，我難得可以接到這麼大的案子，而且這位客人很漂亮。雖然臉上的妝有點濃，但你應該也會喜歡，而且她很有錢。」

武史把擦好的杯子放在架子上，回頭問：「真的嗎？」

「你是在問哪一件事？是美女？還是有錢人？」

「當然是後者，她是不是有錢人。」

「應該是吧，因為她可以在白金買兩房一廳的房子，而且還要裝修。她說預算控制在三千萬圓以內，但我覺得只要她滿意，應該會拿更多錢出來。」

「三千萬。」武史小聲嘀咕著，露出了盤算的表情，「那真是好客人，她做什麼工作？」

「好像在做投資，但不太瞭解詳細情況。」

「搞不好有金礦。」

「有可能喔。叔叔，你似乎有興趣了。」

「因為有機會接近有錢人有利無弊。妳難得逮到了一個好客人。」

「現在還不能說已經逮到了，關鍵在於她是否會對我提出的設計方案感到滿意。我猜想她也找了其他業者。」

「怎麼了？妳沒有自信嗎？」

「因為上松女士看起來很神秘。」

真世把上次和上松和美的談話告訴了武史。

武史抱著雙臂，發出了低吟。

「這個女人的確很神秘。」

「對不對？因為不瞭解她的生活方式，所以無法決定設計方針。」

「好，那就交給我吧。」武史用力拍了一下胸口，然後打開後方的門走了進去。那裡似乎是他的房間，但真世沒有進去過。

真世豎起了耳朵，隱約聽到了武史說話的聲音，他似乎在打電話。

這裡是武史經營的酒吧，名叫「陷阱手」。酒吧不大，只有吧檯和後方的桌子。武史是真世的親叔叔，她的父親已經去世，所以武史是她為數不多的親人。

不一會兒，門口傳來動靜，門打開了。上松和美戰戰兢兢地探頭進來。

「啊，上松女士。」真世跳下高腳椅上前迎接，「不好意思，還勞駕您來這裡。」

「我稍微迷路了，因為這家酒吧的入口很隱密。」

「是啊，不好意思。」

「所以是秘密基地的感覺。」上松和美打量店內後說：「妳在電話中說，這是妳叔叔開的店。」

「是啊。——叔叔。」真世對著吧檯後方叫了一聲。

門打開了，武史走了出來。

「叔叔，這位就是我剛才和你提到的上松女士。」

「妳好，姪女承蒙妳的照顧——」武史在說話時，看了上松和美的臉，然後

「啊啊」叫了一聲，露出了欣喜的表情，「剛才聽姪女提到上松這個罕見的姓氏，我就在想，和我的朋友同姓。妳該不會是上松孝吉的太太？」

上松和美不知所措地眨了眨眼睛問：「你認識我先生嗎？」

「我就知道。你們住在橫濱的本鄉町吧？」

「不，不是本鄉町——」

「不是本鄉町嗎？咦？那是在哪裡？」

「是山手町。」

「山手町。」武史摸著額頭說，「原來是山手町啊，我曾經去過一次，還記得紅磚的門柱，而且客廳有一個火爐，周圍也有很多大房子……我直到剛才，還以為那裡是本鄉町，但妳這麼一說，我想起來了。那裡的確是山手町，不好意思，我記錯了。」

真世聽了武史滔滔不絕說的內容，不禁陷入了混亂。上松孝吉是誰啊？紅磚門柱又是怎麼回事？客廳有火爐？武史到底從哪裡找到這些線索？而且看上松和美的態度，武史並不是信口開河。

「不好意思，請問你和我先生是什麼關係？」上松和美問了理所當然的問題。

「妳有沒有聽妳先生提過神尾武史這個名字？我們有共同的興趣。」武史說話的同時，右手好像在暗示什麼般地動了幾下，「我是說這個。」

「啊？該不會是、西洋棋？」

「沒錯。」武史打了一個響指。「大約是七、八年前，有一個提供陌生人下棋的網站，我就是在那裡認識了妳先生，在對戰幾次後感覺很合得來，於是就開始私下聯絡，然後就說要見一次面，於是我就去了府上。記得那次我也有向妳打招呼……」

「我嗎？」

「妳不記得了嗎？因為我們並沒有聊很久，那天妳好像剛好要外出。」

「這樣啊。你這麼一說，好像曾經有過這件事。不好意思，因為經常有很多客人來找我先生。」

「妳不可能記住每一個人的長相，所以不必放在心上。沒想到真世的客人就是上松先生的太太，真是太巧了。」武史看了真世一眼，突然歪著頭，然後將視線移向上松和美，「咦？剛才聽姪女說，妳是一個人住，請問妳先生呢？」

上松和美露出寂寞的笑容說：「我先生三年前離開了。」

武史用力嘆了一口氣。

「原來是這樣。雖然他上了年紀，但看起來很健康，所以是因為糖尿病的關係嗎？」

「對，在八十二歲時離開的。」

「太遺憾了。因為西洋棋的網站關閉，我們也就慢慢疏遠了。雖然有時候會想起他，不知道他好不好……願他安息。」

「謝謝。」

「所以這三年來，妳都獨自住在那棟房子嗎？」

「對。」

「妳一定很孤單，所以這次下定決心搬家嗎？」

「其實我原本打算一輩子住在那裡，因為那棟房子裡有我和先生之間滿滿的回憶，但是半年前被闖了空門，所以我覺得一個人住在那裡有點害怕。」

「闖空門？那真是太危險了。」

「幸好我當時不在家，想到萬一我在家的時候被闖空門，就感到不寒而慄。」

上松和美雙手在胸前交叉，抱著自己的身體。

「妳說的完全正確。真世，妳們可以去後面的桌子討論，向上松太太好好說明妳充滿自信的設計方案。因為上松太太對我也很重要，所以妳千萬不可以失禮。——上松太太，我姪女雖然做人方面還有待加強，但身為建築師的能力值得肯定。如果有妳不滿意的地方，可以直接告訴她，也可以提出各種要求。」

「好。」上松和美面帶微笑回答。

「上松太太，我們裡面請。」真世雖然搞不清楚是什麼狀況，還是帶著上松和美一起去了後方的桌子。

「可以請你不要自作主張嗎？我剛才真的慌了手腳。」真世送上松和美離開後，向吧檯內的武史表達了抗議。

「妳是在說哪件事？」

「那還用問嗎？你突然提到上松太太的老公的事，你是怎麼查到的？」

「那種事輕而易舉。我聯絡了熟識的房屋仲介，請他幫我查一下橫濱目前在出售的透天厝，結果查到了一棟屋主姓上松的房子。」

武史操作著平板電腦，然後把螢幕出示在真世面前說：「就是這棟房子。」照片中是一棟結合了日本和西洋風格的房子，紅磚的門柱很引人注目。旁邊有一張格局圖，可以看到客廳內有火爐。屋主名叫『上松孝吉』。這是很重要的個資，果然物以類聚，那個房仲完全缺乏職業道德。

「上松在八年前購買那棟房子，當時的價格是一億六千萬圓，而且沒有貸款，用現金一次付清，所以我猜想那個人財力雄厚。因為知道了屋主的全名，所以就上網查了一下，找到了有很高機率就是屋主的對象。」

武史又繼續操作平板電腦。

「上松孝吉——他是在業界知名的企業家，年輕時從事貿易工作，在世界各地飛來飛去。在知名企業擔任董事的同時，自己也經營了好幾家公司，顯然很精明能幹。但是他在七十歲時，因為太太去世，開始退居幕後。他和太太之間沒有孩子，賣掉原本住的房子之後，搬進了橫濱的一家高級安養院。沒想到在七十七歲那年春天閃電結婚，但在八十二歲時，因為糖尿病惡化而去世。上松和美看起來沒有在上班也是理所當然的事，因為她真的沒有工作。她從去世的丈夫手上繼承了龐大的遺產，根本不需要工作。」

武史再次把平板電腦出示在真世面前，螢幕上是一個戴了眼鏡的白髮老人面帶笑容的照片。

「你只憑這些資料，就說剛才那些話嗎？」

「有這些資料就足夠了。」

「你是從哪裡得知她先生下西洋棋？」

「我完全不知道那件事，只是覺得既然是能幹的生意人，為了拓展人脈關係，一定有多種不同的興趣。雖然絕對會打高爾夫球，但晚年很可能腿不太方便，所以我只是動了動右手，可以解讀為下圍棋、將棋或是打麻將，沒想到她說出了西洋棋，於是我就配合演了下去。」

「原來是這樣，沒想到你竟然胡矇瞎說。」

「我才沒有胡矇瞎說，而是考慮周到。我一開始不是說了橫濱的本鄉町，讓她糾正我嗎？那也是我故意的，因為記憶稍微有點差錯，比連小細節都記得一清二楚更有真實感。」

「真受不了。你為什麼要做到這種程度？」

「為什麼？當然是為了讓妳能夠順利接到案子啊。既然要委託裝修房子這麼重要的工作，比起來路不明的對象，交給稍微有一點交情的人當然更加放心。我剛才在這裡聽到妳們的聊天內容，似乎有機會順利簽約？」

「是啊……」

「怎麼了？妳為什麼愁眉苦臉？難道有什麼不滿意嗎？」

「也不是啦。」真世看著放在旁邊的資料，嘆了一口氣。

今天，真世準備了三個裝修的方案。一種是極簡方案，另一種是融入很多玩興的設計，最後是避免標新立異，走中規中矩的正統派路線。

真世最有自信的是融入玩興的設計案。將寬敞的客廳分為放鬆區域和工作區域，選擇了完全不同的建材和設計，可以充分享受單身生活的樂趣，身處不同的區域時，可以體會完全不同的兩種心情。另一款極簡方案也是不錯的設計，整面牆都設計成收納空間，除了最低限度的家具以外，完全不放任何東西。最後的正統派設計完全沒有任何趣味可言，是任何建築師都能夠想到的點子，真世自己在設計時，也完全沒有樂在其中。

沒想到上松和美偏偏挑選了正統派方案，對玩興方案和極簡方案完全沒有興趣。

「這也無可奈何，這是喜好的問題。妳也很瞭解這件事，所以才會準備三個方案，不是嗎？她對其中一個感到滿意，妳應該高興才對啊。」

「雖然是這樣，只是我懷疑她真的感到滿意嗎？」

「妳為什麼會產生這樣的疑問？」

「因為我覺得她只是根據價格做決定。」

「她挑選了價格最便宜的方案嗎？」

「剛好相反，她挑選了報價最高的。因為那個方案的設計平凡又無聊，所以就用了最頂級的材料。」

「可能她的價值觀就是如此，有些人就是用價格來判斷東西的優劣。」

「也許是這樣，但不只是這樣而已。」

「怎麼說？」

「上松太太似乎並沒有找其他業者，通常很少有這種事。大部分客人都會請好幾家業者提出設計方案和估價，然後從中挑選接近自己的喜好，而且價格便宜的方案。」

「她從她老公手上繼承了大筆遺產，錢多得花不完，不需要計較這些小錢。看來她終於得逞了。」

「得逞？」

「以她的姿色，從年輕時應該就有不少男人追求，但是她完全不放在眼裡，而是騙到了一個年紀比她大一倍，而且還有糖尿病的老頭，順利地結了婚。因為她老公沒有小孩，只要她老公死了，所有財產都歸她所有，最後也順利得逞了。」

「你是說，她一開始就是為了遺產？」

「除此以外，還有什麼可能嗎？搞不好在結婚之後，還在日常飲食上動手腳，讓她老公的糖尿病迅速惡化。」

「你別亂說話，她是我的客人，不要把她說成是殺人兇手。」不吉利的想像讓真世感到毛骨悚然。

「有什麼關係？我告訴妳，即使真的是這樣，我也不會指責她，反而想要稱讚她。孤獨的老頭帶著龐大的財產離開人世，沒有任何人可以得到好處，只有政府會高興。對那個老頭來說，生命的最後幾年能夠和年輕的太太一起生活，想必也感到心滿意足。在老頭死後，遺孀花錢如流水，可以為周圍的所有人帶來幸福。問題在於如何讓那些錢流到我這裡來。」武史說到最後，像是在自言自語，但他的語氣不像在開玩笑。

3

設計圖攤在桌上，真世的指尖在設計圖上滑動。

「目前考慮在臥室的兩個位置裝插座，一個在門附近，另一個在房間深處的牆壁上。電視的天線和光纖網路線也都會埋在牆壁上的插座中，因為要盡可能避免影響美觀，所以就設計在這個位置，如果之後會改變床的位置，也許可以稍微移動一下。」

上松和美看著設計圖，歪著頭說：

「床的位置應該不會輕易改變，只是現在還說不準，就由妳做決定。」

「那就暫時決定這個位置，之後還可以更動。」

「好。」上松和美點了點頭。

「要不要稍微休息一下。」站在吧檯內的武史說，「上松太太，今天有東西想要請妳嘗一嘗。」

「喔？是什麼？」

「請問妳會討厭喝黑啤酒嗎？」

「不會啊，我偶爾會喝。」

「那妳無論如何都要試試。」武史把杯子和盤子放在吧檯上，打開一罐黑啤酒，倒進了杯子。

上松和美起身走向吧檯。真世也站了起來。

盤子上的餅乾上是奶油乳酪，上面用少許藍莓醬點綴。

上松和美坐在高腳椅上，喝了一口黑啤酒，拿起餅乾放進嘴裡，立刻雙眼發亮地說：「真好吃。」

「對不對？黑啤酒和甜點很搭。」武史滿意地說。

「叔叔，我沒有嗎？」

武史默默把一罐黑啤酒放在真世面前，似乎並不打算讓她用杯子。

「餅乾呢？」

「沒有。」

「雖然好像有點得寸進尺，但我想拜託你一件事。」上松和美委婉地說。

松和美在這裡見面。武史不可能沒有私心，真世猜想他遲早會提出什麼要求。

前借用一下的要求，沒想到武史欣然答應。於是這一陣子，真世幾乎每週都與上

事宜，問題在於討論的地點，真世只好再次向武史提出，希望在酒吧開始營業之

真世成功地為公司爭取到上松和美公寓裝修的案子，因此經常需要討論後續

魚，希望利用這個機會，讓上松和美經常來這裡捧場。

真世聽著他們的對話，發現原來武史在打一本萬利的主意，想要小蝦子釣大

「哇，那真讓人期待，我會考慮。」

「既然這樣，改天請妳帶朋友來慢慢喝，我會調製符合妳口味的雞尾酒。」

「和大家差不多。」

「上松太太，妳經常喝酒嗎？」武史問上松和美。

認，於是只說「還不錯啦」。

味和黑啤酒的餘韻融合在一起，在嘴裡擴散。雖然很好吃，但她不願意就這樣承

真世喝了一口罐裝黑啤酒，伸手拿了餅乾。咀嚼了幾口，發現恰到好處的甜

「當然沒問題。」

「可以嗎？」

「真世小姐，妳也一起吃吧。」上松和美把盤子移到真世面前。

「啊？」

「什麼事？只要是我力所能及，請儘管說。」

「並不是什麼困難的事。我最近可以約人在這裡見面嗎？但並不是以客人的身分，而是像現在一樣，在營業時間之前，和那個人在這裡見面。」

「約在這裡見面？」

武史轉頭看向真世，臉上的表情似乎在問，真世事先是否知道這件事，真世搖了搖頭。

「請問對方是誰？為什麼要約在這裡見面？」武史問。

上松和美有點尷尬地輕蹙眉頭後開口說：「對方……是我的哥哥。」

「哥哥？妳的親哥哥嗎？」

「對。」上松和美小聲回答。

武史眉開眼笑地說：

「那很歡迎啊，但為什麼要在營業時間之前？妳哥哥不會喝酒嗎？如果是這樣，我可以為他調製可以喝的——」

「不。」上松和美用稍微強烈的語氣打斷了武史，「不是你想的那樣。雖然他是我的哥哥，但我們已經有好幾十年沒見面了。因為不想見，所以都一直避不見面，也完全沒有聯絡。」

武史不解地陷入了沉默，他露出沉思的表情後，用謹慎的語氣問：「其中似乎有什麼複雜的原因。」

「不好意思，這是家醜，不太想被別人知道，所以我只說明最粗淺的情況。不瞞你說，我們家在我小時候就已經解體了。」

「解體？」武史皺起眉頭。

「因為父親外遇，所以父母離了婚，我和哥哥跟著媽媽，媽媽不久之後也生病去世了，於是我被送去了育幼院。那時候我才讀國中二年級，已經從高中畢業的哥哥在找到工作之後，似乎不想對我負起任何責任，於是就斷了音訊。從那之後，我就認定自己沒有任何親人，一直活到了今天。沒想到幾天之前，哥哥突然來到我位在惠比壽的公寓。我看到對講機的螢幕時，覺得好像在哪裡見過那個人，但一時認不出他是誰。當聽到他報上姓名時，我驚訝得心臟都快跳出來了。因為那正是哥哥的名字，同時發現螢幕上的臉和遙遠記憶中的那張臉一致。」上松和美不知道是否回想起當時的震驚，她按著自己的胸口。

「妳哥哥說了什麼？」武史問。

「他說有話要告訴我，希望可以和他見面，只不過我無法下定決心，所以不想打開自動門。於是他就說，如果我不和他見面，他會一次一次上門，還會在我家附近埋伏堵人。最後我拗不過他，在無奈之下留了電話給他，說改天和他相約見面。」

真世在一旁聽了，也瞭解了大致的情況。「妳知道妳哥哥是為了什麼事找妳嗎？」

「哥哥說，是為了爸爸的事。」

「妳父親還健在嗎？」

「不知道……但是沒有接獲他去世的消息，可能還活著。」上松和美滿面愁容說完後，露出求助的眼神看著武史。「可以嗎？你同意我和哥哥約在這裡見面嗎？因為我不想讓他去我家裡，但也不能約在咖啡店見面，所以覺得很傷腦筋。」

武史坐在椅子上思考著，隨即抬起頭問：

「妳哥哥目前做什麼工作？」

「不知道，因為我們完全沒有見面。」

「妳從對講機的螢幕看到他時，他穿了什麼衣服？有沒有繫領帶？」

「我記不太清楚了，但是並沒有繫領帶。」

「哼。」武史輕輕哼了一聲，抓了抓耳朵後方。

「你想說什麼？」真世耐不住性子問道。

「照理說，去相隔二十幾年沒見面的妹妹家，應該會注意自己的儀容，而且也會帶伴手禮上門，但是聽上松太太剛才說的情況，對方似乎並沒有這種餘裕，所以很可能是金錢方面的事。」

「我也這麼認為。」上松和美立刻表示同意。

「妳和上松孝吉先生結婚時，有沒有通知哥哥？」

「怎麼可能通知他？但是他最近可能因為什麼契機，知道了這件事。」上松和美一臉憂鬱的表情咬著嘴唇。

「妳哥哥怎麼會知道妳目前住的地方？」真世問了內心的疑問。

「我也不知道，我也還沒有去遷戶籍地址。」

「有沒有去郵局申請改投改寄服務？」武史問。

「有，」上松和美回答，「因為擔心收不到信件。」

「妳在結婚前的戶籍登記在哪裡？是不是登記在已經去世的母親的戶籍？」

「是啊……」

「如果是這樣，查到妳目前的住處並不是困難的事。」

「啊？要怎麼查到？」真世問。

「首先去申請上松太太母親的戶籍謄本，因為即使已經死亡，戶籍仍然存在。如果是兒子，戶政事務所不會拒絕。戶籍謄本上會有上松和美太太結婚除籍的紀錄，也會留下遷入的地址，以及戶長是上松孝吉先生等內容，所以就可以知道橫濱山手町的地址。」

武史將視線移向上松和美說：「妳哥哥可能先去了橫濱的房子，然後得知妳搬走了。」

「但是我並沒有告訴鄰居我搬去了哪裡。」

武史緩緩搖著頭說：「有很多方法，比方說，可以把超小型的 GPS 追蹤器用便利袋或是便利箱寄到山手町的地址，因為妳去申請了改投改寄服務，所以就會改寄到新的地址，就會自動掌握妳的新地址。」

「我不記得曾經收到過這種東西。」

「妳仔細回想一下，有沒有收到任何讓妳感到奇怪的郵件？也許並沒有很大，厚度最多不超過兩公分。」

上松和美認真想了一下之後，突然想起什麼似地抬起了頭。

「我想起來了，兩個星期左右前，一家陌生的公司寄了營養補充品的試吃包，裡面還有廠商的宣傳單，我從來沒有買過那家公司的商品，所以還感到很奇怪。」

「營養補充品是不是裝在保麗龍盒子裡？」

「應該是。」

「那就對了。追蹤器應該藏在保麗龍盒子裡，妳的信箱上有沒有寫名字？」

「有，只寫了姓氏……」

「既然這樣，只要去妳住的公寓，就可以知道妳住在哪一戶。」

「唉！」上松和美發出了絕望的聲音。

武史默默點了好幾次頭，然後對她露出了笑容。

「我完全瞭解妳不安的心情，沒問題，妳可以約他在這裡見面。妳和妳哥哥相隔二十多年重逢時，我也會在場。」

4

放在吧檯上的手機顯示離下午四點還有十分鐘。可以感受到坐在身旁的上松和美渾身緊張，就連局外人的真世也感到心神不寧，當事人當然不可能不緊張。

四天前，她們在這裡討論裝修的事。今天她們在這裡，並不是為了裝修的事，上松和美接到了哥哥的電話，於是相約在這裡見面。因為上松和美請真世也一起陪同，所以她也坐在這裡。

上松和美的哥哥名叫竹內祐作，她婚前也姓竹內。她說她哥哥比她大四歲，今年四十七歲，所以她今年四十三歲。真世發現她比自己想像中更年長，不禁有點驚訝。也許是因為濃妝發揮了減齡效果。

武史一如往常地在吧檯內擦杯子，突然停下了手說：

「啊，對了，我找到了和妳先生一起拍的照片。」

「照片？」上松和美歪著頭問。

武史拿起自己的手機，用指尖操作後，放在上松和美面前。

「啊！」上松和美看到螢幕後，輕聲驚叫了起來。

真世也在一旁探頭張望，發現照片上是三個人面帶笑容地站在屋前。一臉溫厚的老人站在中間，武史站在右側，左側是上松和美。她穿了一件鮮紅色上衣，一頭短髮。不知道是否因為臉比目前稍圓的關係，感覺和現在很不一樣。

「我想起那天我們曾經拍了紀念照，」武史說，「我查了一下舊手機，找到了這張照片。因為當時的相機功能不佳，所以畫質很差。」

「我隱約記得這件事，真懷念啊。」

「妳的那件上衣很好看。」

「我很喜歡那件衣服。我可以把這張照片儲存起來嗎？」

「當然沒問題。」

真世看著他們討論如何傳照片，內心感到驚訝不已。武史和上松孝吉是西洋棋棋友這件事是謊言，所以不可能有這種照片。武史不可能張羅到上松和美以前的照片，八成是偷拍之後，巧妙地進行了加工。看到上松和美喜孜孜地收下照片，不由得發自內心同情她。今後她應該會把這張假照片作為重要的回憶，持續保存下去。

真世正在想這些事，入口的門突然打開，一個短髮、臉上冒著鬍碴，身材微胖的男人走了進來。他穿了一件棕色的夾克。

上松和美從高腳椅上跳了下來，走到男人面前，用冷淡的語氣說：「好久不見。」她的側臉完全沒有表情。

竹內仔細打量她的臉後，瞥了真世和武史一眼。「我想和妳單獨聊。」

「他們提供了這個場所，怎麼可能叫他們出去？我可說不出這麼沒禮貌的話。」

「那我們去外面談。」

「為什麼？難道你要說什麼不方便被別人聽到的內容？」

竹內皺起眉頭，瞪著上松和美，但她完全沒有害怕，氣定神閒地看著竹內。

「不必在意我們。」武史說，「我們不會偷聽，如果你不放心，我可以放音樂。」

「你是誰？」竹內問。

「他是我先生生前的朋友，」上松和美說，「他以前也曾經來過我們家。」

「我姓神尾，兩位可以用後面那張桌子。」武史說完後，操作了櫃子上的音響，店裡響起了爵士樂。

上松和美走向桌子，竹內很不甘願地跟了過去。他們在桌子旁面對面坐了下來。

真世不能一直盯著他們，只能把頭轉向前方，武史右手遞給她一個白色的小東西。那是無線耳機。真世抬頭看向武史，發現他的左耳也有一個耳機。

真世把接過的耳機放進右耳，立刻聽到了男人的說話聲。

「妳目前在做什麼？」

真世嚇了一跳，看向桌子的方向。發現是竹內在說話。

「不管我在做什麼，都和你沒有關係。你有什麼事就趕快說。」上松和美回答。

真世抬頭看著武史，他若無其事地輕輕點了點頭。

原來是這麼一回事。真世恍然大悟。上松和美他們坐的那張桌子的某個地方裝了竊聽器。真世知道，這個叔叔有很多這種小道具。

這個男人太可怕了。真世這麼想的同時，豎起了耳朵。

「我要和妳談的，就是我們爸爸的事。爸爸目前住在茨城的一家安養院，我最近去見了他，他已經變成一個孤獨的老頭子了。他拋棄我們，和其他女人再婚，但後來也和那個女人離婚了，而且大部分財產都被那個女人分走了。」

「喔，這樣啊，但是這和我沒有關係，我們已經斷絕關係了。」

「我就知道妳會這麼說，但是在法律上行不通。即使父母離了婚，即使戶籍已經遷走，親子關係永遠都不會改變。至於我想說什麼，就是妳有扶養的義務。如果父母因為貧窮導致生活困難，兒女就必須照顧父母。爸爸現在很窮，之前都一直靠低收入補助和年金撐了下來，但已經撐不下去了，而且他的失智症越來越嚴重，無法正常和人談話了。安養院的人一籌莫展，最後和公所的人聯手，然後聯絡了我。」

「既然這樣，你就照顧他啊，你是兒子。」

「即使我想照顧他也力不從心，我自己的生活也很拮据，所以就輪到妳這個女兒出面了。妳不是很有錢嗎？我去看了妳在橫濱的房子，也知道妳之前的生活。妳勾搭上有錢的老頭子，繼承了一大筆遺產，左鄰右舍都在討論這件事。」

「你該不會告訴他們，你是我哥哥？」

「我才不會做這種事，因為這麼一來，就無法從鄰居口中打聽到他們的真心話。」

「太好了，至少不會再增加我有一個低俗可疑的哥哥的傳聞。」

啪。拍桌子的聲音傳入耳中，真世看向他們兩個人。她可以清楚看到坐在對面的上松和美的臉，但是她絲毫不為所動。

「言歸正傳。」竹內用克制了情緒的語氣說，「所以我們有扶養爸爸的義務，我照顧了他的生活起居，所以盡了自己的義務，我想妳應該不想見到他，所以要不要用錢解決？每個月五十萬就好，我相信對我們彼此都是一樁美事。」

「哼哼，你是認真的嗎？我怎麼可能付這種錢？」

「難道妳要對抗法律嗎？」

「我不需要對抗法律，因為法律會站在我這一邊。在生物學上是我父親的那個人，和妻子離婚之後，就沒有支付養育費，我被送去育幼院之後，也完全沒有盡扶養義務，法律怎麼可能要我對這樣的父親盡扶養義務？」

「所以妳是不怕被告嗎？既然妳是這種態度，那我真的會把妳告上家事法庭。」

「悉聽尊便。」

「妳真的不怕嗎？內心是不是很心虛？是不是覺得一旦告上法庭就慘了？」

「有什麼好慘的？完全沒有問題。」

「是嗎？既然妳這麼嘴硬，那我也就實話實說了。原本顧慮到妳的立場，我想息事寧人，但現在沒這個必要了。」

「我完全不知道你在說什麼。」

「我問妳，」竹內壓低了聲音，「妳真的是和美嗎？」

真世大吃一驚，再次看向他們兩個人。竹內駝著背，探出身體。上松和美露出不知所措的表情。

「什麼意思？」

「就是字面上的意思。妳並不是和美吧？妳到底是誰？」

「啊？你在說什麼？我就是上松和美。」

「不，妳不是。也許妳和現在的和美長得很像，而且像到別人會認錯的程度，但是瞞不過我的眼睛。即使過了三十年，兄妹終究是兄妹，妳是冒牌貨。」

「你是認真的嗎？還是在耍什麼心機？我完全搞不懂你的意思。」

「我當然是認真的。雖然今天是第一次和妳見面，但我很久之前就在觀察妳，起初我也以為妳是和美，但後來越看越不像。今天親眼看到妳之後，我很確信，妳並不是我的妹妹。」

上松和美沉默片刻，很快露出了冷笑。

「這樣啊，所以這代表你和我素不相識，完全沒有任何關係。好，這樣很好，既然這樣，我們沒有必要再見面了。」

「開什麼玩笑！和美在哪裡？妳應該知道她的下落。」

「是啊，我很清楚，真正的和美已經死了。」

竹內緩緩搖著頭。

「果然是這樣。她什麼時候、在哪裡死的？」

「什麼時候？在哪裡？你在說什麼啊，你應該比任何人更清楚這件事。」

「我聽不懂妳在說什麼。」

「和美在十三歲，國中一年級的時候，被大她四歲的哥哥殺了。那天之後，活在世上的是冒牌貨的和美。你剛才說的沒錯，在你眼前的我是冒牌貨。」

這番話太震撼，真世無法不偷瞄他們。上松和美就像戴著能劇面具般面無表情。竹內背對著真世，所以不知道他臉上的表情。

上松和美拿起了手機。

「但是，我是上松孝吉的妻子這件事是事實，這裡有證據，這是我和丈夫一起去箱根時的照片。你仔細看清楚。」

「哼，這種照片，只要隨便合成一下就有了。」

「既然這樣，那這張呢？這是神尾先生剛才給我的照片，難道你要說是神尾先生合成的嗎？有什麼目的？」

她似乎出示了剛才那張在家門口拍的照片。

「照片上的人的確很像妳，可能是和美本尊，但畫質太差了，無法成為證據。」

「我第一次來這裡時，神尾先生主動問我，是不是上松孝吉先生的太太。如果你不相信，可以自己問神尾先生，還是你認為神尾先生剛好認錯人了嗎？」

竹內轉頭看向斜後方，可能在看武史。武史若無其事地整理酒櫃中的酒瓶，但左耳仍然戴著耳機。

「既然妳是和美，那妳的病情怎麼樣了？」竹內問。

「病情？什麼意思？」

「妳之前住在橫濱時，不是經常去醫院嗎？」

「……你怎麼知道？」上松和美的聲音帶著緊張。

「因為我調查過了。雖然我無法告訴妳消息來源。」

「我當然會生病，但現在已經沒問題了。」

「根據我掌握的消息，妳的病情很嚴重。」

「如果是這樣，那對方給你的是假消息，真可憐。」

耳機中傳來竹內用力嘆氣的聲音。「我不相信。」

「不管你相不相信，都和我無關。我們沒必要再聊下去了，請你離開。」上松和美把手機拿了回來，坐直了身體，挺起胸膛。

「真的嗎？妳會後悔喔。」

「請你離開。」上松和美用淡然的聲音重複了一次。

兩個人互瞪著對方，最後竹內雙手拍著桌子站了起來。他轉身大步離去，沒有看真世他們一眼，就粗暴地打開門，又重重地關上離開了。

上松和美站了起來。真世拿下右耳中的耳機，放在吧檯角落。

「談完了嗎？」

「我認為已經談完了，但對方可能不會罷休。」上松和美苦笑著在真世身旁坐了下來，「妳剛才聽到我們的談話了嗎？」

「沒有，但是可以感受到氣氛並不是很愉快。」

「他竟然莫名其妙地找碴，說我是假冒上松和美的冒牌貨。妳覺得呢？」

「這……的確是很莫名其妙的找碴。」

「神尾先生，幸好剛才向你要了舊照片，沒想到這麼快就派上了用場。」上松和美對著武史說。

「真是太好了。」武史也對她露出了笑容。

上松和美看著手錶，跳下高腳椅站了起來。

「那今天我就先告辭了，真世，我們改天再聯絡。」

「好。」真世也站了起來，「下次會帶您去參觀浴室用品的展示中心。」

「浴室嗎？我很期待。」上松和美走向門口，但好像突然想起了什麼事，停下了腳步，轉頭對真世說：「我想拜託妳一件事。」

「什麼事？」

「那個男人已經知道我在惠比壽的公寓，不知道他什麼時候又會找上門。我也討厭被跟蹤或是被他在路上堵人，所以我打算乾脆搬家。妳知不知道哪裡有可以短期出租的房子，我打算在白金的房子裝修完成之前，暫時搬去那裡。」

「我想應該沒有問題，但是在租到房子之前，您要住在哪裡呢？」

「問題就在這裡。因為太可怕了，我今晚會去住飯店，所以我還想拜託妳另一件事。搬家的時候，妳可以代替我去家裡嗎？我會全部交給搬家公司處理，妳到時候只要在場就好。」

「我自己去您家沒問題嗎？」

「無所謂，因為家裡完全沒有任何見不得人的東西，而且妳去確認一下我有多少行李，不是也方便為我找下一間房子嗎？」

「是啊，您說的沒錯。好，那就交給我吧。」

「太好了。」上松和美說完，從皮包裡拿出鑰匙圈，拆下其中一把鑰匙說：

「我先把鑰匙交給妳。」

「好。」真世在回答後，接過了上松和美遞給她的鑰匙。

「那就拜託了。——神尾先生，謝謝你。」

「歡迎妳改天再來。」武史回答。

真世看到門關上後，嘆了一口氣。她覺得格外疲憊。

「叔叔，給我一杯可以提神的飲料。」真世說完，在高腳椅上坐了下來。

武史打開冰箱，拿出一個小瓶子放在吧檯上。是一瓶提神飲料。
「這是什麼？在酒吧喝的飲料，不都是酒嗎？」
「妳先喝這瓶，因為妳的氣色很差。」
「啊？是嗎？」真世雙手搓著臉頰，「八成是因為聽了他們的談話太驚訝了。」她拿起提神飲料的瓶子，打開蓋子，「叔叔，你也嚇了一大跳吧？」
「的確有好幾件事很出乎意料，像是她說在中學一年級時，她哥哥殺了她，我猜想是某種比喻。」
「在此之前，竹內不是說了更震撼的話嗎？你沒聽到嗎？他說和美太太是冒牌貨，他為什麼會說這種話？」
「因為他這麼認為啊。」
「但是他們將近三十年沒見面了，即使覺得和以前不太像了，會認為對方是冒牌貨嗎？」真世一口氣喝完了提神飲料，嘴裡一股中藥味，她忍不住皺起了眉頭。「叔叔，給我一杯水。」
「我要告訴妳一件事，是關於上松和美的事。」武史把裝了水的杯子放在真世面前時說。
「什麼事？」真世問了之後，拿起杯子喝了起來。
「她是……」武史又繼續說了下去，「她真的是冒牌貨。」
真世差一點把喝進嘴裡的水吐出來，慌忙拍著胸口忍住了。

「你剛才說什麼？」

「我說她是冒牌貨。她並不是上松和美。」

「你是在開玩笑吧？」

武史一臉嚴肅地操作手機，然後把螢幕出示在真世面前。螢幕上就是那張武史和上松夫婦在橫濱家門前拍的照片。

「我知道這張照片是假的，你是怎麼合成的？」

「只要有每個人的臉部照片，合成這種照片輕而易舉。網路上有很多上松孝吉的照片。」

「上松和美的照片呢？」

「我借用了她來店裡時拍的影像。」

「你什麼時候拍的？」

「任何時候都在拍。我裝了高性能的監視攝影機，二十四小時都在拍攝。」

「啊？真的嗎？你裝在哪裡？」真世打量著吧檯內。

「如果會輕易被人發現，就失去了監視器的意義。」

「所以你現在也在拍嗎？太離譜，太可怕了，這根本是偷拍。」

「如果沒有足夠的防止犯罪意識，怎麼有辦法一個人做醉鬼的生意？先不說這件事，我利用了監視器的影像，合成了這張照片，和美的脖子以下都是另一個人，但她說那件紅色上衣是她喜歡的衣服。」

「因為我希望對可愛姪女的工作有點幫助。」

「啊？你特地去那裡做這種事？」

「不僅如此，我還四處打聽了一番。前幾天，我去了橫濱山手町，看了上松夫婦之前住的房子，當時拍下了這張照片。」

「雖然這張照片是合成的，但有一樣東西是真的。那就是三個人身後的房子。」

武史指著手機螢幕說：

真世瞪大了眼睛問：「你也懷疑這件事嗎？為什麼？」

「就是確認她到底是上松和美本尊，還是冒牌貨。」

「什麼目的？」

「如果她這麼說，我原本打算敷衍說是基於好玩而合成，反正我已經達到了目的。」

「叔叔，如果上松太太指出這件事，你打算怎麼回答？如果她說，她沒有這件紅色上衣的話。」

武史說的話合情合理，真世無法反駁，但是她看著手機上的照片，腦海中浮現了另一個疑問。

「這種鮮紅色的上衣嗎？我告訴妳，這件衣服是今年才剛推出的新款，即使她真的有紅色上衣，也會發現款式不一樣。」

「可能她當時剛好有類似的衣服嗎？」

「這句話絕對是騙人，你不可能為我做這麼麻煩的事。」

「哈哈哈。」武史發出了乾笑聲，「被妳發現了嗎？上松太太不是不想見到她哥哥嗎？所以我希望能夠助她一臂之力，說白了，就是希望有錢人欠我一個人情。」

「我想也是，這樣我就相信了。」

「她哥哥為什麼現在突然想找妹妹，我認為必須先追查這個原因。我猜想那個男人應該曾經去上松夫婦住的房子周圍打聽，我想調查他去打聽什麼事。」

「調查？怎麼調查？」

「我假冒刑警，去問附近的鄰居。我說最近警方接獲報案，說有可疑的男人在打聽上松太太的事，不知道那個男人有沒有去他們家打聽？」

「假冒刑警。」

這是叔叔的拿手絕活。真世很擔心有朝一日被真正的刑警發現，然後把他抓起來。問題是叔叔看起來這麼可疑，為什麼大家相信他是刑警？

「果然不出所料，我從好幾名住戶口中聽到了有用的回答。有一個姓鈴木，自稱是自由撰稿人的男人四處打聽，說正在寫赫赫有名的企業家上松孝吉的傳記，希望這些鄰居提供協助。那個男人在問了幾個有關孝吉為人的問題之後，開始詢問他們夫妻的生活方式，以及和年輕太太的婚姻生活。我聽了之後，就猜想那個鈴木就是上松和美的哥哥，正在調查她到底繼承了多少遺產。」

「最後得知資產很驚人，於是開始動歪腦筋。」

「問題在於那個鈴木問的問題並非只有這樣而已，還問了上松和美搬去了哪裡。當鄰居說不知道時，他又追問，最後一次看到上松和美是什麼時候。接下來的事更奇妙，當鄰居回答說，三個月前曾經見到上松和美時，鈴木竟然問鄰居，看到的那個人真的是上松和美嗎？有沒有可能是長得和上松和美很像的其他人？」

「怎麼會問這種問題？」

「是不是很奇怪？但是那個鈴木並不是只問了一、兩個人這個問題，於是我發現，上松和美的哥哥應該真心懷疑她是冒牌貨，或者說是分身。他為什麼會產生這樣的疑問？我在思考這個問題時，從鈴木問左鄰右舍的另一個奇怪的問題中，得到了靈感。鈴木很關心上松和美的健康狀態，他問鄰居，和美最近的身體狀況還好嗎？有沒有聽說她經常去醫院看病？於是我靈機一動，想到和美的哥哥基於某種原因，得知她罹患了不治之症，對她之後又恢復了健康感到很可疑，所以才會懷疑她是冒牌貨。」

武史口若懸河地說明，真世目不轉睛地打量著他的臉。

「我的臉上有什麼東西嗎？」

「不，我只是很佩服你，光憑那些線索，就推理出這些事。」

「這並不是什麼了不起的推理，只要稍微動點腦筋，誰都會想到，妳不要覺得別人都和妳一樣。」

「不好意思啊，我就是這麼笨。所以她的鄰居怎麼回答關於她健康狀態的問題。」

「並沒有回答。」武史冷冷地說：「大部分人都說，因為原本就只是見面打一下招呼而已，不可能知道這種私事。就連和她關係最密切的鄰居太太，也說已經有一年沒有和她說話了，也很少看到她的人。雖然覺得隔了一段時間沒見面後，她整個人的感覺有點不太一樣，但並沒有想到她生病了。」

「除非直接問當事人，否則不太可能知道鄰居有沒有生病這種事。」

「於是我就出示了這張照片。」武史操作手機後，放在真世面前，「問他們這個人是不是和美。」

手機螢幕上出現了上松和美坐在這張吧檯前的照片，從上松和美身上的衣服，知道是她上次來這裡時偷拍的，監視器似乎藏在武史身後的酒櫃內。

「大家怎麼回答？」

「他們回答說，八成沒有錯，但聽起來沒什麼自信。可見他們平時真的很少來往。」

「所以不能排除是長得很像的另一個人嗎？」

「非常有可能，所以我才拿出剛才那張紀念照。如果是她本人，一定會很堅決地否認，不記得拍過這張照片，沒想到她竟然說隱約記得這件事，甚至說很懷念，所以我馬上確信，她真的是冒牌貨。」

「為什麼會有這種事？」

「我認為必須查明真相。照這樣下去，妳可能會遭到池魚之殃。」

「但是我不知道要怎麼調查真相。」

「先針對她進行調查，像是調查她身邊的人，以及平時過著什麼樣的生活。」

「要怎麼查？我可沒辦法假裝是刑警。」

「誰叫妳做這種事？妳剛才不是拿到了最厲害的武器嗎？」武史指著真世的皮包說。

5

上松和美目前暫住的公寓，位在離惠比壽車站走路五分鐘的位置。她住在六樓，一樓和二樓都是店面。

經過公共玄關，搭電梯上樓。每個樓層都有三、四戶住戶。根據真世事先的調查，每一戶的格局不同，但都是適合單身者居住的套房或是一房一廳。

上松和美所住的六〇三室位在離電梯最遠的位置。真世在打開門時，有一種愧疚感。玄關的感應器立刻啟動，燈亮了。

在狹小的脫鞋處脫下球鞋，走進了房間。她打開了牆上的開關，點亮了室內燈，堆放在牆邊的紙箱立刻映入眼簾。紙箱都堆了兩、三層，紙箱旁貼著標籤，註明了裡面裝的東西。她看到了「孝吉（書房）」的文字，應該是從橫濱的家中搬來的。

除了紙箱以外，就只有床和小餐桌、餐椅，沒什麼可以感受到生活感的物品。因為這只是暫住的地方，所以並不感到意外，但與其說整理得很乾淨，更有一種無趣的印象。

「這個房間不錯。」站在後方的武史說，「離車站也很近，房租要多少？」

真世再次打量室內。

「這裡差不多三十平方公尺，以屋齡二十年來計算，差不多十七萬左右。」

「很不錯。」武史又重複了相同的話，然後走進屋內，拉開了窗簾。陽台對面的商業大樓發出耀眼的燈光。

目前是晚上七點多，原本是酒吧的營業時間，但武史決定臨時休息，提出和真世一起來上松和美的公寓一探究竟。

「所以現在要做什麼？」真世問。

武史看向堆在一起的紙箱。

「線索應該就藏在這裡面，我們要找出來。」

「什麼？我們要自己打開別人的東西？」

「當然啊，不然我們為什麼要來這裡？」

「這侵犯了別人的隱私，萬一被告怎麼辦？」

「她怎麼會知道我們動了她的東西？我們看完之後，只要再放回去就好。上松太太應該猜到我們會看紙箱內的東西。」

「怎麼可能？你為什麼這麼認為？」

「如果只是要妳在搬家的時候在場，在搬家的前一天把鑰匙交給妳就好，說什麼妳知道有多少行李，就可以作為找房子時的參考這種理由太牽強了，因為只要找格局相似、面積也相似的房間就好。她期待妳檢查這裡的東西，確信她就是上松和美本尊。反過來說，這代表她並不是本尊，而是別人，是冒牌貨。」武史確認了貼在紙箱上的標籤，指著其中一個紙箱說：「先打開這個看一下。」那個紙箱的標籤上寫著「證券・證明文件」。

武史把紙箱搬到地上，撕開膠帶，打開了紙箱。裡面都是檔案夾和透明文件收納櫃。

他打開文件收納櫃的抽屜檢查，「喔，馬上就發現了好東西。」他拿出了護照。「發照日期是八年前，她去了香港，可能是和年邁的丈夫一起去蜜月旅行。」武史把翻開的那一頁朝向真世問：「妳覺得怎麼樣？」

真世注視著護照上的照片，忍不住發出了低吟：「嗯。」

「怎麼樣？」武史又繼續追問：「妳認為是同一個人嗎？」

「嗯。」真世再次發出了低吟。

「如果說是同一個人，我可能也不會懷疑。」

「如果說是不同人呢？」

「我可能會說『哇，原來是這樣，她們長得真像』，看照片時，經常會有這種情況。」

武史點了點頭說：

「妳的意見很冷靜客觀，再怎麼仔細比較照片也沒有意義。比方說，最新的智慧型手機的臉部辨識系統，即使用照片也無法辨識，因為資訊不夠充分，但是在照片旁，有更正確的資訊。」武史指著護照上簽了「上松和美」的簽名欄。「她不是在裝修的文件上簽了名嗎？妳有沒有帶在身上？」

「啊，應該有。」

真世從肩背包中拿出檔案夾。雖然今天並沒有安排要討論裝修的事，但是她還是帶在身上，以備不時之需。

她從資料夾中拿出了水電工程的確認單，上面有上松和美的簽名。

他們把確認單和護照一起放在桌子上，比較了兩個簽名，發現並沒有太大的差異。如果說是同一個人寫的字，應該也能夠接受。真世表達了這個意見，武史也點了點頭。

「的確很像，鑑定專家可能會看出其中的差異，但我們外行人看不出來。她在簽名時，有沒有任何不自然的舉動？比方說，花了很長時間寫字。」

真世搖了搖頭說：

「沒這回事，她每次都很俐落地簽名。」

「這樣啊。我也很擅長假冒別人的簽名，所以很清楚，如果簽名時很自然，能夠像到這種程度，代表她的手很靈巧，而且一定練習了很久。」

「她曾經……練習嗎？」

「而且還在學習。」

「學習什麼？」

「妳仔細看一下這些紙箱。最上面紙箱的標籤寫著『證券・證明文件』、『交友關係』、『回憶物品』，都是有關隱私的物品，而且仔細觀察後可以發現，紙箱都很新，但膠帶有曾經撕開的痕跡。我猜想她為了能夠成為上松和美，完全記住了相關的個人資訊。只要一有空，就會看紙箱內的資料學習，如此一來，無論什麼時候，在任何地方遇到任何人，別人問任何問題都難不倒她。」

真世看了看紙箱，又看向小桌子，想像著自稱是上松和美的她在這裡努力記住各種個人資料到深夜，就不由得起了雞皮疙瘩。

「那我問你，上松和美本尊在哪裡？」

「問題就在這裡。」武史抱著雙臂問：「真世，妳認為呢？」

「我認為什麼？」

「妳認為她還活著嗎？」

真世聽到武史直截了當的問題，身體忍不住向後仰，「一下子直球對決嗎？」

「但這是最大的關鍵，妳怎麼認為？」

「可能……已經不在人世了？」

「不能排除這種可能性。」

不吉利的想像閃過真世的腦海。

「該不會……？」

「怎麼了？」

「不，」真世搖了搖頭說：「沒事。」

「話不要說到一半，如果妳有什麼想法，就說清楚。」

「也不是說有什麼想法，只是想像而已，但我覺得應該不太可能……」說到這裡，她又改了口：「還是不說為妙。」然後閉上了嘴。

武史皺著眉頭說：

「如果不想把話說完，一開始就不要說。我知道妳想說，會不會是分身殺了本尊，然後假冒本尊，奪走龐大的遺產。」

武史說中了。真世點了一下頭，抬眼看著武史問：「有這種可能性吧？」

「不知道，有這個可能。」

「啊？」

「如果是推理小說，只能說是 B 級的劇情，但完全有這種可能。」

「不會吧……太震驚了。」真世再次看著護照上的照片，回想著自己認識的上松和美，想要比較兩張臉，但是內心湧起了其他感情。「不行，我還是無法相信。」

「妳是說不相信她是冒牌貨嗎？」

「這也是無法相信的事之一，更無法相信她會做這種事。我和她已經見了幾次面，我覺得她是好人。」真世說到這裡，發現武史的眼神冰冷。「也許我看人沒什麼眼光……」

「妳很有自知之明嘛。」

真世生氣地瞪著武史。

「但是現在還無法確定她是冒牌貨，也沒有發現任何證據。」

「妳說得對，所以我們要繼續調查。」武史再次面對那些紙箱。

「但是，按照你的說法，她不是知道我們會檢查她的行李嗎？所以，即使她是冒牌貨，不是也不可能留下任何可能成為證據的東西嗎？剛才的護照就是很好的例子，也許她有自信絕對不會引起懷疑，所以才故意放在我們會發現的地方。」

「嗯。」武史挑起單側眉毛，發出了讚嘆的聲音，「妳的分析很有道理，我也同意妳的意見。只不過再怎麼小心謹慎的人，百密必有一疏。只要徹底調查，一定可以找到線索。」武史說完，搬了另一個紙箱放在地上。那是貼了「交友關係」的標籤的紙箱，但是他在打開紙箱之前，轉頭看著真世說：「妳在發什麼呆啊？也要一起幫忙，檢查一下其他紙箱。」

「要檢查哪一個？」

「哪一個都可以，妳自己動腦筋啊。」

即使他這麼說，真世也不知道該調查什麼。她看著堆在那裡的紙箱後，決定檢查貼了「回憶物品」標籤的紙箱。她抱起來時，發現紙箱很沉重。

她撕開膠帶，裡面是剪貼簿和資料夾，相簿引起了她的注意。

她把相簿拿了出來，發現相簿很舊。

貼在第一頁的，感覺是幾十年前的照片，身穿白色嬰兒服的嬰兒躺在被子上，應該是上松和美。

真世繼續翻閱著，可以清楚看到嬰兒漸漸長大變成了女孩，穿著和服的照片應該是七五三節時拍的。準備騎腳踏車的少女、在公園玩耍的少女——相簿內的照片都大同小異。

真世發現其中有一些不自然的照片。比方說，少女站在動物園的動物籠子前的照片很細長，明顯剪掉了旁邊的人。有好幾張類似的照片。

武史似乎發現真世歪著頭納悶，於是問她：「怎麼了？」

「你怎麼看這些照片？」真世把相簿遞到武史面前，說明了可疑的地方。

武史注視著這些照片想了一下，最後似乎想通了什麼，點了點頭。「原來是這樣啊。」

「怎麼回事？」

但是武史沒有回答，他再度陷入沉默，好像在思考什麼。

「叔叔。」

「不要跟我說話。」

武史摸著下巴，向「回憶物品」的紙箱內張望。他伸手拿了什麼東西出來。原來是相框。相框中是一張看起來像是上松和美的少女，坐在像是她母親腿上的照片。她的母親很年輕，也很漂亮。

「這張照片怎麼了？」

武史仍然沒有說話。不一會兒，不知道想到了什麼，把相框翻了過來，然後打開了背板的鐵片，把所有鐵片都打開後，拿下了背板。

真世在一旁注視著武史的手。「叔叔……」

「雖然我們不知道那個女人到底是誰……」武史終於開口，「但至少我們沒必要幫那個姓竹內的哥哥。」

6

和竹內見面後的第五天，真世帶上松和美參觀了浴室相關的展示中心。真世告訴她，目前正緊鑼密鼓地為她找新房子，請她再耐心等待兩、三天。

「別擔心，我很享受飯店的生活。」上松和美面帶微笑地回答，「妳有去惠比壽的房子看過了嗎？」

「有，雖然只去了一次……」

「妳看了是不是很受不了？因為我的東西都沒有整理？所有東西都仍然放在紙箱裡。」

「因為您只是暫時住在那裡，所以情有可原。」

「雖然家裡沒有任何不能給人看到的東西，只是很擔心妳會覺得我這個人不會整理。」

上松和美說話的語氣很輕鬆，但可以感受到她很在意真世有沒有看紙箱內的東西。也許武史說的沒錯，她做好了真世會看她東西的心理準備。真世請她放心，自己並沒有看她的東西。

走出展示中心，她們像往常一樣去「陷阱手」討論。走進酒吧，看到武史正在擦桌子。

「不好意思，每次都來打擾。」上松和美向他道歉。

「別這麼說，竭誠歡迎。」武史露出親切的笑容，「後面的桌子已經擦乾淨，也消過毒了。別客氣，請坐請坐。」

真世和上松和美正準備走向已經擦好的桌子時，門突然被人用力推開。真世轉過頭，看到走進來的人，忍不住大吃一驚。因為那個人是竹內。

「終於逮到妳了，妳躲去哪裡了？」竹內瞪著上松和美。

「不好意思，還沒有到營業時間。」站在吧檯內的武史說。

「你很清楚，我並不是客人，我要找這個女人，我猜想妳差不多會來這裡了，所以一直守在門口。」竹內指著上松和美說。

「簡直就像跟蹤狂，雖然你花了這麼多心思，但是我沒話可說了，」上松和美說，「因為該說的上次都已經全都說完了。」

「不，還沒有完，但我並不是來找妳吵架的。」竹內緩和了說話的語氣，坐在吧檯前的高腳椅上，「我今天來，有一個提議，我想和妳做交易。」

「交易？什麼交易？」

「妳不要這麼兇嘛，要不要坐下來？妳站在那裡，根本沒辦法好好說話。」

上松和美用力嘆了一口氣，走向吧檯，在和竹內隔了兩個座位的高腳椅上坐了下來。

竹內把手伸進上衣內側，拿出一個扁平的盒子放在吧檯上。

「這是什麼？」上松和美問。

「妳自己看啊。」竹內露出不懷好意的笑容。

上松和美拿起盒子，立刻皺起了眉頭。「親子鑑定試劑盒？」

「現在的時代真是太方便了，只要採集自己的 DNA 樣本，寄到鑑定公司，就可以判定是不是親子關係。」

「你打算用這個幹什麼？」上松和美把盒子放回吧檯，推到竹內面前。

「不需要我說明吧？我建議用這個來鑑定妳和爸爸的親子關係，我要聲明，這不是我的主意，而是爸爸的意思。」

「你不是說他失智了嗎？」

「有時候會很清醒。我在他清醒的時候，和他聊了妳的事，他說妳並不是和美，於是我請爸爸寫了委託書，以代理人的身分來和妳談。或許妳會感到不舒服，但這樣對大家都好。如果鑑定結果顯示，妳的確是爸爸的女兒，我保證這輩子都不會再出現在妳面前。怎麼樣？這個提議很不錯吧？」

「如果我拒絕呢？」

「妳為什麼要拒絕？如果妳是和美本尊，根本沒有理由拒絕。妳不必擔心，我不會動手腳。在採集爸爸的樣本時，妳也可以在場，之後再採集妳的，然後當場寄去鑑定公司。」

「我拒絕。」上松和美斬釘截鐵地說，「因為對我沒有任何好處。」

「妳沒有聽我說話嗎？我不是說了，只要證明你們是父女關係，我就不會再來找妳，在證明你們是父女之前，我會一直纏著妳。」

「那也沒辦法，隨你的便。」

「我上次不是說了嗎？如果妳再這麼強硬，我會告上家事法庭，提起確認親子關係不存在的訴訟，到時候妳就逃不掉，也躲不了了。」

「我不是說了嗎？隨你的便。」

「真的嗎？我可不是嚇唬妳而已。」

「不好意思，可以打斷一下嗎？」武史插了嘴。

竹內皺起眉頭，轉身面對吧檯。

「什麼事？和你沒有關係。現在不是還沒有開始營業嗎？你給我閉嘴。」

「那可不行，和美太太是我去世的朋友的太太，既然有人莫名其妙地找她的麻煩，我當然不能袖手旁觀。」

「我哪裡有找她麻煩？」竹內惡狠狠地問。

「我聽到你們剛才的談話，你說的話明顯有問題。為什麼要調查你爸爸與和美是不是父女關係？」

「那還用問嗎？如果他們不是父女，就代表這個女人不是和美，是冒牌貨。」

武史用力搖了搖頭。

「我就是搞不懂這一點，為什麼會得出這樣的結論？」

「啊？我才搞不懂你在說什麼？」

武史轉頭看向上松和美。

「和美太太，妳為什麼不把真相告訴他？我認為妳根本不需要有任何顧慮了。」

上松和美不知所措地看著武史。

「對不起。」武史向她道歉，「幾天前，真世去妳家時，我也和她一起去了，然後在妳家找到了這個。」

武史從下面拿了什麼東西，放在吧檯上。

原來就是上次的相框。相框內是少女時代的上松和美，與像是她母親的女人的合影。

「我覺得這張照片很棒，所以就拿起來看了一下，沒想到背板掉了下來。我絕對沒有故意拆下來。因為很好奇，於是就不小心看了……」

上松和美目不轉睛地注視照片後，緩緩伸出手。在其他人的注視下，拆下了背板。

真世站在上松和美後方伸長脖子張望，發現照片背面有用藍墨水寫的文字。

上松和美一動也不動，似乎沉浸在特殊的感情之中。

「和美太太，」武史叫她，「我能夠理解妳的心情，妳想要隱瞞妳媽媽曾經做的事，但是事到如今，我認為已經瞞不住了，更何況只有把真相告訴他，他才能夠接受。」

「怎麼回事？喂！」竹內不耐煩地問，「這是怎麼回事？你在說什麼？」

上松和美用力吐了一口氣，放鬆了肩膀的力氣。她從相框中拿出照片，默默放在鑑定試劑盒旁。

竹內的表情一臉可怕，拿起照片，瞥了一眼正面後，把照片翻了過來。

他看著背面的文字，臉色大變，臉頰抽搐著。

這也難怪。真世心想。因為照片背面寫了以下的內容。

「和美：

這件事很重要，我只告訴妳。

祐作並不是我的兒子，是爸爸和其他女人生的孩子。

所以我也生了其他男人的孩子，那個孩子就是妳。爸爸並不知道這件事。

希望妳可以幸福。

母字」

竹內發出低吟後，好像在呻吟般說：

「騙人，不可能有這種事，戶口名簿上寫著我是長子。」

「一點都不奇怪，只要付錢給沒有職業道德的醫生，讓他開出生證明，即使是別的女人生下的孩子，也可以作為自己的孩子報戶口。」武史冷冷地說，「所以你現在瞭解了嗎？你父親與和美並不是父女關係，完全沒什麼好奇怪的，反而是理所當然的事，無法證明她是冒牌貨。」

「騙人。」竹內大叫起來，「我不相信，這根本是胡說八道。」他說完這句話，就開始撕照片，把照片撕成碎片後丟了出去。碎紙片飄落在地上。

接著，竹內又從懷裡拿出手機操作起來。真世發現他的手在微微顫抖。

「這個要怎麼解釋？」竹內把手機出示在上松和美面前，螢幕上是一張像是文件的東西。「這是診斷書，根據這張診斷書，妳在一年多前就得了胰臟癌，得了胰臟癌的人，怎麼可能像妳這樣活蹦亂跳？」

上松和美舔了舔嘴唇後說：「難道你認為所有得胰臟癌的人都會死嗎？」

「我問了認識的醫生，醫生說，即使接受了治療，也不可能是妳目前的狀態。」

「你還是老樣子。」上松和美露出憐憫的表情，「腦筋不靈光又武斷，遇到任何事都無法深入思考。」

「妳說什麼！」竹內站了起來，右手準備伸向上松和美，但武史搶先抓住了他的手腕。竹內大聲咆哮：「放開我。」

「這家店設置了監視器。」武史說，「你剛才的行為都拍了下來。你剛才撕照片的行為觸犯了毀損文書罪，一旦法官認為你有罪，就會判處五年以下的有期徒刑，你要我報警嗎？」

「……哼，隨你的便！」竹內說話的聲音聽起來有點慌張。

武史放開了竹內的手腕。

「到時候也可以提醒警察，半年前，和美家中被闖了空門。可以和當時偵查時採集到的指紋比對一下，進行深入的調查，還可以進行你最愛的ＤＮＡ鑑定。你剛才神氣活現地出示的診斷書照片，或許可以成為最佳證據。」

竹內頓時臉色發白。「我不知道你在說什麼。」

「如果你真不知道，那就不必擔心，我要打電話叫警察了。但是，如果你現在就離開，我就放你一馬。」

竹內氣急敗壞地皺著眉頭，看了上松和美一眼後，用力咂嘴後站了起來。他正準備走向門口，武史遞上親子鑑定試劑說：「你有東西忘了帶走。」

竹內一把搶過盒子，大步走向門口。

門關上後，武史從吧檯走出來，鎖好了門。

上松和美從高腳椅上走了下來，撿起散落在地上的紙片。

「妳的回憶被撕碎了。」武史對她說。

「我會試著用膠帶黏起來。」

武史注視著上松和美手上的紙片。

「妳有時候會看妳媽媽留給妳的這段重要的文字嗎？」

「也不是有時候，只是……很偶爾。」

「這樣啊。」武史走回吧檯內，「和美太太。」

「什麼事？」

「那張照片是彩色影印。」

「啊？」上松和美抬起了頭。

「這張才是原本的照片。」武史說著，舉起一張照片。少女和母親的合影——和剛才放在相框內的照片完全相同。

「然後，」武史把照片翻了過來，「原本的照片背後什麼都沒寫。」

上松和美愣在原地說不出話，似乎不知道發生了什麼狀況。

「那些內容是我寫的，」武史一派輕鬆地說，「竹內不是妳母親的孩子，妳是妳母親和父親以外的男人生下的孩子，這兩件事都是我的創作，也就是杜撰的，但是妳剛才說，妳偶爾會看這段內容。」

上松和美的胸口用力起伏，她的呼吸變得急促。

「你為什麼……」

「在說明這件事之前，我必須先向妳道歉。我說我和妳丈夫是一起下西洋棋的棋友是說謊，我完全不認識他，當然也沒去過妳家。」

「怎麼可能？這……」

「不好意思，我原本想為了姪女，給妳留下好印象，所以做出這種輕率的行為。」

武史向一臉茫然的上松和美說明了第一次見到她時所說的話都是胡說八道，在橫濱的住家前拍的照片也是合成的。

「所以，你已經發現我並不是上松和美本尊嗎？」

「是啊。」

「妳也知道嗎？」冒牌上松和美轉頭看著真世問。

「對不起。」真世鞠躬向她道歉。

「既然妳知道，為什麼之前什麼都沒說？」

「因為這件事和我們沒有關係，」武史代替真世回答，「如果是在雙方當事人同意的情況下做這件事，就不容外人置喙。」

「雙方當事人……？」

「不用說也知道，就是妳和上松和美太太。如果不是本尊和分身雙方合作，不可能這麼巧妙地冒充。以我的想像，應該是上松太太向妳提出這個要求，然後妳也同意了。是不是這樣？」

冒充的女人短暫沉默後點了點頭，似乎決定不再隱瞞。

「沒錯，就像你說的那樣。」

「容我進一步想像。上松太太罹患了竹內所說的重病，她得知自己來日不多之後，放不下一件事。那就是從她丈夫手上繼承的龐大財產，如果不採取任何措施，就會落入她的父親和哥哥手上。即使留下遺囑，把所有財產都捐給慈善團體，她的父親仍然可以拿到特留分。特留分是整體的三分之一，絕對不是一筆小數目，而且實質上會落入她哥哥的手中。上松和美太太無論如何都無法忍受這件事，因為她哥哥是她在這個世界上最痛恨的人。」

冒充的女人瞪大了眼睛問：「你為什麼連這件事都知道？」

「因為我看了這個。」

武史彎下腰，從下面拿出了舊相簿。

「這本相簿裡都是上松和美太太小時候的照片，但是有好幾張照片用不自然的方式修剪過了，我猜想被剪掉的部分應該是比她年長四歲的哥哥，也就是竹內。原本應該是他們兄妹的合影，但是這些紀念照片讓上松和美太太越看越討厭。不久之前，妳曾經對竹內說，上松和美在國中一年級時死在她哥哥手上，雖然我不知道具體的情況，但不難想像她曾經遭受了什麼虐待。上松和美太太因為這件事，想要斷絕和哥哥之間的所有關係，這些照片就是最好的證明。」

冒充的女人略帶遲疑地開了口。

「上松太太在國中一年級的冬天，被哥哥的幾個同學欺負。那幾個同學對她說，妳乖乖不要動，我們已經付錢給妳哥哥了。」

真世聽了這件令人作嘔的事，忍不住小聲嘀咕：「真是人渣。」

「上松太太說，那次之後，她就對男人心生畏懼，無法和任何人交往，也完全不想結婚。她在安養院工作時，遇到了孝吉先生，覺得是命運的安排。雖然孝吉先生的年紀可以當她的父親，但是她覺得孝吉先生和她以前遇到的男人都不一樣。」

「所以她無法忍受所愛的丈夫留下的財產落入她痛恨的哥哥手上，即使不是全部，只是其中一部分也不願意，於是就找人冒充她，假裝自己仍然活在世上。」

「沒錯，你的推理能力太驚人了。」

「謝謝妳的稱讚，不勝惶恐。」武史一隻手放在胸前，鞠了一躬，「因為我對自己的推理很有自信，所以就思考是否能夠為妳盡綿薄之力。於是我想到可以假裝妳母親在照片背面寫了一段留給妳的話。因為我預料到竹內會提出ＤＮＡ鑑定的要求，所以可以用這個方法對付他。他一輩子都將懷疑自己的身世，但我認為這是他應受的懲罰。」

「因為和美太太並沒有告訴我，照片背後有寫字，所以剛才我慌了手腳，但是做夢都沒有想到，竟然是偽造的。」

「雖然是在情急之下的反應，但妳的演技很精采，所以我想請教妳一個問題，」武史露出嚴肅的表情看著她：「妳到底是誰？」

「看來我不回答也不行了。」

前一刻自稱是上松和美的女人知道無法再繼續瞞下去，露出了淡淡的微笑，說出了自己的本名。

她的本名叫末永奈奈惠。

7

末永奈奈惠原本在川崎一家大型書店工作。

有一天，她在檢查書架時，發現一名女性客人目不轉睛地注視著自己。那名客人戴著口罩和黑框眼鏡，身材消瘦，一頭濃密的栗色頭髮令人印象深刻。

奈奈惠正感到納悶，那名女性客人走過來問她，契訶夫的作品放在哪裡。

「請問妳要找契訶夫的哪一部作品？妳知道書名嗎？」

那名女性客人歪著頭問：「妳有什麼推薦的作品嗎？」

「沒問題。」奈奈惠回答後，帶她去了海外文學區。

「我喜歡契訶夫的《櫻桃園》，但是《凡尼亞舅舅》很受歡迎，除此以外，還有《海鷗》和《三姊妹》，不同出版社搭配出版的作品也會比較不一樣。」

奈奈惠拿起書向女性客人說明，對方只是瞥了一眼，一直盯著奈奈惠的臉。自己臉上沾到了什麼東西嗎？

「妳喜歡哪一本呢？」

奈奈惠問，女性客人瞇起眼睛，點了點頭說：

「謝謝，我全都要。」

「全部……嗎？但是會有幾本作品重複。」

「沒關係，我打算送人。」

「原來是這樣，那就沒問題了。」

那名女客人接過書，走去收銀台。奈奈惠目送她的背影，覺得這個客人很奇怪。

兩個星期後，奈奈惠正在整理書架，聽到有人叫她「末永小姐」。回頭一看，一個女人站在那裡。女人穿了一件變形蟲圖案的洋裝，戴著眼鏡和口罩。

「請問妳還記得我嗎？」

「上次契訶夫的……」

「太好了。」奈奈惠看著女人的眼睛，知道她露出了微笑，「上次很感謝妳，我朋友很喜歡我送的禮物。」

「是嗎？那真是太好了。」奈奈惠發自內心地說。讀者喜歡自己推薦的書，是書店店員最大的喜悅。

「所以我想向妳道謝，請問妳今天下班之後有事嗎？」

「不需要道謝。」奈奈惠搖著雙手，「我只是做了該做的事，妳有這份心意就足夠了。」

「妳別這麼說，可以請妳陪我嗎？不瞞妳說，我想拜託妳一件事，我只占用妳一個小時左右，我慢慢向妳說明。」那個女人說話的語氣也漸漸變得輕鬆。

女人自我介紹說，她叫上松和美，同時出示了信用卡，證明那不是假名字。

奈奈惠感到不知所措。她不知道對方有什麼目的。對方知道自己姓末永，應該是看到自己胸前的名牌，但是客人通常不會記住書店店員的名字。這代表對方上次就已經特別注意奈奈惠了。

「拜託了。」上松和美合起雙手說道，她的眼神很認真，看起來不像在動什麼歪腦筋，而且奈奈惠也很好奇，對方想拜託自己什麼事。

「好，」奈奈惠回答說：「我晚上八點半就可以下班離開了。」

「謝謝妳，我會在車上等妳，妳可以到停車場來找我嗎？」

上松和美說了她的車款和車牌，奈奈惠對車子不熟，用原子筆在手背上記下了四位數的數字。

晚上八點二十分左右，奈奈惠走去停車場。因為書店已經打烊了，停車場內只有一輛車子。上松和美坐在那輛車子上。

奈奈惠坐在副駕駛座上後，上松和美把車子開了出去。奈奈惠問她要去哪裡，她說不是太遠的地方。

她們來到都市飯店的一個房間內。一走進房間，上松和美站在那裡，轉身面對奈奈惠說：

「我在書店第一次看到妳時，難以相信自己的眼睛，我認為是奇蹟，所以很抱歉，我對妳進行了調查，確認妳是值得信任的人，所以才會向妳提出邀約。」

奈奈惠完全不知道上松和美想說什麼。

「呵呵，」上松和美輕聲笑了起來，「妳當然會感到莫名其妙，但是，這樣妳就知道我的意思了。」上松和美拿下眼鏡，放在旁邊的桌子上，然後又拿下了口罩，撥了撥頭髮後，轉頭面對奈奈惠。

奈奈惠不知道自己花了幾秒的時間，才終於理解眼前的狀況。絕對不是只有一、兩秒而已。她茫然地注視著對方的臉，時間慢慢流逝。最後她「啊」了一聲，瞪大了眼睛。

「妳似乎理解了我的意思。」

「很像……」

「不只是很像而已，簡直就是一模一樣。」

奈奈惠注視著對方的臉，默默吞著口水。她不知道該說什麼。眼前這個女人的臉酷似奈奈惠。當然有幾處細微的差異，但是正如上松和美所說，乍看之下，簡直一模一樣。

「不瞞妳說，其實我稍微動了一點手腳。」上松和美用雙手遮住了自己的臉，「我改變了化妝，看起來更像妳，還有眉毛的形狀，但只是這種程度，我沒有去整形。原本打算變成和妳一樣的髮型，但沒有找到合適的，所以我想妳可以戴這頂。」

上松和美把手伸進放在椅子上的紙袋，拿出一頂假髮。栗色的假髮和她的一樣。

上松和美走向奈奈惠，為她戴上了假髮，然後稍微整理了一下，讓奈奈惠轉身面對鏡子說：「妳自己看一下。」

奈奈惠倒吸了一口氣。鏡子中的兩個人簡直就像雙胞胎，如果這麼告訴別人，應該也不會有人懷疑。

「怎麼樣？」上松和美問她。

「很像，雖然我比較胖。」

「沒有差多少，以前我也和妳差不多。妳今年幾歲？」

「三十九歲。」

「所以妳比我小三歲。如果卸了妝，就可以發現皮膚狀態的差異。」

「上松太太，接下來要做什麼？我們要拍照嗎？」

奈奈惠以為她要拍照上傳到社群網站，於是這麼問，沒想到上松和美搖了搖頭。

「雖然我很想拍，但我會忍住，因為我不想留下不必要的證據。」

「證據……」

上松和美的這句話讓奈奈惠感到難以理解。如果不是為了拍照片，為什麼要做這種事？

「我會向妳說明，妳先坐下來。妳可以把假髮拿下來了。」

奈奈惠在椅子上坐了下來，拿下了假髮，面對上松和美。

「妳是不是有一種奇怪的感覺？好像在面對自己。」

「是啊……」

雖然的確有這種感覺，但奈奈惠不瞭解上松和美的目的，所以內心的緊張感更加強烈。

「我想要拜託妳的不是別的事，就是想請妳當我的替身。」上松和美說，「我目前一個人住在橫濱的透天厝，但是因為某種原因，我無法繼續住下去了，我必須讓別人以為我繼續住在那裡，所以希望妳能夠代替我去住那裡。即使不是每天去也沒關係，每個星期去一次，如果不行的話，一個月去一次就好。只要讓左鄰右舍看到妳住在那裡，這樣就足夠了。當然，我不會讓妳做白工，我會支付相應的報酬。」

上松和美拜託的這件事太奇怪了。奈奈惠不知道其中的目的，內心只有猜疑持續膨脹。上松和美似乎察覺了她的想法，聳了聳肩說：「妳一定覺得委託妳做這件事很奇怪。雖然我很瞭解妳，但是妳對我一無所知，所以，不如這樣？我希望妳來我家一趟看看，到時候我就會把所有的情況都告訴妳，我相信妳就會理解了。」

「妳很瞭解我的情況嗎？」

「我很瞭解。我不是說了嗎？我已經調查過了。」

上松和美拿出一本小型記事本，說出了奈奈惠住的公寓、手機號碼、經常去的咖啡店和常去買東西的便利商店。每一件事都很正確，奈奈惠感到不寒而慄。

「我知道妳可能會覺得很可怕，但也可以證明我很認真。」上松和美說話時，臉上帶著悲壯感，「妳願意來我家嗎？」

好奇心和不想和麻煩事有任何牽扯的警戒心在天人交戰，內心的天秤擺動了一下，最後用力傾斜。奈奈惠點了點頭。

兩天之後，奈奈惠拿著上松和美給她的地址，來到了上松和美位在橫濱山手町的住家。上松和美叮嚀她要小心謹慎，不要被附近鄰居看到她的臉，於是她戴上了口罩。自從新冠肺炎流行之後，即使戴口罩，也不會引人側目。

上松和美的住家規模無法稱為豪宅，結合了日本和西洋風格的房子品味不凡。

紅磚門柱令人印象深刻。

上松和美畫著和兩天前相同的妝容在家等她，還說以後打算一直維持下去。

「以前我在家都不化妝，但是為了讓妳當我的替身，首先要讓左鄰右舍熟悉這張臉。」

「上松太太，我還沒有答應要接受妳的委託。」

「我知道，所以今天請妳來這裡。」

上松和美為奈奈惠泡了紅茶。她們坐在可以看到院子的客廳，上松和美不時喝著紅茶，開始向奈奈惠說明。

她首先說明了她去世的丈夫的情況。她在高級安養院認識了上松孝吉，兩年前離開了人世，上松和美獨自繼承了他留下的龐大遺產。

但是，年輕的遺孀上松和美的優雅生活並沒有持續太久，她很快發現了身體的異常，檢查結果發現，她罹患了胰臟癌。

「雖然我持續接受治療，但可能治不好。我很清楚自己的身體狀況，我不認為自己還可以活好幾年。」上松和美說話的語氣很乾脆，但似乎並不是心灰意冷，而是已經進入了豁達的境界。

奈奈惠認為不需要說一些言不由衷的安慰話，所以繼續等她說下去。

「我反而更關心我死後的事，說白了，就是財產的去向。因為我並不是沒有法定繼承人。」

她又繼續說，她有父親和哥哥，但她不想讓他們任何人繼承自己的財產，而且還詳細說明了其中的理由。

奈奈惠聽了之後，完全能夠理解。她的父親很惡劣，哥哥也是敗類，甚至覺得不知道是否可以用什麼方法，讓她的哥哥受到懲罰。

「所以我不能死，」上松和美露出無力的笑容，「即使死了，也不想讓別人知道。至少在我父親去世之前不能讓人知道。只要留下遺囑，就可以排除我哥哥的繼承資格，但我父親有特留分。」

「所以妳要我代替妳住在這棟房子……」

「妳似乎理解了我想說的話。沒錯，但是，對妳也有好處，等我死了之後，所有財產都屬於妳。這也是理所當然的事，因為妳就是我，而且妳不需要等太久，最多不會超過一年。」

「現在還不知道吧？只要妳持續接受治療——」

上松和美用力搖著頭，打斷了奈奈惠。

「不會有這種事。因為我打算要在一年之內離開這個世界，我已經決定了。」

奈奈惠聽了，不禁感到愕然。原來她打算自殺。

「這……不太好吧？」

「為什麼？」上松和美歪著頭。

「沒為什麼……就是不太好啊。」

「我剛才不是已經說了嗎？反正我活不了多少年，最後會在痛苦中死去。既然這樣，我希望可以決定自己的死期。妳不必擔心，我打算用別人絕對不會知道我身分的方式，比方說，會去遙遠的地方跳河。」

她淡淡地說著，好像在說和她無關的事，但也證明了她堅定的決心。奈奈惠說不出話。

「如果妳願意答應，我會很高興。」

奈奈惠雖然瞭解了情況，但無法立刻做出結論。她說要考慮一下，然後就離開了上松和美家。

回到家後，她認真思考了這件事。如果做這種事，真的沒問題嗎？這是不是犯罪行為？她對這個問題感到不安。

但是，上松和美有很多值得同情的地方，而且可以得到龐大財產這件事也很誘人。

只不過奈奈惠基於完全不同的理由，終於下定了決心。

上松和美聽到奈奈惠回答說，願意當她的替身時，她雙手交握在胸前，吐了一口氣說：

「太好了。我還擔心如果妳不答應怎麼辦，所以這幾天一直沒睡好。」

「我會盡力協助妳，但是，我有一個條件。」

「什麼條件？是錢嗎？」

「不是。妳之前說，要去遙遠的地方跳河……」

「妳是說自殺的事嗎？我的確這麼打算。」

「我希望妳更改這個計畫。」

「更改？什麼意思？」

「可以請妳在我住的地方……迎接人生的最後一刻嗎？」

上松和美用力吸了一口氣，然後吐了出來。「為什麼？」

「因為……我希望末永奈奈惠離開這個世界。」

上松和美連續眨了好幾次眼睛，用沒有起伏的聲音說：「看來妳也有難言之隱。」

「今天輪到我向妳說明自己的情況了。」奈奈惠說，「妳願意聽我的事嗎？正確地說，是我和我媽之間的事。」

「當然想聽，我洗耳恭聽。」

「好。」奈奈惠回答後，開始說了起來。她的故事有點長。

奈奈惠出生在日本海沿岸的地方都市，奈奈惠的母親是末永家的女王。無論是女兒要讀哪一所學校，還是家裡要不要換新車，什麼時候吃買回來的哈密瓜，她的意見決定了全家人所有的事。

奈奈惠不記得從什麼時候開始變成這樣，但從她懂事的時候開始，家裡的一切都是母親說了算。

上了小學後不久，住在附近的同學稱讚說，新家門上的圖案很漂亮。奈奈惠回家之後，把這件事告訴了母親。母親微微揚起臉，挺起胸膛說：

「當然啊，因為這是媽媽挑選的，妳同學一定也覺得我們家牆壁的顏色和圍籬都很美，妳下次去問問她。」

事後才知道，當初也是媽媽提出要買地建房，不僅如此，她還以和祖父母同住為條件，讓他們也出了三分之一的錢。當初有好幾塊地備選，由她最後選定了那塊地，也是她決定房子要以白色為基調。

但是，奈奈惠完全不認為這件事有什麼問題。因為她一直認為母親是家裡最厲害，也最了不起的人。這也是事實。

奈奈惠讀小學五年級時，祖父因為腦中風昏倒，之後就一直臥病在床。雖然祖母負責照顧祖父，但一個人照顧很辛苦，而且祖母笨手笨腳，經常做一些不必要的事。母親看不下去，開始協助照顧祖父，但很快就掌握了主導權，照護相關的手續，以及和公所的交涉都由母親一手包辦，她經常向奈奈惠抱怨：「奶奶缺乏社會經驗，做事情又慢吞吞，真的很傷腦筋。」而且還會補充一句：「這個家如果沒有我撐著就完蛋了。」

母親的強勢當然也會波及到奈奈惠這個獨生女，她會干涉奈奈惠日常生活中所有的事。她只能穿母親喜歡的衣服，無法自由決定自己的髮型，必須學一些她根本不喜歡的才藝，無法做自己想做的事。每天的行程都貼在她的書桌前，如果她不照做，母親就會對她唉聲嘆氣。母親不會罵她，只是在她面前嘆氣。

「奈奈惠，我都是為妳好，所以才整天為妳著想，但是妳為什麼不聽媽媽的話？只要妳按照媽媽說的去做，一切都會很順利，妳不要東想西想了，只要按照媽媽說的去做就好，知道嗎？媽媽拜託妳了。」

母親也密切注意奈奈惠的交友關係。那已經不是關心，而是監視了。她想要完全掌握奈奈惠和什麼樣的朋友來往，也曾經針對奈奈惠的好幾個朋友說：「那個同學不適合妳，妳以後不要再和她一起玩了。」奈奈惠不知道母親是以什麼標準挑選朋友。

「我不是妳的機器人！」上了高中後不久，奈奈惠忍不住對著母親大叫。因為母親擅自打開了朋友寄給她的信。

但是，母親並沒有向她道歉，反而堅稱是為奈奈惠著想，才會這麼做，還說她是全世界最愛奈奈惠的人。奈奈惠聽了忍不住反駁，這根本不是愛。

末永家開始整天聽到爭執聲，這是之前從來不曾有過的現象。母女也經常吵架，不久之後，母親在吵架過程，都會情緒失控地放聲大哭。

父親完全不插手她們母女之間的這個問題。他每天工作到很晚才回家，週六、週日也都去加班，或是陪客戶去打高爾夫，經常不在家裡。父親不可能沒有察覺家人的變化，但他選擇逃避，更何況他也因為太太在照顧自己的父親，所以感到內疚。

過了一陣子之後，她們母女不再吵架。因為奈奈惠對反抗母親感到疲累，她告訴自己，只要當一個乖女兒，這個家就可以太平無事。

她聽從母親的要求用功讀書，在母親的指示下，就讀了本地的大學，但是她的大學生活完全沒有樂趣。她仍然無法擺脫母親的監視，也無法交男朋友。因為她覺得反正會遭到母親的反對，所以也不想交男朋友。

畢業之後，她去父親朋友經營的公司上班，雖然對那個行業完全沒有興趣，但是母親說，對女人來說，工作只是尋找結婚對象的地方，所以她也沒有力氣反對。最後，母親也為她找了結婚對象。對方是母親朋友的兒子，無論外表和內涵都不錯，雖然並不是奈奈惠喜歡的類型，但因為對方的工作地點在東京，於是奈奈惠決定和他交往。因為她以為結婚之後，就可以擺脫母親的束縛。

結婚後不到一個月，她就知道自己想得太天真了。母親頻繁出現在他們東京的新居，而且事先完全沒有預告。母親詳細追問她的婚姻生活，也仔細檢查他們的生活空間，最後一定會問他們生孩子的計畫，而且總是語帶責備地問，到底是怎麼回事？

雖然他們算是有正常的夫妻生活，但是奈奈惠沒有懷孕。和沒有感情的人一起生活無聊至極，奈奈惠開始心生厭倦，她比任何人都急著想要生孩子，否則就無法繼續忍受下去。對方似乎也有同感。她很快就發現了丈夫外遇。丈夫對她說，他在家裡感受不到愛，厭倦了這樣的生活。奈奈惠聽了他的說詞，覺得他說的是實話。

離婚之後，她仍然留在東京，開始了獨居生活。幸好她找到了工作，在學生時代的朋友介紹下，進入目前的職場工作。

母親經常催她趕快回老家，她總是推說老家找不到工作。如果可以，我也想搬回老家，但是我已經這麼大了，不能再靠父母了，等我存了一筆錢之後，再積極考慮回家的事。她對母親說了違心的話。

奈奈惠就這樣過了將近十年，母親在照顧年邁的父親同時，等待著女兒回家。她的夢想就是女兒可以照顧她的老後。因為她總是把這件事掛在嘴上，所以絕對不會錯。

自己的人生到底是什麼？奈奈惠一直在思考這個問題。是為母親而活嗎？自己一輩子都無法追求自己的夢想嗎？

她就是在這種情況下，遇到了上松和美，上松和美向她提出了驚人的計畫，宛如一場甚至可能有機會重啟人生的賭博。

上松和美聽奈奈惠說完之後對她說，能夠理解她的心情。

「雖然被父母拋棄很痛苦，但是遭到束縛也同樣痛苦。」

「對不起，妳應該覺得和妳所承受的痛苦相比，根本不足掛齒。」

「我不會這麼想。好，我接受妳的條件，我會在妳家裡走完人生最後一段路，以末永奈奈惠的身分離開這個世界。」

「謝謝。」奈奈惠向她道謝。

那天之後，她們經常見面。上松和美在惠比壽租了一間套房，她們就在那裡見面。上松和美說，她打算搬離橫濱的家。既然之後奈奈惠要以上松和美的身分生活，她認為這樣比較好。

「我死了之後，妳可以搬去更大的房子，自己買一間也不錯。」上松和美心情愉快地說。

奈奈惠在惠比壽的套房內接受成為上松和美的訓練。她詳細瞭解了上松和美的身世和經歷，徹底牢記在腦海中，也瞭解了上松和美的興趣、愛好，以及喜愛的服裝。幸好上松和美幾乎沒有關係密切的親朋好友。當她問及理由時，上松和美說，和年邁丈夫的生活是她的一切。

奈奈惠開始減肥，努力讓自己的身材更接近上松和美。幾個月後，她瘦了將近十公斤，同事都擔心她是不是生病了。

她也改變了髮型。上松和美的栗色頭髮是假髮，拿下假髮後，是一頭短髮。因為治療的影響，她的頭髮一度全都掉光了，現在才終於長出來。奈奈惠也剪了短髮。

將近一年之後，終於即將迎接決戰的日子。

「我沒有任何遺憾，雖然這麼說可能很奇怪，但是和妳相處的時間很愉快。我回顧了自己的人生，能夠向別人毫無保留地說出自己內心的一切很幸福。」

奈奈惠流下了眼淚。因為她也有同感。她在上松和美身上感受到不同於友情的另一種感情，也許是因為她已經開始繼承了上松和美的人生。

同時，她也對末永奈奈惠這個人將從這個世界消失這個事實產生了奇妙的感慨。至今為止的人際關係會完全消失，也無法再靠近以前工作的職場，再也不能和以前的朋友、熟人見面了。不可思議的是，她完全不覺得可惜，也沒有絲毫的難過。和即將以別人的身分展開生活的將來相比，至今為止的前半生完全沒有任何吸引力。

上松和美選擇服毒自殺。她在奈奈惠的租屋處，穿上奈奈惠的衣服，留下大量指紋後服毒自殺。遺體旁留下了「我累了，對不起。末永奈奈惠」的遺書。這是奈奈惠親筆寫的，所以不必擔心筆跡有問題。

兩天後，奈奈惠從網路上一則簡短的新聞中，得知自己死了。

8

「我成為上松和美的第一件事，就是購買了那間房子。」末永奈奈惠說，「既然我繼承了她的人生，就必須用符合她的生活方式過日子。反正我有很多錢，所以就買大一點的房子，但是不能太標新立異。雖然神尾小姐為我設計了很迷人的方案，但我不知道哪一種方案更適合上松和美這位女性，所以最後選擇了最正統的設計方案。」

原來是這樣。真世恍然大悟。

「妳有料到竹內會來找妳嗎？」武史問。

「和美太太說，他日後可能會找上門，還說他們已經好幾十年沒見面了，對方絕對不可能察覺我是假冒的。沒想到他竟然知道和美太太生病的事，我很納悶，他到底怎麼會知道……」

「我剛才也已經對他本人說了，半年前，應該就是他去闖空門。他應該在那時候看到了診斷書，得知上松和美太太罹患了不治之症，然後改變了原本的計畫。」

「什麼計畫？」真世問。

「他偷偷溜進那棟房子絕對不只是為了闖空門而已，根據我的推理，他應該打算奪走和美太太的生命。」

「怎麼可能……？」真世和末永奈奈惠互看了一眼，奈奈惠也露出緊張的表情。

「因為這個推理可以解釋很多事。他得知和美太太繼承了富豪的大筆財產，所以開始打遺產的主意。他認為只要偽裝成強盜殺人，沒有人會懷疑到已經幾十年沒有聯絡的自己身上。」

「可怕的男人……」

「但是，他得知和美太太罹患了胰臟癌，就改變了主意，認為等她自然死亡更安全。」

「對喔，但是和美太太遲遲沒有死，反而越來越健康，於是他就懷疑可能是冒牌貨，就開始找上門糾纏不清。」

「他應該不會再來找麻煩了吧？」

「不知道，但他已經沒招了。除非末永小姐告訴他真相。」

武史看著末永奈奈惠，真世也看著她。末永奈奈惠察覺到他們的視線，不自在地搖晃著身體。

「我該怎麼辦？你們認為我該說出真相嗎？」

「這件事必須由妳自己決定，」武史立刻回答，「至少我不會把這次的事告訴任何人，因為從某種意義上來說，我是共犯。我相信我姪女的想法也和我一樣。——對不對？」

武史突然這麼問，真世有點不知所措。她無法立刻說出肯定的回答。

「我可以請教一個問題嗎？」她問末永奈奈惠。

「請說。」

「您打算怎麼處理媽媽的問題？我是說您的媽媽，因為她不是認為自己的女兒已經死了嗎？我認為這是很殘酷的打擊，這樣真的好嗎？」

末永奈奈惠尷尬地垂著眼。看來這是敏感的問題。

「這根本是蠢問題。」武史說。

「啊？」真世抬頭看著武史，「你說什麼？」

「我說這是個蠢問題，妳以為自己是公民道德的老師嗎？這種問題根本不該問因為遭到虐待，而逃離父母身邊的孩子，這是孩子必須捫心自問的問題，旁人無法置喙。如果妳認為扛著這個秘密成為妳很大的壓力，就請其他建築師接手。」

真世聽了武史這番話，忍不住一驚。也許的確是這樣。武史剛才用了共犯這個字眼，確實無法否認自己只是想要擺脫目前的處境。

末永奈奈惠打破了沉重的沉默。

「我當然考慮過我媽媽的問題，」她用平靜的語氣說道，「妳說的沒錯，的確很殘酷，但是我遲早會以某種方式離開我媽媽。因為我認為這是為了我自己，也是為了我媽媽。今後，我媽媽一定會很辛苦，但是，我認為自己應該有能力支援她，只是並不是以女兒的身分。」

真世從末永奈奈惠的這番話，瞭解了她的真心。她將以上松和美的身分活下去，但也會同時守護她的母親。既然這樣，正如武史所說，這也許的確不是他人可以置喙的問題。

「我瞭解了，」真世說，「我不會再提這件事。」

「真世小姐……」

「這件事就到此為止。」武史拍了拍手，「我要開始工作了，真世，妳也要回到自己的日常生活，做自己該做的事。」

「好。」真世回答後，轉頭看著末永奈奈惠。

「上松太太，我們可以開始討論了嗎？」真世在問話時想到，眼前這個女人除了要裝修房子，也同時在裝修自己的人生。

虛幻
女人

1

薩克斯風的聲音在店內悠揚地迴盪。

爵士名曲 *Left Alone* 進入了尾聲。前幾天曾經聽智也說，這幾名成員在現場表演時，都會用這首樂曲作為結尾。

智也此刻正在吹薩克斯風的表演者身後彈木貝斯。他搖晃著身體，似乎陶醉在樂曲中，不時看向柚希的方向。柚希認為他在問自己，今晚開心嗎？柚希眨了眨眼睛回答。當然是太開心了——

薩克斯風吹完最後一個音，樂曲在鼓手敲出鈸的細膩聲音中結束。周圍的客人都滿足地鼓掌。現場幾乎都是高齡者。

吹薩克斯風的男人向觀眾致意後，音樂會就結束了。柚希和智也四目相對，看到他輕輕點頭後，柚希站了起來。

走出幾十名觀眾就會擠滿的小型爵士俱樂部，攔了計程車。她要去惠比壽。計程車出發後，柚希拿出手機，傳了訊息給智也。「太棒了，好感動，眼淚差一點流下來。」

智也很快就回了訊息。「謝謝，想看妳哭得稀里嘩啦（笑）」

柚希忍不住嘴角上揚。

計程車抵達了目的地。柚希走下計程車，立刻走進了旁邊的小巷內。腳下的立方磚上刻了「TRAPHAND」的英文字。

繼續走進小巷深處，有一道深色的門，門上完全沒有任何文字。她拉開門，走進酒吧內。店內的燈光明暗適中，小酒吧除了吧檯以外，只有一張桌子。身材高眺的男人站在吧檯內，用低沉的聲音向她打招呼：「歡迎光臨。」他是這家酒吧的老闆神尾，在黑色襯衫外穿了一件黑色背心。

一名男子坐在吧檯最裡面的座位，他穿著深棕色人字紋西裝，戴著圓框眼鏡，放在他前面的平底大玻璃杯中裝著看起來像是威士忌的琥珀色液體。

柚希在吧檯前的第二張高腳椅上坐了下來。

「我記得今天是音樂會的日子。」神尾問。

「對，我才剛從俱樂部離開。」

「妳第一次聽高藤先生演奏嗎？」

「聽過幾次，但今天是第一次在正式的爵士俱樂部聽。」

「感覺如何？」

柚希在胸前握著雙手說：

「和在家裡聽他隨手輕彈的感覺完全不一樣，有一種陶醉在音樂中的感覺。我相信那是他最幸福的時光。」

「有觀眾這樣解釋，想必是音樂人無上的榮幸，但是，妳說錯了一件事。對高藤先生來說，最幸福的時光當然是和妳在一起的時候。」

柚希聽到神尾這麼說，感覺到自己的體溫上升。因為不想被人看到臉頰羞紅的樣子，所以默默低下了頭。

「先不說這些，」神尾說：「妳要先點飲料嗎？還是等高藤先生來了再說？」

「我先喝。因為他收拾樂器要花一點時間，而且他說要先回家一趟。」

木貝斯是日本的叫法，正式名稱為低音大提琴。拿著差不多像一個人高的巨大樂器走在街上很不方便，所以智也都開車載樂器。他的公寓在廣尾，離這裡並不遠。

「要像平時一樣喝葡萄酒嗎？」

「怎麼辦呢？我剛才在爵士俱樂部已經喝了紅酒。」

「那要不要喝新加坡司令？妳上次喝的時候說很好喝。」

「好啊，那就給我一杯。」

神尾點了點頭後開始調酒。最先拿出了琴酒的酒瓶。

坐在吧檯深處的男人站了起來。「我走了，幫我結帳。」

神尾搖了搖頭說：「不用了，今晚我請客。」

「那可不行。」圓眼鏡的男人從皮夾中拿出信用卡，放在吧檯上。

神尾皺了皺眉頭之後，對柚希露出親切的笑容說：「請稍微等我一下。」

「好，沒問題。」

圓眼鏡男人默默向柚希鞠了一躬，似乎在說「對不起」。

神尾刷完卡後，把簽單交給了男人，男人接過之後說：「關於我剛才提到的事，你真的不打算去參加法事嗎？」

「我考慮一下。」神尾冷冷地回答。

圓眼鏡男人露出心灰意冷的表情，嘆了一口氣，走向門口。神尾沒有對他離去的背影說任何話。

男人離開了。柚希很好奇剛才那個人是誰，正在思考要怎麼問，神尾把調酒的材料放進雪克杯時說：

「他是我哥哥，我們說好不干涉彼此的生活，但他有時候會從鄉下來看我，可能擔心我一個人死了也沒人知道。請慢用。」

神尾說完，把平底大玻璃杯放在她面前。淡紅色的液體中加了櫻桃和檸檬，她喝了一口，酸味和甜味，以及適度的苦味融合在一起，在她的舌尖擴散。「真好喝。」她說。

「太好了。」神尾露出潔白的牙齒笑了起來。

柚希感到很快樂。等一下智也就會來這裡，在為音樂會成功乾杯之後，柚希必須表達感想。該如何形容呢？柚希喝著雞尾酒思考著。她不想用一些陳腔濫調。

酒杯空了。神尾問她要不要再來一杯。

「雖然也不錯……但是我先聯絡他，他照理說應該到了。」

「的確是，都已經十二點多了。」

柚希從皮包裡拿出手機，傳了訊息。『你怎麼還沒過來？發生什麼事了嗎？』

智也平時向來都會立刻回訊息，但過了好幾分鐘，都沒有已讀訊息。

柚希決定打電話給他，但聽到電話中傳來語音的回答。您撥打的電話收不到訊號，或是已關機。

柚希拿著手機不知所措。

「怎麼了？」神尾問她。

「我也不知道，電話打不通。」

「妳要不要打電話去爵士酒吧問一下？可能在音樂會後，發生了什麼意外的狀況。現在可能還有人在店裡。」

「啊，你說得對，但是要怎麼問呢？」

只有一小部分人知道柚希和智也的關係，店裡的人不可能把表演者的情況告訴不認識的粉絲。

「妳知道爵士俱樂部的電話嗎？」神尾問。

「今天的門票上應該有。」柚希打開皮包，拿出了票根。

「借我看一下。」神尾說完，把手伸了過來，柚希把門票交給了他。

神尾看著票根，撥打了電話。他把手機放在耳邊，等電話接通的樣子看起來很從容。

「啊啊，我想請問一件事。請問高藤智也已經離開了嗎？……不好意思，我姓神尾，是高藤的朋友，約好等他表演結束後一起喝酒，因為他遲遲沒有出現在我們約定的地點，而且電話也打不通，不知道發生了什麼狀況。」神尾對著電話流利地說道，態度很自然。柚希心想，自己無法像他那樣。

但是下一剎那，原本老神在在的神尾突然露出了嚴肅的表情。

「在哪裡？……是……是……原來是這樣啊。……我知道了。……不，我自己打聽。不好意思，這麼晚打擾了。」神尾掛上電話後，露出嚴肅的眼神看向柚希說：「高藤先生似乎發生了車禍。」

「啊……」柚希的心跳加速。

「他把樂器搬回車上時，被機車撞到，頭部遭到撞擊，陷入了昏迷，已經送去了醫院，是帝都大學醫院。」

神尾說的每一個字都無法順利進入腦海。雖然她隱約瞭解狀況，卻無法明確掌握事實，陷入了混亂。

「火野小姐。」神尾叫著柚希的名字，「妳不去醫院嗎？」

這句話喚醒了柚希的神經。她抱著皮包，跳下高腳椅。「我要去、去醫院……呃、哪家……」

「帝都大學醫院。」

「帝都……」她拿著手機，想要搜尋，但是手指顫抖，無法順利搜尋。除了手指，她的渾身都在顫抖。

「我陪妳一起去。」神尾脫下黑色背心。

柚希雖然感到很不好意思，但說不出婉拒的話。因為她心慌意亂，對自己的判斷力失去了自信。她希望有人指示她該怎麼做。

神尾叫了計程車，他們一起搭上計程車前往醫院。柚希在車上握著雙手，默默祈禱智也只是受了輕傷，她向神明祈求，希望自己到醫院時，智也已經在病床上醒來。

計程車抵達醫院，柚希和神尾從急診進入醫院內。神尾在櫃檯問了智也被送去了哪裡。

他們來到急救中心，看到候診室內有幾個人影。其中一人就是剛才音樂會時彈鋼琴的人。

其中有一個女人。年紀大約四十歲左右，一頭短髮，穿著套裝。可能因為急著趕來的關係，她沒有化妝。雖然柚希第一次見到她，但猜到她是誰。

彈鋼琴的男人發現了柚希和神尾，走了過來。

「請問兩位是？」他問了之後，看了柚希的臉，有點驚訝地挑著眉毛：「妳……我記得妳有來音樂會。」

柚希不置可否地點了點頭。

「我們是高藤先生的朋友，」神尾說，「今晚和他約好一起喝酒，但是他遲遲沒有出現，於是打電話去店裡，得知了車禍的事。」

「原來是這樣。」鋼琴手露出了瞭解狀況的表情。

「目前情況怎麼樣？」

鋼琴手聽了神尾的問題，露出了愁容。

「醫生判斷是腦挫傷。被機車撞到倒地時，他的頭部用力撞到了水泥磚……因為他雙手抱著樂器，所以無法騰出手。目前正在緊急動手術，但情況很危險。」

柚希在一旁聽了差一點暈倒。智也非但不是輕傷，而且傷勢很嚴重。情況很危險是什麼意思？智也可能會死嗎？

「妳最好先坐下來。」神尾察覺了柚希的狀態，請她坐在椅子上。

柚希癱坐在椅子上，心跳持續加速，無法控制呼吸變得急促。她感到全身發冷，但腋下冒著冷汗。

她一直低著頭，眼前出現了人影。柚希抬起頭，不由得大吃一驚。因為剛才看到的女人站在她面前。

她慌忙站起來，但眼前發黑，差一點昏倒，幸好神尾扶著她。

「請坐，不必勉強站起來。」那個女人說。

「妳坐下吧。」神尾也這麼說，柚希緩緩坐了下來。

「我是高藤的妻子。」

柚希聽到女人的話，並沒有感到驚訝。

「是。」柚希點頭回答。

「妳就是高藤目前喜歡的人嗎？」

這個問題很難回答，但是又無法不回答。

「……我和他關係很密切。」她勉強擠出這個回答。

「我可以請教妳的名字嗎？」

「我姓火野，火野柚希。」

「柚希小姐……妳的名字很好聽。」

目前的狀況下，即使聽到對方這麼說，也無法說「謝謝」，柚希沉默不語。

柚希知道對方的名字。她叫高藤涼子。

「妳去聽了音樂會嗎？」

「我去了。」

「這樣啊，我已經好幾年沒有聽他演奏了，也許該說一開始就沒有興趣，可能在那個時間點，我就不是一個稱職的伴侶。」高藤涼子露出落寞的笑容。

這時，一名女性護理師走過來，「高藤太太，可以請妳過來一下嗎？」

「好。」高藤涼子回答，然後和護理師一起走了出去。

柚希目送著她們離去的背影，心情格外複雜。雖然她早有心理準備，有朝一日可能會見到智也的妻子，只是做夢也沒想到竟然是在這種情況下見面。她原本猜想一旦見面，氣氛一定劍拔弩張，對方會把自己罵得狗血淋頭，但剛才的狀況和她想的完全不一樣。

高藤涼子走回候診室，向鋼琴手和其他幾個男人說明情況。

那幾個男人都露出了沉痛的表情，然後開始收拾東西。他們似乎打算離開了。神尾站了起來，走向他們。

高藤涼子走到柚希面前說：

「手術還在進行，不知道什麼時候結束。」

「這樣啊……」

「因為不能讓大家都等在這裡，所以就請他們先回去，所以妳也回去吧。」

「不，我在這裡——」

高藤涼子露出冷峻的表情搖了搖頭說：

「我一個人在這裡等。因為我是他的太太，妳並不是他的太太，不是嗎？」

高藤涼子用沒有起伏的聲音說的這句話，重重地沉入柚希的內心深處。

「妳瞭解了嗎？」

「……是。」柚希無力地點了點頭。

她拿起皮包，搖搖晃晃地走了出去。神尾不知道什麼時候走了回來，說要送她回家。

她決定接受神尾的好意。

他們再次坐上了神尾安排的計程車，離開了醫院。柚希的身體不停地顫抖。神尾不知道對她說了什麼，她機械地回答了，但是腦袋一片空白。當她回過神時，已經回到了家中。

柚希獨住的公寓離大門車站走路七分鐘左右，因為是很小的套房，所以智也只來過一次，他們也不曾在狹小的床上溫存過。

她躺在床上，但當然睡不著。她很希望智也能夠轉危為安，她願意為此犧牲一切。

她在兩年前認識了高藤智也。柚希在銀座的一家店工作，他走進了那家店。他說想要買在音樂會表演時穿的衣服，還提出了困難的要求，他希望服裝能夠呈現爵士的世界觀。

這下子難倒了柚希。因為她對爵士一無所知，於是她坦承了這件事，當場拿出手機，用爵士和打扮這兩個關鍵字搜尋。

她找到了一些圖片，正在看那些圖片，他突然問：「妳該不會是火野小姐？」

柚希驚訝地抬起頭，他瞇起了眼睛。

「果然就是妳。我剛才就覺得好像在哪裡見過妳。是我，我是高藤。」

「高藤……啊，你是『高藤牙醫診所』的？」

「沒錯。」他點了點頭，「上次辛苦妳了，之後牙齒的情況怎麼樣？」

「已經沒事了。喔喔，原來是高藤醫生。」柚希注視著對方的眼睛說。

「那天我戴了口罩。」他用一隻手捂住了嘴巴。

有一天早晨，柚希起床時發現牙齦腫了起來，而且也很痛。於是她去了上班途中的「高藤牙醫診所」，去看了兩次之後，牙齒狀況就改善了，之後就沒有再去。

「所以你的本業是牙醫師嗎？」

「是啊，因為光靠爵士樂無法填飽肚子。」

他說，他白天是牙醫師，晚上表演爵士樂。他負責低音大提琴，在父親的影響下，從國中就開始練習。

在發現曾經和對方有過一絲交集後，突然產生了親近感，為他挑選衣服時也更加用心。柚希為他挑選了襯衫、夾克和白色牛仔褲，他很滿意。

幾天之後，他再次來到店裡。他說想讓柚希看一下他在音樂會上的樣子。手機的照片中，他穿了那身衣服很好看，而且抱著低音大提琴的樣子也很瀟灑。

「我想表達謝意，改天可以請妳吃午餐嗎？」柚希立刻答應了他的邀約。那時候應該就已經被他吸引了。

第一次和智也的午餐約會很愉快。他很會說話，學識很豐富，而且也很擅長傾聽。他絕妙的應答，讓柚希原本沒什麼趣味的談話也變得很有趣。

吃完午餐喝咖啡時，智也告訴柚希，他有妻兒。

「原來是這樣。」柚希露出了微笑。雖然很失望，但並沒有太驚訝。因為智也完全沒有說自己是單身，所以她猜想可能已經結婚了。雖然對智也很有好感，但很慶幸在這種感情變得很強烈之前就知道了這件事。

沒想到智也又說了出乎意料的話。他說他並沒有和妻兒住在一起。

「在規劃未來的人生時，我和太太的意見相左。雖然她希望我放棄爵士樂，但是我無法做到。」

智也說，他太太也是牙醫師，從她祖父那一代就開始經營牙科醫院。智也原本在大學醫院工作，結婚後也去了那家牙科醫院。問題在於他想要持續投入爵士樂，雖然他太太起初能夠理解，但漸漸對他經常因為練習或是演出無法工作感到生氣。她繼承那家醫院後，肩負著不能讓醫院的風評變差的使命感，而且還有希望擴大醫院規模的野心。

「我很希望可以用自己的方式，在當牙醫師的同時，也享受爵士樂的樂趣，但是她說我這種不認真的工作態度，會對年輕醫生和牙醫助理造成不良影響。既然這樣，那我就去其他地方工作，於是就開了目前的牙醫診所，只不過因為這件事，和太太的關係變得很差，之後衣食住都各過各的，一直到目前仍然是這樣。」

智也用好像在聊別人的事般的輕鬆語氣說完後，聳了聳肩，喝著咖啡，然後坐直了身體，注視著柚希說：

「所以，我就是這樣一個背景不單純的中年男子，如果妳不介意，我們可以再見面嗎？如果可以，希望下次一起吃晚餐。」

他直截了當地提出這個要求，柚希有點不知所措。在吃午餐之前，她就有預感智也可能會提出交往，只不過完全沒有想到是這種方式。

「果然不行嗎？」智也露出無力的笑容，「嗯，我也知道不行，那我放棄了，請妳忘了這件事。」

「以後……也一直這樣嗎？」

「啊？」

「你們雖然維持婚姻關係，但是並沒有生活在一起，以後也會持續這樣的生活嗎？」

智也露出訝異的表情，但似乎很快就察覺了柚希這個問題的意思。

「喔喔，」他放鬆了臉上的表情，「如果妳是問我們是否有離婚的打算，我只能回答說，目前還沒有。我和她還沒有聊過這件事，雖然不知道以後的情況，但我不能隨便承諾不確定的事。」

柚希聽了他的回答，覺得他很老實。雖然有些男人為了追求女人，會說什麼已經和太太在談離婚了，但智也顯然知道，這種行為很愚蠢。

「上次演出時，團員對我說，高藤，你怎麼了？今天的服裝特別有品味。他們還稱讚說，之前太投入爵士樂，所以服裝都很土，那套衣服充分襯托出我的特色。於是我就覺得，那家店的店員能夠激發我的優點，所以我希望有機會和妳好好聊一聊。今天很開心，希望妳在工作上繼續加油，謝謝妳。」

「不，你太客氣了，謝謝你的款待。」

「那我們走吧。」

柚希看到智也拿起帳單，內心著急起來。一旦走出餐廳，這個男人可能再也不會來約自己，也無法再見面了。

「那個……」柚希開了口。

原本準備站起來的智也又重新坐了下來。「怎麼了？」

「如果是吃午餐……」柚希說，她的聲音有點沙啞。

智也原本困惑的表情，變成了開朗的笑容。

「太好了，那我改天再約妳。」

「好。」柚希回答，她知道自己的臉頰發燙。

那天之後，他們很快縮短了彼此的距離。午餐約會很快變成了晚餐約會，之後又去了酒吧。那家酒吧就是神尾經營的「陷阱手」。在酒吧喝完酒之後，去開車十分鐘路程的智也家，成為他們固定的約會模式。

柚希不覺得自己和智也是婚外情。因為智也從來不談家裡的事，但柚希對結婚不抱希望。因為她告訴自己，不能有這樣的期待。

但是在交往一年左右，情況發生了變化。智也告訴她，正在和太太討論離婚的事。因為目前的狀況對雙方都沒有益處，所以不妨積極摸索重啟人生的方法。

「如果離婚之後，可以和妳一起規劃未來嗎？」智也露出真誠的眼神問柚希。

聽到這句話，柚希興奮不已。她用力抱著智也，淚流不止，但是順著臉頰滑下的淚水很溫暖。

智也有一個兒子，目前讀高中，住在學校的宿舍。等他高中畢業後就離婚——

他和太太已經做出了這樣的決定。在離這個期限只剩下半年的現在，智也徘徊在生死邊緣。

柚希回想著快樂的時光，為智也擔心不已。她發現自己沒有卸妝，但是沒有力氣去洗臉。她縮在床上，不停地祈禱。思考不時中斷，但她不知道是失神了，還是暫時被睡魔抓走了。

她再次清醒時，天已經亮了。她頭昏腦脹，身體也很沉重，完全無法動彈。今天只能請假了，雖然同事一定會酸言酸語——她思考著這些事，聽到手機傳來來電鈴聲。

她一看時鐘，發現不到早上七點。是誰這麼早打電話來。手機螢幕上顯示了「神尾先生」的名字。她想起昨晚臨別前，和神尾互留了電話。

她接起電話。「你好。」

「我是『陷阱手』的神尾，是火野小姐嗎？」

「是。」

「不好意思，一大早打擾妳。因為我想趕快通知妳比較好。」

神尾淡淡地說道，但是柚希產生了直覺。這個人即將說出令人絕望的事——

「剛才接到那位鋼琴手的聯絡，我昨天留了電話給他，希望一有狀況，他就通知我。」

柚希緊緊握著手機，最後一次向神明祈禱。希望奇蹟可以發生。

但是，接著聽到了神尾說：

「很遺憾，高藤先生去世了。」

柚希感到全身頓時變得無力，意識也遠離而去。

耳朵深處只有低音大提琴的聲音。

2

身材微胖的森永放下葡萄酒杯，挺起胸膛說：

「這就意味著以後看電影或是電視劇，完全有可能會發生明明臉出現在螢幕或是銀幕上，但那個人並不是演員，當事人也沒有演戲的情況。他們的工作就是拍攝大量臉部的影像，然後提供給影像製作者使用。實際演戲的是有演技能力的演員，再運用深度偽造的技術進行加工。這項技術可以同時拯救有演技，長相卻很普通而無法當主角的演員，或是相反的情況，雖然長相很好，但演技很差，而無法成為演員的人，你們不認為很厲害嗎？」

森永雙眼發亮地說著，簡直就像少年。他一定發自內心喜歡製作影像。剛才在聊旅行和美食時，他都很安靜，但聊到工作的話題，他立刻變得很健談。

「雖然很厲害，但如果我是演員，就會考慮去整容。」坐在柚希身旁的山本彌生冷冷地說，「明明是自己演的戲，卻換上別人的臉，自尊心會很受打擊。」

「哈哈哈。」坐在她對面的吉野笑了起來。

「山本，妳不是換臉的專家嗎？」

「哪有換臉？我只是強調每個人的優點而已，你不要把化妝和電腦特效混為一談。」彌生嘟著嘴。她是百貨公司化妝品專櫃的組長，吉野和她同期進公司，但在外商部工作，森永是吉野的高中同學。

「即使再怎麼整型，也無法抵抗老化的因素。」森永說，「但是只要使用深度偽造，就可以換成年輕時的臉。」

「啊，這可能不錯。」

「這是好萊塢目前常用的技術，只不過日本很少有演員，會讓影迷希望他們重新回到年輕時的樣子。」森永拿起裝了紅酒的杯子，看著柚希笑了笑。

他們正在西麻布的一家餐廳酒吧。彌生約柚希一起來這裡，說要介紹朋友給她認識。彌生是柚希的大學同學。

柚希從皮包中拿出手機，瞥了一眼螢幕後放在右側。

「現在幾點了？」彌生問她。

「還有十分鐘就十一點了。」

「這麼晚了啊。——那今天晚上就解散吧。」彌生對兩個男生說。

「不用送妳們回家嗎？」吉野問。

「不用了，我們會一起回家，謝謝。」吉野聽了彌生的回答，點了點頭。從他的表情，知道他很瞭解狀況。森永雖然有點意猶未盡，但是沒有吭氣。

她們在餐廳酒吧門口向兩個男生道別。

「要不要陪我去續攤？」柚希問彌生。

「當然可以。」

她們攔了計程車，前往惠比壽。

「要去什麼樣的店？」

「是一家小酒吧，我之前就很想帶妳去。」

「是喔，好期待。」彌生說完這句話，嘆了一口氣，「影像宅男果然不合妳的胃口嗎？原本我以為你們搞不好會很合得來。」

「對不起，我實在無法放在左邊。」

她們事先約定，如果把手機放在左側，就代表可以和他們一起去續攤。

「妳不需要道歉，只要妳不會覺得無聊就好。」

「別擔心，剛才還滿開心的。」

柚希說了善意的謊言。因為和沒有興趣的對象吃飯是莫大的痛苦，但是她無法對彌生這麼說。她發自內心感謝彌生的友情。智也去世至今快兩年了，想到如果沒有這個朋友的陪伴，就覺得太可怕了。

只有彌生知道她和智也交往的事。如果當初不是彌生建議她去參加葬禮，她應該沒有勇氣去殯儀館。

「妳不是不認為和他是婚外情嗎？既然這樣，就名正言順地去參加葬禮啊。」

前往殯儀館的路上，彌生這麼對她說，還叫她可以盡情地哭。

「我知道叫妳不要難過也沒有用，妳不可能這麼快就走出悲傷。但是請妳不要忘記，有我陪在妳身邊，如果妳覺得自己快撐不下去了，隨時聯絡我。我一定會想辦法，一定會助妳一臂之力。知道嗎？」

朋友的這番話深深滲入了她的心中。彌生應該很擔心她會想不開。

事實上，她的確有好幾次想要一死了之，每天早上走下床都是莫大的痛苦。身為店員，不可以愁眉苦臉，所以上司整天為這件事提醒她。

新冠肺炎疫情爆發後，政府頒布了緊急事態宣言，店家都不得不暫時停業時，她覺得自己得救了，但是完全無法和別人見面，整天關在家裡的生活，讓柚希的內心完全無法走出絕望的深淵。

那段時間，彌生成為她的心靈支柱。彌生不僅頻繁和她聯絡，還不時抽空來看她，看到柚希完全沒有整理，家裡亂成一團時，還為她打掃。

彌生最近開始為柚希介紹男性朋友。柚希知道彌生的目的，八成是希望她談新的戀愛，但是柚希認為自己不可能，所以完全不抱希望。不可能遇到比智也更出色的人，那是自己這輩子最後一次戀愛，但是看到密友努力為自己創造機會，就覺得很對不起她，所以當彌生像今天晚上這樣約她一起出來吃飯時，她都不會拒絕。

她想帶彌生去的酒吧就是「陷阱手」。自從智也去世之後，她一次也沒去過。

因為她很擔心一旦踏進那家酒吧，和智也之間的回憶就會把自己壓垮。

下了計程車，走向酒吧時，彌生說：「這是典型的、像秘密基地般的酒吧。」

柚希有點緊張地推開了門。酒吧內的氣氛和她最後一次來的時候一樣，只有一對情侶坐在吧檯前，神尾站在吧檯前擦杯子，轉頭看過來時，瞪大了眼睛。

柚希緩緩走向吧檯，在高腳椅上坐了下來。彌生也在她旁邊坐了下來。

神尾走過來說：「好久不見。」

「好久不見。」柚希也微微鞠躬說，「這位……是我的朋友山本彌生小姐。」

「歡迎光臨。我姓神尾，請多指教。」神尾從吧檯下方拿出名片，彌生接過名片時說：「請多指教。」

「請問兩位要喝什麼飲料？」神尾問。

「那我要……新加坡司令。」

神尾聽到柚希這麼說，右側眉毛抖了一下。「可以嗎？」

神尾可能擔心她會想起不愉快的回憶。

「沒問題，因為我想悼念他。」

「怎麼回事？」彌生問。

柚希把智也發生意外那天晚上的事告訴了彌生，然後告訴她，那天晚上也是喝這款雞尾酒。

「這樣啊……那我也要喝一樣的。」

「好。」神尾回答。

「妳經常和智也一起來這家店嗎？」彌生問。

「嗯。」柚希點了點頭。

「每次吃完晚餐，都會在這裡喝完一整瓶葡萄酒。」

「他的酒量很好。」

彌生曾經見過智也一次。彌生和柚希一起喝酒時，柚希請智也去接她，目的當然是為了把他介紹給彌生認識。

「兩位久等了。」神尾把細長的平底玻璃酒杯放在柚希她們面前。

柚希拿起酒杯，調整呼吸後喝了一口。酸味在嘴裡擴散，她立刻想起了那天晚上發生的事。千頭萬緒在內心翻騰，她拚命忍住了淚水。

「真好喝。」坐在旁邊的彌生小聲嘀咕，「智也是這家店的常客嗎？」

「好像是。在和我交往之前，有時候會一個人來喝酒。」

「我曾經和他同台。」神尾說。

「同台？」

「有一次，我在朋友的拜託之下，去爵士樂的現場演奏會表演魔術，沒想到當我上台後大吃一驚。因為樂團就在我後面。我事後得知，好像是臨時改變了節目，但老實說，我當時很傻眼，那是第一次，也是最後一次在有外人在後面看的情況下表演魔術。」

「他就是當時的樂團成員？」

「對。」神尾點了點頭，「他的低音大提琴音色很飽滿，回到後台之後，他特地來向我打招呼，而且向我道歉，說我一定很難表演。我對他說，並不是他們的錯。」

「原來曾經發生過這種事，我第一次聽說。」

「我記得好像是五年前，是在橫須賀的 Live House，平時都只是演奏爵士樂而已，不知道為什麼，只有那天安排了在休息時間表演魔術，但是他們沒有找到適合的魔術師，於是，Live House 的經理來苦苦懇求我。因為是老朋友，所以我就答應了，但是沒想到會遇到那種事。聽高藤先生說，那次之後，就沒有再找魔術師表演了。」

「請問，」彌生插嘴問：「老闆，你是職業魔術師嗎？」

「很久以前曾經是，剛才的事是在我退休的幾年之後發生的，所以即使被人從後面看到魔術的玄機也無所謂。」

「你有沒有在這家店表演過魔術？」

彌生問，神尾笑著搖了搖頭說：「這裡並不是魔術酒吧。」

「這樣啊，真是太可惜了。」

「他經常在那裡演奏嗎？」柚希拉回剛才的話題，「我是說橫須賀的 Live House。」

「我不知道他多久去一次，但是他應該常去那裡，因為橫須賀是爵士之鄉。」

「爵士之鄉……」

「謝謝款待。」旁邊傳來男人說話的聲音。

神尾走到那對像是情侶的面前說：「謝謝兩位。」然後拿了一張白色的便條紙放在吧檯上。便條紙上應該寫了今天的結帳金額。

男人從皮夾中拿出信用卡，神尾接過信用卡，插進刷卡機後放在男人面前。男人在輸入密碼時，神尾把頭轉到一旁。

結完帳後，神尾把信用卡和簽單交給男人時問：「你打算什麼時候買新的遊艇？」

「目前還不知道，很希望可以在今年夏天之前買到，因為據說目前缺貨。」男人回答的語氣很矯情。

「希望你能夠找到理想的遊艇。我剛才也說了，我有朋友在逗子碼頭，如果你想找遊艇，他應該可以幫上忙。」

「太好了，我會記住，也許會找他幫忙。」

「沒問題，隨時歡迎。」

男人穿起上衣，經過柚希她們身後，走向門口。女人也跟在他的身後。那個女人身材修長，那件很長的襯衫裙應該是PRADA的。柚希心想，原來是很正式的約會。

「老闆，你有朋友在逗子碼頭嗎？」那對情侶走出酒吧後，彌生問神尾。

「對，但是在餐廳的廚房工作。」

「廚房？和找遊艇有關係嗎？」

「在找遊艇的空檔，不是會吃飯嗎？我的意思是，只要去那家餐廳，我朋友一定會炒幾道拿手好菜。」

「啊？什麼意思啊？」

「我可沒說我朋友是賣遊艇的人。」神尾一本正經地說。

彌生噗哧一聲笑了起來，「太有趣了，老闆，你太好玩了。」

「我也算是表演工作者。」

這時，門又打開了，剛才走出去的女人又走了進來。「我東西忘了……」

「我知道，是這個吧。」神尾拿起放在吧檯角落的手帕，遞給女人。他似乎已經發現了。

女人接過手帕後問：「老闆，你覺得怎麼樣？」她說話的語氣似乎和老闆很熟絡。

「買新遊艇的事應該是胡說八道，他根本就沒有遊艇。」

女人忍不住咂著嘴。「果然是這樣啊，我就覺得有問題。」

「他應該真的有遊艇駕駛執照，但是二級執照，只要有意願，兩天就可以考到。」

「太可惡了，又是一個唬爛的傢伙。」女人失望地嘆了一口氣，「還有沒有發現其他問題。」

神尾微微歪著頭說：「雖然也許不該這麼說，但他似乎並不聰明。」

「啊？是嗎？」

「因為他的手機和信用卡都是用相同的密碼。他不僅對自己的記憶力沒有自信，而且還缺乏警覺心。」

柚希聽了他們的談話，忍不住大吃一驚。神尾什麼時候偷看到密碼了？

「真傷腦筋。」女人嘀咕著。

「妳要和他去續攤嗎？」神尾問。

「原本打算去續攤，所以請他在外面等我，但我會假裝臨時有事要回家。幸好我帶他來這家店，下次再拜託了。」

「隨時歡迎光臨。」

彌生確認那個女人離開後問：「剛才是怎麼回事？」

「不是什麼特別的事，只是協助她鑑定。」

「鑑定？」

「那位小姐的信條是在找結婚對象時，鑑定對方的經濟能力最重要。之前我協助她鑑定之後，她似乎很滿意，所以每次認識了新的男生，就會帶來這裡。」

「所以她很相信你看人的眼光。」

「其實也沒有啦，只是對識破別人的謊言小有自信，因為魔術師在騙人這件事上是專家。」神尾說完，嘴角露出了意味深長的笑容。

3

原本看著手機的彌生抬起頭，點了點頭說：

「嗯，沒問題，就是這條路，在下一個路口往右轉，應該就可以看到那棟大樓了。」

「太好了。」柚希鬆了一口氣說。

第一次來到橫須賀，發現是很適合走路的城市。很多車道都是單行道，兩側的人行道都很寬敞，而且路面五彩繽紛，道路的某些部分呈現微妙的彎曲，讓人賞心悅目。馬路兩旁有各式各樣的餐飲店。

「找到了，就在這裡。」彌生停下腳步，抬頭看著眼前這棟乳白色的大樓。柚希也發現其中一塊招牌上寫著她們要找的店名。那家店在四樓。

走進大樓，搭上了電梯。目前不到傍晚五點，距離開始營業還有一段時間。

來到四樓，眼前就是那家店的入口。招牌上寫了介紹今天表演者的內容，但是門關著。

握住門把後輕輕一拉，發現門並沒有鎖，一下子就打開了。眼前有一張小型吧檯，一個挽起袖子的中年男人站在吧檯前，看著筆電。

男人抬起頭，看著柚希和彌生問：「請問兩位是？」

「我姓火野，聽神尾先生介紹了這家店……」

男人立刻放鬆了臉上的表情，點了點頭說：

「我在電話中已經瞭解了情況，兩位大老遠跑來這裡，辛苦了。」

他拿出名片。他姓鹿島。

「請進。」他帶著柚希和彌生來到店內深處，寬敞的店內排放著小型的桌椅，桌椅前方是舞台。

在鹿島的示意下，柚希和彌生在旁邊的座位坐了下來。

「聽神尾先生說，妳是高藤先生的熱情粉絲？」

鹿島問。

「對。」柚希回答，「我第一次在有樂町的爵士酒吧聽到他的演奏，覺得很棒，之後就開始追他，但最近發現都沒有看到他的名字，沒想到他去世了……」

「是啊。」鹿島露出難過的表情說：「他發生了車禍。他還這麼年輕，真是太遺憾了。因為他很英俊瀟灑，所以有很多女性客人都是為了他來店裡。」

「他……高藤先生經常在這裡表演嗎？」

「如果是表演，每年差不多一、兩次。」

「如果是表演……這句話的意思是？」

「他也會以客人的身分來這裡，他之前說，很喜歡橫須賀這個地方。」

「這樣啊……」柚希感到自己的臉頰有點僵硬。

她第一次聽說這件事，而且在聽神尾提起之前，她也完全不知道智也會在橫須賀表演。得知這件事之後，她越來越好奇，於是就約了彌生一起來這家 Live House。她向神尾說明了情況，向他打聽了這裡的地址，神尾說：「我會向老闆打聲招呼。」

「他以客人的身分來這裡，都是一個人嗎？」

「不，都是和他千金一起來，他好像沒有一個人來過。」

「千金？」柚希心跳加速，「你說他和女兒一起來？」

「是啊。」鹿島露出了理所當然的表情。

不可能。智也只有兒子。

「對了，妳等一下。」鹿島站了起來，不知道走去了哪裡。

柚希按著自己的胸口，她內心的慌亂仍然無法平復。

「妳覺得是怎麼回事？怎麼會有女兒……」

「不知道。」彌生歪著頭說：「智也不會是再婚吧？」

「再婚？」

「就是之前也曾經結過婚，那次結婚時生的小孩。」

柚希用力搖頭。

「不可能，我從來沒有聽他說過。」

鹿島拿著資料夾走了回來。

「找到了，我記得是在高藤先生去世前不久拍的。」鹿島說完，在桌上打開了資料夾，裡面貼著照片，他指著其中一張照片說：「就是這張。」

柚希凝視著照片，發現照片上有三個人，中間是一名年輕女子，智也和鹿島分別站在兩側。那名女子個子很高，穿了一件典雅的洋裝很漂亮。雖然長相不像傳統的日本人，但應該算是美女。

「請問他女兒叫什麼名字？」柚希問。

鹿島皺起眉頭說：「對不起，他可能提過，但是我不記得了。——啊，不好意思。」他的手機似乎接到了電話，他從口袋裡拿出手機，接起放在耳邊的同時站了起來。

柚希也從皮包裡拿出手機，打開相機，確認鹿島背對著自己後，拍下了那張照片。

「妳覺得她幾歲？」她小聲問。

彌生注視著照片，搖了搖頭說：「不知道，我想差不多二十多歲。」

「會是誰呢……」

柚希嘀咕著，但彌生沒有反應。彌生可能不知道該說什麼。

鹿島走了回來。

「請問妳還有其他問題嗎？因為我要為開店做準備工作了。」

「請問你知道高藤先生來橫須賀時，除了來這裡以外，還會去哪裡嗎？」彌生問。

「我知道他常去一家餐廳，是一家義大利餐廳，就在這附近。」

鹿島打開了手機中的地圖，告訴了她們那家餐廳所在的位置。

「除此以外，我聽說他很喜歡在溝板通商店街散步，我記得他說他在那條街上買了一件飛行夾克。」

溝板通商店街和飛行夾克——她都從來沒有聽智也提過。

走出大樓後，她們去找那家餐廳。因為既然來到這裡，她們決定去那裡吃晚餐。彌生邊走邊打電話，預約了那家餐廳。

那是一家在馬路旁的玻璃帷幕餐廳，她們在門口報上姓名後，女服務生為她們帶位。

打開菜單一看，發現使用了蔬菜和海鮮的義大利麵是這家餐廳的名菜。柚希沒有食慾，所以就交由彌生點菜，彌生點了幾道單品。

柚希在手機上找出剛才的照片，把女人的臉放大。

「這個女人到底是誰？」

「智也幾歲？」

「他去世的時候四十四歲。」

「如果在二十歲時生下這個女兒，那她就是二十四歲……」

柚希瞪大了眼睛，「妳是說，他在年輕時生下的私生子嗎？」

「不可能有這種事吧？對不起，妳忘了我說的話。」彌生慌忙收回了剛才說的話。

料理送了上來。雖然她們點了白葡萄酒，但是完全沒有心情乾杯。

雖然柚希沒什麼食慾，但吃了幾口之後，發現料理很美味，口感很棒，香氣十足，她能夠理解智也喜歡這家餐廳，但是，他並沒有帶柚希來過這家餐廳，他是和其他年輕女人一起享受這裡的餐點。

「我仔細想了一下，也許我對智也一無所知。」柚希停下拿著叉子的手說，「我之前很少去思考，他沒有和我見面時的生活，我一直以為，他在我面前所表現的，就是他的一切。」

「通常都是這樣，而且這樣也沒問題啊。每個人都有不為人知的另一面，有時候不瞭解反而更好。」彌生顯然在安慰她。

「妳的意思是，我發現了不知道比較好的事嗎？」

彌生皺起眉頭說：

「我覺得妳不必放在心上，八成沒什麼事，可能是朋友的女兒，或是親戚的小孩之類的。」

「如果是這樣，他為什麼沒有告訴鹿島先生呢？為什麼要說是自己的女兒？為什麼從來沒有帶我來過這裡？他甚至向我隱瞞了來橫須賀表演的事，那又是為什麼？」

彌生似乎無法反駁，垂下了雙眼。柚希見狀，立刻向她道歉：

「對不起，沒有理由質問妳，妳不要生氣。」

「嗯。」彌生點了點頭。

她們在沉重的氣氛中吃完了晚餐，因為可以在座位上結帳，於是她們招手找來了女服務生。

柚希把信用卡交給服務生時，把手機螢幕出示在她面前問：

「請問妳有沒有見過這兩個人？聽說他們經常來這裡？」

女服務生看著手機螢幕，過了一會兒，點了點頭說：

「左側那兩個人之前經常來這裡，因為有一次曾經寄放過大提琴，因為大提琴無法放在座位旁，所以我記得。」

「他們有沒有說，他們是什麼關係？」

女服務生聽到柚希奇妙的問題，露出困惑的表情說：

「我並沒有問，但是他們看起來關係很親密，我猜想是年紀相差很大的情侶……他們怎麼了嗎？」

「不，沒事，謝謝妳。」

柚希覺得手上的手機突然變得很沉重。

走出餐廳，她們一起去了溝板通商店街。因為柚希想去看一看智也去過的所有地方。

來到溝板通商店街，發現並沒有高樓，有很多小商店，除了酒吧和餐廳以外，還有很多軍用品商店。可能是因為美軍基地就在附近的關係，整個城市都充滿了美國文化。

柚希停下腳步。因為她看到一家飛行夾克的專賣店。智也是在這裡買了飛行夾克嗎？柚希完全無法想像他穿飛行夾克的樣子。

「我被他騙了嗎？」柚希看著掛在店門口的飛行夾克問。「他還有我不認識的另一面，那是絕對不讓我知道的另一個他。也許那才是真正的他，果真如此的話，一旦和我結婚，他要如何解決另一個他呢？還是他根本不打算和我結婚？」

「柚希。」彌生叫了她一聲，「我們回家吧，已經下雨了。」

聽到彌生這麼說，她才驚覺冰冷的雨點打在臉上。

太好了。柚希心想。即使自己流淚，路人也不會發現。

4

「園村牙科醫院」位在高層辦公大樓的三樓。當初是高藤涼子的祖父開了這家醫院，但原本應該在其他地方。

入口是玻璃門，一名女性坐在門內的掛號櫃檯。幸好沒有病人在候診。柚希閉上眼睛深呼吸後，再次注視著入口，然後向前一步。

玻璃門自動打開，櫃檯小姐露出親切的笑容說：

「妳好，請問您有預約嗎？」

「沒有，不好意思，我不是病人。」柚希說，「我想找院長。我姓火野，可以請妳幫我轉達嗎？」柚希遞上了事先準備的名片。

「找院長嗎？」女人接過名片，露出了困惑的表情，她可能很訝異服裝公司的員工為什麼要來找院長。

「我是為了院長已經過世的丈夫的事……」

柚希的補充說明似乎奏效，櫃檯小姐立刻露出緊張的表情說：「請稍候。」然後就走了進去。

柚希再次深呼吸，調整了呼吸。不知道高藤涼子會怎麼回應？她已經做好了被趕出去的心理準備。

櫃檯小姐走了回來。「院長請您在這裡等一下。」

柚希鬆了一口氣。高藤涼子似乎願意和自己見面。旁邊有沙發，她坐了下來。不一會兒，就有人影出現。柚希驚訝地抬起頭，看到一個陌生的女人。原來是剛接受完治療的病人。

那個女人繳費後離開，一名年輕男子從外面走了進來，和櫃檯小姐說了幾句話，立刻走了進去。之前就聽智也說，有好幾個牙醫生在這裡工作，如果高藤涼子正在為目前的病人治療，自己可能會稍微等一下。

距離和彌生一起去橫須賀已經過了一個星期，她至今仍然不知道照片中的女人是誰。她努力回想和智也之間的談話，完全沒有找到任何可以成為線索的記憶。雖然檢查他的遺物，或許會發現什麼，但是柚希手邊沒有任何他的遺物。當初是高藤涼子去整理他的房間。

智也還有另一張臉。或許自己只能接受這件事，但是對另一個智也來說，照片中的女人應該是他心愛的女人。這個女人住在橫須賀，智也都去橫須賀和她見面。這樣一想，就不難理解智也為什麼從來沒有在自己面前提過橫須賀的事。

她很希望可以相信智也，她不願承認自己被騙。因為一旦承認，和他共度的那些日子的回憶就會分崩離析。

她想要放下，不想再思考。只要忘記在橫須賀的所見所聞，就可以恢復以往的平靜生活。但是，她比任何人更清楚，自己根本不可能做到。

煩惱了很久，她做好了受傷的準備，決定要查明真相，否則一輩子都會耿耿於懷。問題在於要如何查明真相？

只有一個方法。

這時，她感覺到空氣的流動，抬頭一看，高藤涼子站在她面前。高藤涼子並沒有穿白袍，而是穿了一件V領針織衫和牛仔褲。

「讓妳久等了，我們去外面說話。」高藤涼子不等柚希回答，就走了出去。

樓層角落放著觀葉植物，高藤涼子站在觀葉植物旁，回頭看著她說：

「那天葬禮是最後一次見到妳，最近還好嗎？」柚希不知道該如何回答，她的嘴角露出了笑容，「看來妳過得不太好。——今天找我有什麼事嗎？」

柚希吞了口水後開了口。

「我有一件事想拜託妳。我可不可以看他的……看一下智也留下的遺物？」

高藤涼子立刻露出冷漠的表情問：「為什麼？」

「因為我想確認一件事，是智也人際關係方面的事。」

「妳說得很含糊不清，可以請妳說得更具體嗎？妳說的人際關係是什麼意思？」

柚希看著對方的眼睛說：「是關於他的女性關係。」

「啊喲。」高藤涼子挑起了眉毛，「真是太意外了。我確認一下，妳所說的女性關係，並不是指和妳之間的事，當然也不是和我之間的事吧？」

「對。」柚希回答，「智也似乎還有其他喜歡的女人，我無論如何都想知道對方是誰……」

「所以妳想調查他的遺物嗎？」

「對。」

「哼嗯。」高藤涼子輕哼了一聲，摸著下巴。她持續這個動作片刻，轉頭面對柚希說：「不好意思，我無法把他的遺物交給妳，因為他的個資中，也有關於我們家族的事。」

「我絕對不會看那些東西。」

高藤涼子苦笑著搖了搖手說：

「這不可能，因為無論如何都會看到。」

「可不可以請妳通融……拜託了。」柚希深深地鞠躬。

「妳不要這樣，如果被病人看到，會以為發生了什麼事。妳趕快把頭抬起來。」

柚希直起身體，抬眼看著高藤涼子。

女牙醫無奈地嘆了一口氣問：「妳還無法忘記他嗎？」

柚希覺得隱瞞也沒有意義，於是默默點了點頭。

「這樣啊。」高藤涼子小聲嘀咕。

「他真的太壞了，竟然讓妳至今都為他煩惱。但是，我認為其中一定有什麼差錯，我相信妳也知道，他並沒有那麼精明，甚至可以說有點笨拙，不可能同時腳踏兩條船，所以他也無法兼顧爵士和牙醫的工作，也不擅長說謊。他交了女朋友，就會告訴我。妳說他除了妳以外，還有其他女朋友？我認為不可能。」

「我也希望可以這麼想……」

「妳懷疑他的理由是什麼？有什麼證據嗎？」

「雖然可能稱不上是證據，但他的確經常和一個女人在橫須賀見面。」

「橫須賀？」高藤涼子皺起眉頭。

柚希拿出手機，出示了那張照片。

「就是這個女人。他向朋友介紹說，是他的女兒，但你們的孩子是兒子吧？」

高藤涼子瞥了螢幕一眼，了然於心地笑了起來。可以感受到她全身放鬆了，

「原來是這樣。」

「請問是怎麼回事？妳認識這個女人嗎？」

「很熟啊。他……高藤並沒有說謊，這個女人的確是我們的女兒。」

「啊？但是……」

高藤涼子從牛仔褲後方口袋拿出手機操作起來。

「雖然那張照片看起來有點成熟，其實當時才十七歲，還在讀高三，這是在那張照片的兩年前拍的。」高藤涼子說完，把手機螢幕放在柚希面前。

柚希看了上面的照片，忍不住倒吸了一口氣。照片中，身穿制服的高中男生對著鏡頭露出笑容。他的脖子很細，仍然有少年的樣子。

「妳在葬禮時沒有看到他嗎？雖然他那時候穿的是男裝。」

柚希默默搖了搖頭。在葬禮上完香之後，她低著頭走過智也的家人面前，根本沒有心情看他兒子的臉。

「他當時就讀六年一貫的完全中學，學生宿舍就在橫須賀附近。雖然平時去學校都是男生打扮，但是回到宿舍之後，就會變成女生。我們也和學校方面談過，校方也同意，也就是所謂的跨性別者。」

柚希說不出話，再次看著女人的照片。雖然經由高藤涼子這麼一說，似乎的確可以看到男扮女裝的痕跡，但是她之前完全沒有想過這種可能性。

智也從來沒有向她提過這件事，但是也許不能責怪他。因為他是顧慮到柚希的心情，所以不願意提起自己家庭的事。

「這樣啊，」高藤涼子說：「所以他經常去看孩子，我也不知道這件事。因為孩子也沒有在我面前提這件事，可能是難以啟齒吧，因為那孩子也知道我們打算離婚。原來我們的夫妻關係早就結束了，但是他們親子之間的感情並沒有斷。」

「親子之間的感情……」

「總之，妳現在應該瞭解狀況了，所有的問題都解決了。妳並沒有受騙上當，這樣不是很好嗎？」高藤涼子把手機放回了口袋。

「請問你們的兒子目前在哪裡？」

「不是兒子，是女兒。高藤應該也知道，那個孩子已經接受自己是女生這件事了。」

「啊，不好意思，那你們的女兒——」

「妳為什麼要知道我們女兒的下落？妳想要問她在橫須賀和父親見面時的情況嗎？不好意思，請妳不要去打擾我們的孩子。沒有孩子會願意見父親外遇的對象，我相信高藤在那個世界也會這麼想。」

柚希說不出話。她的腦袋仍然一片混亂。

「那我去忙了。」高藤涼子說完，轉身離開了，柚希覺得至少要向她道謝，但是說不出任何話。

柚希無法順利思考。她昏昏沉沉，回過神時，發現自己走出了大樓，在街上徘徊。她沒有目的地，兩隻腳只是機械式地移動，千頭萬緒都在她的腦海中交錯。

智也並沒有背叛柚希，他說要結婚的心意應該是真的，如果沒有發生那場悲劇，這件事可能已經在進行了。

但是，柚希又覺得智也可能也有猶豫。因為即使和妻子離了婚，他很可能仍然無法忍受和孩子斷絕關係。

柚希認為這也情有可原。雖然這個世界上，有父母會虐待自己的孩子，但那只是例外，大部分父母都會持續愛自己的孩子，甚至願意為了孩子犧牲自己。

智也也一樣。他一定很擔心生理和精神上的性別無法一致的兒子。雖然不知道去橫須賀之後，父子兩人聊了什麼，但不難想像，智也一定和兒子約定，只要自己活著，就會永遠支持兒子。當智也和兒子聊這些事，腦海中完全不會想到柚希。

柚希發現，原來自己有一個永遠都無法戰勝的情敵。

5

富樫在紳士用品賣場工作，所以他很隨興的衣著打扮也都很有品味。

「有一天，我們幾個朋友在聊天，有一個朋友問，雖然照鏡子時，左右會相反，但是為什麼上下不會顛倒。大家笑他的問題太無聊了，但是想要回答時，沒有人能夠說出答案。妳們兩位有辦法回答嗎？」富樫問柚希和彌生。坐在他旁邊的吉野得意地笑著，他應該知道答案。

「這種問題有什麼好問的？」彌生說：「因為如果上下也顛倒，不是會很不方便嗎？」

「這不是重點吧？」吉野吐槽說，「他問的是不會上下顛倒的理由。」

「因為鏡子就是這樣啊。」

「但這不是這個問題的答案。」

「啊？那我不知道了。柚希，妳知道嗎？」

「完全不知道，」柚希搖了搖頭，「也從來沒想過。」

「答案很簡單。」富樫露出了微笑，「我們現在面對面，在這種狀態下，如果叫妳向左轉，妳會怎麼做？」

「哪有怎麼做？就只能這樣做啊。」彌生把頭轉向左側。

「對啊，我和吉野坐在妳們對面，所以我們轉向左側，就會是和妳們相反的方向。那如果叫妳往上呢？這次所有人都會把頭抬向上方。也就是說，左右會隨著人的位置而改變，但是上下不會改變，對所有人都一樣。對鏡子中的人也一樣，所以上下不需要顛倒。這就是答案。」

「啊？什麼意思？我完全搞不懂。」彌生轉頭問柚希：「妳聽得懂嗎？」

「好像……懂了。」

「啊哈哈哈，」富樫發出開朗的笑聲，「這樣就對了，只要有好像懂了的感覺，就很了不起。重要的是，人除了以自己為基準思考以外，還要從旁觀者的角度思考，不可以混淆。」富樫拿起了高球雞尾酒的酒杯。

這個人很有趣。柚希心想。雖然他的話不多，但是每次說話，就會帶給大家刺激。他應該很聰明，而且也很善解人意。

他們今天在麻布十番的一家串燒店吃飯，但並不是彌生的邀約，而是柚希主動對彌生說：「如果有好的對象，別忘了介紹給我。」彌生問了吉野後，就約了富樫一起吃飯。

今晚的聚餐很愉快，料理很美味，酒也很好喝，最重要的是，她終於能夠發自內心地笑了。她已經想不起來多久沒有這種放鬆的感覺了。

她拿出手機看了時間，快十一點了。差不多該向彌生發出暗號了。她打算今天把手機放在左側，她覺得可以和富樫他們再多聊一會兒。

「現在幾點了？」彌生問。

柚希還來不及回答，富樫就回答說：「十點五十六分。」他看著自己的手錶。他的手錶錶面是透明的，可以看到內部的機械。柚希剛才就注意到他的手錶。

「你的手錶很漂亮。」柚希說。

「謝謝。這是漢米爾頓的爵士大師，我喜歡這種透明的感覺。」

「這款手錶……叫爵士大師嗎？」

「漢米爾頓這個品牌希望這款錶就像爵士樂般，成為兼具革新和現代性的收藏品，所以取了這個名字，也可以說是美國精神。」

「這樣啊……」

柚希完全不知道有這種錶，不知道智也知不知道。

「對了，我的外甥在大學參加了輕音樂社，但不是玩搖滾，而是爵士樂。」吉野說，「他們在大學的校慶上演奏，不知道是不是因為新鮮，據說很受歡迎。」

「年輕人喜歡爵士，真難得啊。」

「他好像是受朋友的影響。那個朋友的父親去世之前就是爵士樂手，那個朋友就開始拉他父親留下來的低音大提琴。」

柚希不由得一驚。

「你知道他的名字嗎？」

「妳是問我外甥的名字嗎？」

「不，是那個彈低音提琴的男生。」

「不知道，我沒有問，但是網路上有介紹他們輕音樂社的影片。」吉野俐落地操作著手機，「啊，找到了，就是這段影片。」

柚希伸長脖子看著他遞過來的手機。輕音樂社的成員演奏的照片接連出現在影片中。

「啊！」柚希忍不住叫了一聲。因為拍到了彈低音大提琴的年輕人。吉野按了暫停。

柚希凝視著那個年輕人的臉，很像高藤涼子之前出示的、她兒子還是男孩時的樣子。但是，她兒子並沒有穿女裝。因為他留著鬍子。

難道認錯人了嗎？但是實在太像了，不像是另一個人。

「我想知道這個人叫什麼名字。」她對吉野說。

「好，我來問我外甥，妳等我一下。」吉野拿起手機，離開了座位。

柚希看著身旁的彌生問：「妳認為是怎麼回事？」

但是，彌生歪著頭，一臉不知所措的表情。

「那個低音大提琴的年輕人怎麼了嗎？」

富樫問，但是柚希不知道該怎麼說明，只能支支吾吾地說：「呃，那個……」

這時，吉野回來了。

「打聽到了，他姓高藤，是牙醫系二年級的學生。」

柚希感到輕微的暈眩。沒錯，他就是智也的兒子。但是，他為什麼是男生的樣子？難道他放棄女裝了嗎？

「柚希，」彌生叫著她的名字，「今晚就回去吧。」

「喔……好啊。」

雖然對兩個男生很抱歉，但是柚希已經完全沒有喝酒的心情了。現在沒辦法思考其他的事。

向吉野他們道歉後，就離開了餐廳。

「我們去『陷阱手』吧。」走出餐廳後，彌生對她說：「我有事要告訴妳。」

「啊？什麼事？」

「去那裡就知道了。」彌生舉起手，攔了空車。

坐上計程車後，彌生告訴司機地點之後，就沒有說話。她的表情很嚴肅，柚希不敢對她說話。

她想告訴自己什麼事？柚希猜想是關於智也或是他兒子的事，難道彌生知道什麼嗎？

計程車抵達酒吧後，彌生用行動支付付了車錢，快步走向「陷阱手」。柚希從她的背影中，感受到某種決心。

走進酒吧，發現裡面沒有客人。「歡迎光臨。」神尾在吧檯內向她們打招呼。

「神尾先生，我們今晚可以包場嗎？」彌生說。

「包場？所以……」神尾看向柚希。

「對，我必須向她坦承那件事。你上次說，到時候就包場……」

「好。」

神尾走出吧檯，走向門口。

「什麼事？妳說要坦承是什麼意思？」

「我會向妳解釋，妳先坐下。」

彌生在高腳椅上坐了下來，柚希也坐了下來。

神尾走回吧檯問：「妳們要喝什麼飲料？」

「我要血腥瑪麗。」彌生立刻回答，可能早就想好了。

「火野小姐呢？」

「啊……那、我要新加坡司令。」

「好。」神尾立刻開始準備材料，但突然停下手，看著彌生問：「發生什麼事了？」

「柚希看到了，她看到了智也的兒子演奏的影片，是男生的樣子。」

「喔喔。」神尾點了點頭說：「我瞭解了。」

柚希說不出話。他們這番淡然的對話是什麼意思？

彌生轉身面對柚希說：

「我必須向妳道歉，我欺騙了妳。」

「啊？妳騙了我什麼事？」

「上次那張照片，妳還留著嗎？就是在橫須賀的 Live House 發現的那張智也和神秘女人拍的照片。」

「照片還在啊。」

「給我看一下。」

柚希從皮包拿出手機操作後，找出了那張照片。

「這張照片怎麼了？」

彌生瞥了照片一眼，冷冷地說了一句：「這是假的。」

「啊？」

「其實站在中間的是另一個女人，然後用智也兒子的臉合成，就是所謂的假照片。」

「假照片？不可能有這種事。是鹿島先生給我們看了這張照片，他說是高藤的千金，妳應該也記得吧？」

「沒錯，」彌生說：「鹿島先生也是共犯，神尾先生拜託他幫忙。」

「什麼？共犯是什麼意思？為什麼和神尾先生有關？」

「妳還記得妳第一次帶我來這家店時的事嗎？神尾先生不是幫了一個想要嫁給金龜婿的女人嗎？我看到之後，就靈機一動，覺得只有神尾先生能夠拯救妳擺脫魔咒。」

「什麼魔咒？拯救是什麼意思？」

「還用問嗎？當然就是智也的魔咒。妳那時候被他的亡靈困住了。生活亂了步調，氣色也很差，我覺得妳不能繼續這樣下去，所以就介紹男生給妳認識，但是完全沒有效果，所以我就找神尾先生商量。」

「兩位久等了。」神尾把平底玻璃杯放在她們面前。彌生立刻拿起杯子。血腥瑪麗紅得很像鮮血。

柚希喝了一口新加坡司令後，抬頭看著神尾。

「神尾先生，你當時說什麼？」

「我說只要有我力所能及的事，我很樂意幫忙。」

「所以我就問神尾先生，能不能讓妳以為，智也除了妳以外，還有其他女人。因為我覺得妳得知這件事之後，就會對他失去興趣。」

柚希驚訝地看著朋友的臉說：「什麼意思？這會不會太過分了？」

「我也覺得這並不是好計畫。」神尾語氣平靜地說，「我很瞭解山本小姐的心情，但還是覺得摧毀和真心所愛的人之間的回憶太殘酷了，搞不好妳會自殺，而且也不想傷害已經去世的人的名譽，所以我就提出了另一個方案。」

「另一個方案是什麼……」

「雖然也是先偽造高藤先生和神秘女人幽會的痕跡，但是最後讓妳發現，那個女人是他的女兒。」

「我聽了之後，覺得是好主意。」彌生說，「當妳得知智也並沒有背叛妳，妳一定會鬆一口氣，但是同時會再次意識到親子之間強烈的感情，我想妳應該會發現，自己無法融入他們之間的感情。只不過有一個很大的問題，那就是智也的孩子不是女兒，而是兒子，所以原本打算謊稱智也和他兒子在橫須賀見面……」

「但是我認為這樣的故事沒有說服力，」神尾接著說了下去，「偷偷見面的對象是女兒，才具有震撼力，當妳聽說他們關係很親密，就像是年紀相差很多歲的情侶，妳一定會心生嫉妒。」

「年紀相差很多歲的情侶……」柚希想起之前聽誰說過這句話，很快就想起來了，「那家義大利餐廳的女服務生也是共犯嗎？」

「我拜託了鹿島先生，請他介紹願意配合我們演戲的對象。聽山本小姐說，他們的演技都很出色，我也放了心。」

柚希摸著額頭，回想起當天的情況。聽他們說明之後，終於恍然大悟。那天是因為彌生問了鹿島，她們才會去那裡吃晚餐。原來一切都是按照劇本在演戲。

「所以溝板通商店街和飛行夾克的事也都是假的嗎？」柚希看著彌生。

「嗯。」她點了點頭，「因為我覺得增加一點浪漫的小插曲比較好……」

「我當時聽了，還忍不住流下了眼淚。明明都是編出來的故事，彌生，妳一定在心裡偷笑吧？」

「怎麼可能？妳不知道我多拚嗎？雖然我也不想騙妳，但這是為妳著想——」

「夠了！我不想再聽了。」柚希拿起皮包說：「我要回家了。」

「等一下。」彌生伸出右手，「我走。」她站了起來，打開了皮包。

「不用了，今晚我請客。」神尾說。

「那我就恭敬不如從命了……」

「回家的路上請小心。」

「謝謝，也謝謝你的招待。」

「晚安。」神尾對她說。

彌生抱著皮包，轉身背對著柚希，然後頭也不回地走了出去。

留在吧檯的平底玻璃杯中還留著半杯紅色液體。柚希忍不住思考，彌生今天晚上為什麼要點這杯雞尾酒。

「妳覺得妳的朋友在踐踏妳的心嗎？」神尾問。

「那倒不至於……」

「山本小姐在向妳說出秘密時，內心一定六神無主。她還來不及說最重要的事，就這樣走了。那是妳最應該知道的事。」

「最重要的事是什麼？」

「妳沒有發現嗎？欺騙妳的共犯還有另一個人。」

柚希皺起眉頭思考著，然後終於想到了。她不敢相信。

「高藤涼子……」

「沒錯。如果沒有她的協助，這個詭計就無法成功，但是請妳想一想，對方會願意幫忙嗎？她對去世的丈夫外遇對象內心的傷痛根本無所謂，照理說不可能答應這種麻煩事，還要配合演戲，更何況還要謊稱兒子有性別認同障礙，要演這齣戲的難度很高。」

「但是為什麼……？」

「一定有人去說服了高藤涼子，一心只希望妳能夠重新振作起來，所以拚命懇求、說服。不用說也知道，那個人並不是我。」

「原來是彌生去拜託她……」

柚希無法想像，彌生是用什麼方式拜託高藤涼子。

神尾伸手拿起彌生剛才喝的酒瓶。

「血腥瑪麗。我大致能夠猜到山本小姐點這杯雞尾酒的理由。她做好了流血的心理準備，為了自己的閨密，即使自己受傷也無所謂。難道不是嗎？」

柚希的內心湧起一股暖流。

「每個人對幸福的感受不同，」神尾靜靜地繼續說了下去，「但是，我可以斷言一件事。在人生的旅途上，對我們有幫助的不是那些已經失去的東西，而是掌握在手上的東西。妳所愛的人無法再回到身邊，但是，妳有願意為妳流血的朋友，這是多麼難能可貴的事，妳不覺得嗎？」

柚希把右手放在胸前，閉上眼睛，一動也不動。回想起逝去的日子，至今仍然可以清楚浮現和智也之間的回憶，正因為有朋友隨時都陪伴在自己身邊，願意認真聽自己訴說，和自己共享歡樂和悲傷，自己才能夠毫不猶豫地傾吐對智也的思念。也許自己忘記了有這樣的朋友，是多麼值得感恩的事。

她睜開眼睛，抬頭看著神尾說：

「可以請你為我調一杯酒嗎？」

「請問妳想喝什麼？」

柚希注視著他拿在手上的杯子說：「我要喝血腥瑪麗。」

今天晚上，自己也要流血，然後，一切就到此為止，從明天開始，要邁向新的人生。

「好。」神尾回答。

懷了繼承人的女人

1

雖然在對講機的操作面板上按了房間號碼，但是她並沒有立刻按下門鈴鍵。她的表情肌用力，揚起嘴角，感受到臉頰的緊張，才終於按了門鈴。現在的對講機幾乎都附有攝影功能，即使自己看不到對方的狀況，屋內的人也可以清楚看到來訪者。如果板著臉，很可能會影響客戶對自己的印象。

「哪一位？」對講機中傳來一個女人沉穩的聲音。

「妳好，我是文光不動產的神尾，感謝您一直以來的照顧。」

「請進。」隨著應答聲的同時，門禁系統的自動門打開了。真世走進大門之後，才終於放鬆了臉頰的肌肉。

走去電梯廳時，她打量著素雅卻很高級的門廳。雖然這棟房子屋齡超過二十年，但地點位在都心，距離車站不到五分鐘路程的地理位置很有吸引力，資產價值驚人，房價一定比當初新屋時上漲了不少。

富永良和與朝子夫婦正在這棟公寓八樓的其中一戶等待真世。良和大約七十歲左右，朝子可能比他小幾歲。

「不好意思，讓妳特地跑一趟。」朝子把茶杯放在真世面前時道歉，朝子一頭染成栗色的短髮很適合她嬌小的身材。

「別這麼說。」真世在回答時，從放在旁邊的皮包中拿出了檔案夾。「我也剛好想和兩位聯絡，日前和兩位討論時，您們很關心浴室和放洗衣機位置的設計，我另外準備了兩個不同的方案提供給兩位參考。」

真世想攤開設計圖，於是把裝了紅茶的茶杯移到旁邊。

「啊、那個，這件事可以等一下再聊嗎？」朝子顯得很慌張。

真世停下了準備打開檔案的手問：「浴室有什麼問題嗎？」

「不，不是這樣，其實是要和妳商量另一件事。」

「喔……是這樣啊。」真世闔起了檔案，「請問是哪一個部分呢？上次討論時，我以為兩位除了浴室以外，對我提出的設計方案沒有意見。」

「我知道，所以我們並不是說，妳提出的方案有什麼問題。」

「喔……」

「朝子，」剛才始終沉默不語的良和開了口，「妳乾脆把話說清楚，否則會造成這位小姐的困擾。」

「喔……是啊。」朝子轉頭看向真世，挺直了身體說：「非常抱歉，我們希望可以暫停這次的計畫。」

「啊？」真世發出的聲音分了岔，「妳說暫停，是指計畫要延期嗎？」

「對，是啊，或者說要暫時延期……」

「也可能會取消。」良和冷冷地說，「可能會取消裝修計畫。」

真世感到愕然，她完全沒有預料到這種情況。

「請問富永太太，這到底是怎麼回事？是兩位的安排有什麼改變嗎？」

「差不多就是這樣，」良和回答說：「我們知道妳很盡力，所以很抱歉，但是我們也很無奈，當然，妳可以針對至今為止的花費向我們請款。」

「請問……這是怎麼回事？如果兩位不介意，是否可以告訴我？」

「因為……」朝子開了口，但良和立刻打斷了她：

「別說了，妳不要多嘴，怎麼可以在別人面前暴露家醜？」

「但是神尾小姐一直很盡心盡力……」

「所以只能付錢彌補來解決這個問題。」良和板著臉，轉頭看向真世，「事情就是這樣，請妳諒解。」

真世感到不知所措，看向朝子。朝子尷尬地微微點頭，她的表情似乎在拜託真世，現在無需多說。

「我瞭解了，那我會暫時取消原本打算訂購的材料，再等兩位和我聯絡，這樣可以嗎？」

「好，就這麼辦。」良和說話的語氣很敷衍。

「請問你們知道什麼時候能夠決定到底是延期還是取消嗎？只要告知大致的時間就好。」

良和露出比剛才更痛苦的表情問朝子：「什麼時候呢？是下個月底出生吧？所以最快也要下下個月？」

良和說的話太出乎真世的意料，她忍不住眨了眨眼睛。出生是什麼意思？

「有辦法這麼快得出結論嗎？如果產生糾紛，恐怕會拖得更久。」

「的確有可能——神尾小姐，關於這個問題，我們改天再和妳聯絡，這樣可以嗎？」

「瞭解了。」真世回答，然後把剛才拿出來的檔案夾放回皮包。檔案夾很重，但想到很可能會變成一堆垃圾，心情就很沉重。

離開公寓後，她走向車站，腦袋中仍然一片混亂。

難得接到一個大案子，上司也對這個案子抱有很大的期待，如果得知這個案子延期，甚至可能會取消，不知道會露出什麼樣的表情。

無論如何，都必須想好辯解的理由。真世正在思考這個問題，手機響了。一看手機螢幕，立刻停下了腳步。是富永朝子打來的。

「妳好，我是神尾。」

「我是富永，剛才很抱歉，妳一定很驚訝。」

「嗯……是啊，因為我完全沒有想到。」

「我想也是，真的對妳感到很抱歉。」

「不，您不需要向我道歉，我非常清楚，客人會有各種情況。」

「聽妳這麼說，我的心情稍微輕鬆了些……神尾小姐，妳目前人在哪裡？已經在計程車上了嗎？」

「不，我在走去車站的路上。」

「既然這樣，可不可以占用妳一點時間？因為我想把事情說清楚。」

「我當然沒問題，請問您先生那裡沒關係嗎？」

「他剛才先回家了，我稍微整理一下這裡，也很快就離開了。」

「您先生似乎不太希望讓外人知道實情。」

「只要我們都不說，他就不會知道。妳願意聽我說明吧？」

「對，我很想瞭解。」

她們約好在車站前的咖啡店見面後，就掛上了電話。

幸好咖啡店內沒什麼人，真世買了咖啡，在咖啡店深處的座位坐下後，翻開檔案夾，看著這次裝修的設計方案。

設計方案中，提到了考慮隨著年歲增長，身體功能衰退、無障礙空間、生活動線和生活方式等文字，她想起自己絞盡腦汁思考這些用詞，坐在電腦前寫這份設計方案時的情景，不禁感到空虛。

兩個月前，富永夫婦來到真世任職的文光不動產，說他們打算裝修房子，把原本兒子獨住的房子，裝修成適合他們老後居住的空間。他們原本住在透天厝，但不僅房子變得老舊，而且空間太大，生活很不方便，所以他們決定賣掉原本的房子。

原本以為男人獨居的空間不會太大，但在詳細瞭解物件的情況後大吃一驚。

因為那個房子的面積超過一百二十平方公尺，是四房一廳的格局。真世不禁納悶，一個人為什麼住這麼大的房子，但在聽了他們的說明之後，終於瞭解了狀況。他們的兒子並不是一直都獨居，之前曾經和太太一起住在那裡，但是在八個月前離婚了。

五個月前，富永夫妻的兒子突然死亡，無疑對他們造成了更大的衝擊。他們的兒子發生了車禍，在高速公路上開車時，被捲入了貨櫃車翻覆意外。

他們經歷了一段身陷悲傷的日子，然後決定整理兒子的遺產和遺物，於是必須面對那棟公寓的問題。他們曾經考慮過出租或是出售，但最後決定自己居住。

看了物件之後，真世也認為必須重新裝修。因為四房一廳的格局對這對老夫婦來說，房間太多了，即使考慮到可能有客人來家裡短期居住，兩房一廳的格局也比較適合。富永夫婦也有同樣的想法，希望設計一個大客廳，其他空間也力求寬敞。

真世聽了他們的要求之後，立刻動手設計。富永夫婦說要花兩千萬裝修，只要鎖定花錢的重點，可以進行相當大膽的設計。

一個星期後，她向富永夫婦說明了基本的設計概念，隔週提出了具體的設計方案，然後又隔了一週，提出了改良方案，還帶朝子去參觀了許多展示屋，挑選了備品和材料，整件事已經進入了大致決定的階段。

沒想到他們突然說要取消——

她嘆著氣，闔起檔案夾時，富永朝子剛好走進咖啡店。真世起身迎接她。

「這次真的對妳很抱歉。」朝子坐下後，立刻再次向她道歉，「雖然我老公叫我不要說出實情，但是我於心不安。因為這次重新裝修的事，他完全都交給我，所以他完全不知道妳有多辛苦。」

「談不上辛苦……這是我的工作，所以是理所當然的事。只是覺得已經到了大部分事情都已經決定的這個階段，臨時喊卡有點遺憾。」

「是啊。」朝子摸著下巴，「我們也完全沒有想到會發生這種事。他們離婚時，我們還以為從此和女方的人沒有任何牽扯了。」

「和女方的人……什麼意思？」

「和我兒子離婚的媳婦，離婚八個月之後，突然說了令人難以置信的事。」

「她說了什麼？」

「不是為了別的事，是為了我兒子的遺產，她說有權利繼承遺產。」

「繼承？這也太奇怪了吧？她不是和妳兒子正式離婚了嗎？」

「當然啊。」

「既然這樣，他們應該早就談好財產的分配，已經離了婚的前妻，應該沒有權利繼承妳兒子的遺產。」

「沒錯，但是，她並不是主張自己有繼承權，而是孩子有權利，她說她肚子裡的孩子有繼承權。」

「肚子裡的孩子？」

「她懷孕了，預產期是下個月，她說孩子的父親是前夫，也就是我死去的兒子。」

2

「這件事有點傷腦筋。」武史把擦好的雪莉杯放在燈光下仔細檢查，一臉冷靜地說。「至於哪裡傷腦筋，就是對方說的話合情合理，在法律上無懈可擊。」

「果然是這樣嗎？」

「根據日本的法律，女人在離婚之後三百天以內所生的孩子，被視為是和前夫之間所生，如同即使離婚，親子關係也無法消除一樣，肚子裡的那個孩子在出生之前就有繼承權。那棟房子不是在他們兒子的名下嗎？如果他們的兒子沒有其他孩子，那個兒子留下的所有財產都歸那個即將出生的嬰兒所有，即使他們是父母，也不能隨便裝修或是居住。」

「但是富永太太說，絕對不可能是遙人的孩子，不可能有這種事。我聽了富永太太說明的情況，也同意她的意見。」

遙人就是富永夫婦的兒子。

「喔？她對妳說了什麼？」

「富永太太說，當初他們的兒子就不該和對方結婚，兩個人並沒有很深的感情。」

富永遙人是作曲家，真世雖然沒有聽過他的名字，但是在查了他的代表作之後大吃一驚。原來他曾經為很多知名偶像團體和歌手譜曲，真世也熟悉其中的好幾首歌。

遙人的前妻叫諸月沙智，她是平面設計師，很擅長運用電腦繪圖，專門製作MV和廣告。

當初是遙人的妹妹文香牽線，介紹兩個人認識。諸月沙智是文香在專科學校時代的好朋友，文香的兒子天生體弱多病，諸月沙智去探視她兒子時，剛好遇到遙人也在場。

「他們聊藝術和工作的話題時很聊得來，然後就開始交往，一個月後閃電結婚，所以我能夠理解富永太太說他們沒有很深的感情基礎。」

真世想起富永朝子不悅地說，現在回想起來，都怪文香太多事了。

「他們結婚時就已經決定，不干涉彼此的生活，所以兩個人都是怪胎。當初會買四房一廳的房子，也是因為兩個人都需要各自的書房和臥室，既然這樣，根本就不需要結婚。」

「他們的確都有點與眾不同，但是既然雙方都接受，那就沒有任何問題，由不得旁人說三道四。」

「但是最後還不是離婚了？在離婚之前，他們分居了差不多四個月，在這段期間，兩個人都有各自交往的對象。」

「這樣啊？那還真精采，只不過這種生活方式也不錯，總比其中一方在感情中受傷好多了。」

「我也同意這一點，所以他們雙方互不相欠，問題在於他們在那種情況下離婚，為什麼還會有孩子？這不是很奇怪嗎？」

「因為他們都很特立獨行，所以不能夠把我們認為的常識套用在他們身上。他們終於離了婚，心情很愉快，不能排除他們共度最後的夜晚作為紀念這種情況，搞不好比結婚期間更有熱情。」

真世很受不了地抬頭看著叔叔咧嘴笑著說話的樣子。

「你竟然會想像這麼低俗的事。」

「低俗嗎？我覺得藝術家很有可能做這種事啊。」

「即使真的發生這種事，應該也會避孕吧？否則萬一懷孕，不是會造成麻煩嗎？」

「也許他們當時並沒有想這麼多，可能喝醉了，甚至可能使用了不好的藥物之類的。總之，可以斷言一件事，在目前這個時間點，完全沒有任何證據可以證明，那個嬰兒的父親不是富永遙人。」

「所以只有遙人的前妻——諸月沙智瞭解真相。只要諸月不說孩子的父親不是富永遙人，就無法改變目前的趨勢嗎？」

「正確地說，即使生下孩子的女性主張，孩子的父親並不是前夫，只要去報戶口，就會被登記為前夫的孩子。因為沒有人知道女人是否說了實話，為了保護孩子的權利，孩子必須有父親，所以就規定由前夫成為孩子的父親。這稱為嫡出推定，只有提起訴訟，藉由ＤＮＡ鑑定，證明和前夫沒有親子關係，才能夠在法律上承認孩子的父親不是前夫。」

「原來要這麼大費周章……」

「以前只能由父親提出否認嫡出的訴訟，導致很多因為家暴而離婚的女人生下其他男人的孩子時，因為不希望被判定為前夫的孩子，所以乾脆不報戶口，這樣就會導致孩子沒有戶籍，為了避免這種情況發生，目前母親和孩子都可以提出訴訟。」

武史明明不是法律方面的專家，竟然這麼瞭解相關情況。

「但是這次的案例中，諸月沙智不可能提出這樣的訴訟。」

「我想也是。」

「所以富永遙人是唯一能夠反駁的人，只不過他死了，也就莫可奈何了。」

真世抱著頭，「所以真的無計可施了嗎？遙人的遺產全都會落入諸月所生的孩子手上嗎？雖然不關我的事，但還是很不甘心。」

「不妨改變思考的方式，之後不是由成為單親媽媽的諸月住那個房子嗎？這樣的話，四房一廳的格局也不適合，所以妳不如趁現在就研擬新的裝修方案，到時候再向她毛遂自薦。」

真世皺起眉頭說：「我怎麼可能做這種沒品的事？」

「為什麼？只要認為房子換了主人，客戶也跟著改變就好了。」

「我不可能做這種事，我無法背叛富永夫婦。」

「妳不必在這種無聊的問題上這麼一板一眼，只要認為是做生意，這種事就根本不重要了。」

「這不是重點，唉，難道沒辦法解決嗎？」

「沒有找他妹妹討論嗎？她不是諸月的密友嗎？」

「富永太太說，她不想把文香捲入這件事，好像也沒有把接到諸月通知說已經懷孕的事告訴文香。因為當初是文香讓他們認識，她已經為這件事感到很內疚了，一旦知道這件事，只會更加沮喪。而且自從遙人離婚之後，文香好像也沒有再和諸月聯絡了。」

「原來是這樣啊。」武史抱著雙臂，「有兩種解決的方法，首先就是由遙人的父母代替已經死去的他提起訴訟，我記得只要是三等親內的親人，就可以提出否認嫡出調解，也許法院會命令用ＤＮＡ鑑定親子關係，只不過即使這樣，仍然有很多問題，因為必須證明鑑定時使用的ＤＮＡ是遙人本人的，而且經過繁複的手續，要很久之後結果才會出爐，如果諸月在這段期間內賣掉包括房子在內的所有財產，恐怕很難再追回來。」

「既然這樣，這個方法根本不可行啊。另一種方法呢？」

「這個方法也很簡單，就是請諸月放棄繼承，無論孩子的父親是誰都不重要。」

「要怎麼讓她放棄？她根本不可能放棄。」

「凡事都不要武斷，妳安排我和富永太太見個面，我想瞭解更進一步的情況。」

「你嗎？為什麼？」

「可愛的姪女在煩惱，我想幫姪女一下，有什麼問題嗎？」

真世抬眼看著武史。

「太可疑了，絕對不可能，你一定是想賺酬金。」

武史做出好像趕蒼蠅的動作。

「妳不必擔心，我向來只收取合理的報酬。妳不要露出這種眼神，趕快聯絡富永太太。」

真世對意外的發展感到不知所措，但還是拿起了手機。因為她根據目前為止的經驗，知道叔叔並不是只會說大話的人。

3

「妳知道對方那個男人的身分？真的嗎？」

「應該沒錯，除非徵信社的人說謊。」

「他們應該不可能報告假消息，請問妳有沒有把徵信社的報告帶來？」

「有，因為我想或許可以參考，所以就帶來了。就是這份報告。」

富永朝子說著，把一份文件遞給了武史。

他們三個人正在銀座的一家咖啡店內。因為是白天時間，真世還在上班，但是為了安排武史和朝子見面，她謊稱要和客戶討論，從公司溜了出來。

武史看了報告後，點了點頭。

「原來如此，他們一起去杜拜旅行，而且還頻繁造訪彼此的住處，也完全沒有向周圍人隱瞞他們之間的關係，只不過最近有傳聞說他們分手了，但無法確定真偽……這樣啊。」

「即使他們分手了，從預產期推算受孕的時間，那時候也是他們交往的期間。」

「妳接到這份報告之後，有沒有採取什麼行動？」

富永朝子無力地搖了搖頭說：

「完全沒有，因為我想不到該做什麼……」

「我瞭解了，這份報告可以先放在我這裡嗎？」

「沒問題。」

武史喝了一口咖啡後，握起了放在桌上的雙手。

「我重新整理一下目前的情況。富永遙人先生的存款都已經轉移到新開的帳戶，他創作歌曲的著作權都已經讓與音樂出版社，使用費也都會匯入這個新帳戶。除此以外，位在青山的四房一廳房子是唯一的財產，目前還沒有辦理繼承稅的申告手續——以上的情況正確嗎？」

「對，沒錯。」

「諸月那邊必須等順利生下孩子之後，才能正式要求繼承遺產，但是他們現在已經可以著手進行相關事宜，比方說，或許會要求將房子的名義變更到肚子裡的孩子名下。」

「孩子不是還沒有出生嗎？」真世瞪大了眼睛。

「即使是胎兒，仍然有繼承權，所以可以進行變更，登記資料上會寫是諸月沙智的胎兒。富永夫婦並沒有拒絕的權利，雖然在目前的狀態下，諸月無法出售房子，但是只要孩子一出生，就可以出售。如果事先找好買家，很快就可以搞定。」

「那不是很不妙嗎？」

「非常不妙。」武史又轉頭看著富永朝子，「所以如果對方提出要變更名義，請妳去向法院聲請禁止處分的假處分。」

「好，呃，你說是禁止處分……」

「禁止處分的假處分，如果妳不知道怎麼辦理，再跟我說，我會教妳。」

「謝謝，除此以外，我還要做什麼？」

「這要看今後調查的結果，到時候我會告訴妳，所以請妳再給我一點時間。對了，如果我要主動找對方進行交涉時，要直接聯絡諸月沙智嗎？」

「不，目前由她姊姊擔任她的代理人，之前也是她通知我們沙智懷孕的事。」

富永朝子從皮包中拿出名片放在桌上說：「就是她。」

「借我看一下。」武史拿起名片，真世從一旁張望。諸月沙智的姊姊名叫諸月塔子，經營記帳士事務所。

「可以借用一下這張名片嗎？」武史問。

「沒問題。請問……有辦法解決嗎？」

「絕對沒問題——」武史露出得意的表情看著富永朝子說：「雖然很想這麼說，但我無法向妳保證，但我認為一定有突破口，總之，這件事交給我吧。」

「不好意思，什麼事都靠你幫忙。神尾真世小姐說，有人願意幫忙，真的有一種絕處逢生的感覺，真的太感謝你了。不好意思，這是一點心意，不成敬意，等所有的事都解決之後，當然會支付相應的謝禮。」富永朝子說話時，遞上一個白色信封。

「雖然當初提出幫忙，並不是為了這個目的。」武史皺著眉頭，接過了信封，「那我就不客氣收下了，我會作為目前的必要經費使用，如果妳需要明細和收據，請隨時告訴我，我會準備。」

「不，不需要這種東西，那就拜託你了。」富永朝子深深鞠躬說道。

目送她走出咖啡廳，武史打開了信封。

「十萬圓，也算是行情價，但這只是暫時的必要經費。」一旦事成，他到底打算索取多少錢？如果問他，他可能會回答，但真世不想知道，所以就沒問。

「叔叔，你真的有勝算嗎？」

「勝率大約是四成六。」武史喝完了杯子中所剩的咖啡。

「啊？這麼低啊？」

「妳可別小看四成六，一朗的打擊率也沒有破四成。首先去找諸月沙智目前交往的對象。」武史打開了徵信社的報告，「原來是在影像製作公司任職，所以和諸月沙智是同業，公司位在赤坂。」武史拿出手機，毫不猶豫地撥打了電話。

大約一個小時後，真世和武史坐在赤坂的咖啡廳內，和剛才那家是同一個系列的連鎖咖啡店，武史點了完全一樣的飲料。真世剛才喝了拿鐵，於是在這裡點了果汁。她用吸管喝著果汁，思考著要找什麼理由向上司說明自己外出時間延長這件事。

不一會兒，菅沼就走進咖啡店。他五官端正，皮膚曬得很黑，緊實的身材可能是經常去健身房的成果。他看起來很緊張，真世並不感到意外。武史打電話約菅沼出來時，只說自己是富永夫婦的代理人，想和他談一談關於諸月沙智的重大問題，菅沼當然會心生警戒。

「那我就開門見山地請教你，你和諸月沙智小姐在交往吧？而且你們在她離婚之前就開始交往。」

菅沼舔了舔嘴唇說：

「她當時已經確定要離婚，和她丈夫分居了，而且他們之後的確很快就辦妥了離婚手續，富永先生當時也有交往的對象。」

「別緊張，」武史做了安撫的動作，「我只是確認事實，目前的情況呢？你和諸月沙智小姐之間的關係有變化嗎？」

菅沼隔了一會兒，才開口回答說：「對，目前仍然維持理想的關係。」

「你剛才遲疑了一下才回答，為什麼？」

「沒有特別的理由，我只是在思考措詞。」菅沼尖聲回答。

「請問你知道諸月小姐懷孕了嗎？」

菅沼吞著口水。「我知道。」

「請問你是什麼時候聽說的？」

「好像是……半年前。」

「在諸月沙智小姐家裡嗎？」

「是啊。」

「你聽了之後感到高興嗎？」

「那當……」菅沼說到這裡，乾咳了一下，聳了聳肩膀說：「如果是我的孩子的話。」

「不是你的嗎？」

「她說有可能不是我的，很可能是前夫……遙人的孩子。」

「你聽了之後，有什麼感想？」

「感想……」

「你沒有感到生氣嗎？當時她不是已經和你交往了嗎？但仍然和前夫有性關係，通常會很生氣。」

「當然不會感到高興，但這也是無可奈何的事。雖然他們已經決定要離婚，但當時仍然是夫妻。他們之間的事，只有他們自己知道。」

「你們沒有考慮拿掉孩子嗎？」

「並……沒有。沙智打算生下來，我也無法叫她拿掉，因為有可能是我的孩子，更何況既然是上天賜予的生命，就要好好珍惜……」

「你剛才說，你們維持理想的關係，在諸月小姐生了孩子之後，你們仍然打算繼續目前的關係嗎？」

「不行嗎？」

「你打算和她結婚嗎？」

「雖然並沒有具體決定，但有這個可能性。」

「所以你已經作好了心理準備，要成為即將出生的孩子的父親。」

「對，」菅沼點了點頭說，「我有心理準備。」

「富永遙人先生的父母對諸月沙智小姐肚子裡的孩子的父親是遙人先生這件事存疑，在諸月小姐生下孩子之後，可能會提出否認嫡出的訴訟，如果到時候要求孩子接受ＤＮＡ鑑定，你們會接受嗎？搞不好鑑定結果會發現是你的孩子，這樣就可以正式確認你們是父子關係了。」

「萬一不是這樣的結果呢？也許會證明是遙人的孩子，與其這樣，還不如保留有可能是我的孩子的可能性。總之，我不會做任何會讓沙智傷心的事。」菅沼露出挑釁的眼神看著武史。

「好，」武史笑了笑，「我充分瞭解你的想法了。不好意思，讓你在忙碌之中抽時間過來。」

「這樣就可以了嗎？」

「對，謝謝你。」

菅沼站了起來，準備轉身離去，但是在離去之前說：

「我剛才也說了，我不會協助你們做任何會讓沙智傷心的事，請你不要忘了這件事。」

「我瞭解了。」武史鞠了一躬。

菅沼離開後，真世和武史也走出咖啡店。

「可以確定肚子裡的孩子父親是菅沼。」武史走在路上時斷言道。

「你為什麼這麼有把握？」

「諸月沙智告訴菅沼懷孕的事時，叫菅沼去她家。如果她打算告訴菅沼，孩子的父親有可能是遙人的話，就會去菅沼家裡。因為如此一來，萬一雙方鬧得不愉快，場面很尷尬時，只要她離開就沒事了。」

「啊，這或許有道理。如果在自己家中，即使氣氛再差，如果對方不走，就根本無法解決。」

「她之所以叫菅沼去自己家，是因為她要告訴菅沼的內容，對他來說是好消息。我猜想諸月沙智當時告訴他，我懷孕了，當然是你的孩子。剛才我問他得知這個消息時是否感到高興，菅沼說：『那當……』，他原本應該想說『那當然高興』，雖然他後來又把話吞了回去，但可別想瞞過我。」

武史滔滔不絕的講解雖然是在自誇，但的確有相當的說服力。

「我問他，是不是作好了心理準備，成為即將出生的孩子的父親，他不是回答說，有這樣的心理準備嗎？我觀察了他的眼神，那句話並沒有說謊，的確可以看出他下定了決心。我認為他確信真的是他的孩子，所以沒有半點猶豫。」

武史也是操控人心的高手，真世曾經多次見識過，他只要看對方的眼睛，就可以識破真偽，所以既然他這麼說，應該就是這麼一回事。

「既然這樣，菅沼為什麼沒有說實話？」

「問題就在這裡。因為當時遙人還活著，主張遙人是即將出生的孩子的父親，完全沒有任何好處。只要遙人提出否認嫡出的訴訟就沒戲唱了，我想是因為遙人突然死亡，改變了局勢。」

「你是說，諸月為了遺產，想要讓遙人成為肚子裡孩子的父親，菅沼也同意這個計畫？」

「這個可能性相當大。戶籍上小孩子的父親是誰，對他來說根本不痛不癢。只要孩子生下來之後，他和諸月結婚，就可以和親生的孩子一起生活，而且那個孩子可以繼承遙人所有的財產，他沒有理由不同意。」

「所以菅沼不可能和我們合作，既然這樣，我們不是束手無策了嗎？」

「妳在說什麼啊，我們的好戲才要上場。」

4

諸月沙智的住家兼工作室位在京王線幡谷車站走路三分鐘的地方，她住在十五層樓公寓的六樓，格局姑且可以稱為一房一廳。之所以用「姑且」這兩個字，是因為她把和隔壁房間之間的拉門都拆了下來，所以更像是套房。房間內大部分空間都放著電腦等各種電子產品和辦公用品，作為客廳使用的空間內只有一張小玻璃茶几旁放著的沙發套組。真世和武史坐在雙人沙發上，面對著坐在懶骨頭沙發上的諸月沙智。

「不好意思，家裡空間很小。我在電話中也說了，我都極力避免外出。因為以我目前的身體狀況，還是必須小心一點。」身穿黑色孕婦裝的諸月沙智輕輕攤開雙手，呵呵笑著說：「其實這只是藉口，搞不好真正的原因是我懶得出門。反正就是這樣，不好意思，所以沒有飲料可以請兩位，請兩位見諒。」

「沒問題，我們不是來喝茶的，妳不必介意。」武史露出客套的笑容。

諸月沙智低頭看著手上的名片。武史剛才遞給她這張名片。

「『陷阱手』……所以你在惠比壽開酒吧？我目前不能喝酒，等到解禁之後，可以去你店裡看看嗎？」

「歡迎歡迎，只要妳願意，今天或是明天去也沒問題，店裡也有豐富的無酒精飲品。」

「在孩子生下來之前，我都避免出入人多的地方，因為擔心受到感染。」

「原來是這樣，等妳順利生完孩子後，請務必來光顧。」

「我一定去，真期待啊。」

「胎兒的情況還好嗎？」

「很好，好到不能再好了。」沙智撫摸著自己的腹部。

「已經知道性別了嗎？」

「是女生。之前看了超音波照片，很漂亮喔。你要不要看？」

「不，不用了。妳已經為她取了名字嗎？」

「是啊，但現在還是秘密。」沙智得意地揚起下巴。

「請問你和富永太太是什麼關係？你在電話中說，她委託你作為和我們交涉的代理人。」諸月塔子突然插嘴問道。她的妹妹長得有點像外國人，但是她五官輪廓並不深，和妹妹呈現明顯的對照，而且臉上的表情沒什麼變化，感覺就像面對能劇的面具。她坐在一張看起來像四方形箱子的椅子上，雖然個子嬌小，卻高高在上地俯視著真世和武史。

武史轉頭看向她的方向說：

「我哥哥在世時，曾經受到富永先生很多照顧，經常說希望有朝一日可以報恩。至於詳細情況，恕我無法和兩位分享。」武史口若懸河地編著故事，因為真世已經習以為常，所以完全不感到驚訝。

「神尾武史先生……嗎？」沙智看著名片，微微歪著頭說：「我好像聽過這個名字。」

「應該是妳的心理作用，這個名字很常見。我們可以進入正題了嗎？」

沙智和塔子互看了一眼之後，把名片放在茶几上說：「請說。」

「富永先生和太太委託我們的內容很簡單，就是希望確認妳肚子裡的孩子的父親，是不是真的就是富永遙人，只不過我們並沒有任何方法可以確認，所以就決定直接請教妳，希望妳可以誠實回答，孩子的父親真的是富永遙人嗎？」

「我妹妹，」塔子開了口，「她有義務回答這個問題嗎？」

「為什麼不回答？」

「因為不知道——」沙智說：「這樣不行嗎？」

「妳不知道？」

「我相信你也聽說了，我和遙人在離婚前就分居了，那段期間，他結交了女朋友，我也談了戀愛，然後就懷孕了，所以我不知道孩子的父親是誰。」

「妳的意思是，孩子的父親也有可能是遙人？」

「對，雖然你可能感到不可思議，但我們的關係就是這樣，即使決定離婚之後，我們仍然維持良好的關係，也仍然會做愛。」

「沙智！」塔子皺起眉頭斥責道，「說話不要口無遮攔。」

「因為如果我不說實話，他不可能瞭解啊。」

「妳有沒有告訴遙人懷孕的事？」

「當然啊。」沙智回答。

「妳對他說，有可能是他的孩子嗎？」

「對，他很高興，還說想到自己的分身可能來到這個世界，就覺得很有趣。」

「但是這就奇怪了，因為富永夫婦說，從來沒有聽遙人提過這件事。」

「似乎是這樣，但是我也不知道其中的原因，可能覺得很麻煩吧。」

「這件事和我妹妹沒有關係，」塔子在一旁插嘴說，「那是富永家的問題。」

武史默默點了點頭，將視線移回沙智身上。

「妳持續和菅沼弘之先生交往，妳說妳認為肚子裡的孩子可能是遙人的，難道妳沒有想過，如果妳這麼說，會影響和菅沼先生之間的關係嗎？」

「我覺得如果因此受到影響，那也無可奈何。因為說謊沒有意義，但是我的眼光很好，弘之接受了這件事，他說無論ＤＮＡ如何，只要是我生下的孩子，他就會好好照顧。」

「菅沼先生是否很有把握，認為那是自己的孩子？」

沙智眨了眨眼睛，冷笑一聲說：

「是嗎？那我就不知道了。」

「難道妳不想釐清孩子的父親到底是誰這件事嗎？」

「也不是不想，但是覺得沒這個必要的想法更強烈，更何況弘之也同意了。」

武史搓著雙手，注視著沙智。

「我希望妳可以順利生下健康的寶寶，但問題在於之後，一旦妳去報戶口，就會自動成為前夫富永遙人的孩子，富永夫婦認為這樣很傷腦筋，所以想要提起訴訟。一旦進入訴訟，就會進行ＤＮＡ鑑定，到時候，妳打算如何處理？」

「不知道，要怎麼處理呢？我還沒考慮以後的事。」

「是不是該考慮一下呢？如果法院判定並不是遙人的孩子，對妳沒有任何好處。」

「好處？」

「那我就實話實說了。我們認為妳不想明確到底誰是孩子的父親，是為了遙人的遺產。」

沙智的表情沒有任何變化，但真世發現一旁的塔子眉毛抖了一下。

「怎麼樣？與其鬧得不愉快，留下禍根，還不如尋找不必上法庭就可以解決的方法，不是對彼此都更加合理嗎？」

「你要我妹妹做什麼？」塔子語氣冰冷地問。

「很簡單，妳放棄肚子裡的孩子繼承遺產的權利，當然不可能要求妳無償放棄，只要妳願意開價，我會去和富永夫婦交涉，我認為對妳們來說，並不是壞事。」

沙智看著姊姊，似乎在徵求她的意見。

塔子開了口，「你要我妹妹接受這個條件？」

「我想不出拒絕的理由。一旦法院否認孩子和遙人之間有親子關係，到時候妳們一毛錢都拿不到。」

塔子稍微放鬆了臉頰的肌肉，她似乎在笑。

「我說神尾先生，請問你知道嗎？即使ＤＮＡ鑑定證明沒有血緣關係，仍然有最高法院判決，無法解除法律上的親子關係。」

「妳是說十年前的判例，我記得是北海道的訴訟案子，我認為這次的情況和那個案例不一樣。」

「哪裡不一樣？我認為一樣。」

「神尾先生，」沙智開了口，「你似乎認定我和遙人上床的可能性是零，但是男女之間的事往往無法說道理。」

「既然這樣，那我們就來談機率。即使無法完全排除可能性，但可能性也很低。孩子的父親到底是已經離婚，關係變得疏遠的前夫，還是關係親密，甚至會一起出門旅行的男朋友。如果是賭俄羅斯轉盤，等於只單押一個數字。」

「有趣的比喻，俄羅斯轉盤總共有幾個數字？」

「如果是美式，總共有三十八個數字。」

「所以是三十八分之一嗎？嗯，從我們上床的次數考慮，機率的確差不多。」

「我不是叫妳說話不要口無遮攔嗎？」

沙智縮起脖子，吐著舌頭。

「好吧。」塔子說完，轉頭看向武史的方向。

「既然你代替富永夫婦特地上門，如果沒有任何成果，你回去也不好交代。那就請你轉告，只要他們接受我們開的價，我們可以考慮。」

「討論終於有進展了，請問兩位開價多少？」

「照理說，應該詳細精算，但現在沒有時間，所以就提一個大致的金額。」塔子張開雙手的手指說：「不多不少，十億圓。」

沙智發出了倒吸一口氣的聲音。

「十億……嗎？」武史也忍不住感到驚訝。真世慢了一拍，才感覺到自己心跳加速。這個金額太驚人，她一時沒有反應過來。

「如果低於這個金額就免談，這樣如何？」

「妳們知道遙人的遺產總額嗎？即使這個金額打對折，也根本……」

「他創作歌曲的使用費之後也會持續進帳，如果你們有意見，就不必再談下去了。」

武史說不出話，閉上了嘴，這時，聽到了來電鈴聲。原來是塔子的手機響了，她說了一聲「失陪」，就走了出去。

「不好意思，只要談到錢的事，我姊姊就超嚴格。」沙智事不關己地說。

「不愧是會計師，請問她結婚了嗎？」

「很遺憾，她至今仍然單身，希望可以找到好對象。神尾先生，你有太太嗎？」

「如果妳覺得我看起來像是有家室的人，真是太榮幸了。」

「那真是有緣千里來相會，別看我姊姊這樣，她的廚藝很好。」

「真是寶貴的資訊啊。」武史擠出假笑，打量著室內，視線突然停在某個位置。他緩緩站了起來，注視著某一點走了過去。他注視著櫃子。「這是什麼？」

櫃子上放了一個奇怪的東西，大約五十公分左右，淡淡的粉紅色，外形很像蠶豆。是用紙做的嗎？

「這是、枕頭。」沙智站了起來，拿在手上說：「天使的腿枕。」

「天使的？」

「這樣感覺就像躺在天使的腿上，內心就會平靜下來。」沙智把枕頭貼在自己的臉頰上，閉上了眼睛，「各種煩惱就會消失。」

「真不錯啊，請問是哪裡買的？」

「秘密。」沙智調皮地笑了起來。

塔子走了回來。「你們在幹嘛？」

「我在向神尾先生炫耀我的寶物。」沙智把枕頭放回櫃子。

武史挺直身體，輪流看著她們姊妹。

「今天的談話很有意義。我會把兩位的想法轉達給富永夫婦，希望下次見面時，能夠提出對雙方都有建設性的提議。」

「那就期待你的好消息。——對不對？」沙智用力點頭，徵求姊姊的同意，但塔子面無表情。

「聽說預產期是下個月，請問會擇日分娩嗎？」武史問沙智。

「對。」

「預定的日期是？」

「三十日。」

「請問在哪家醫院？」

沙智納悶地歪著頭問：

「你為什麼問這個問題？這涉及隱私問題。」

「我只是問問而已，請問妳最近有沒有和文香見面？」

「文香？你是說遙人的妹妹嗎？」

「除了她以外，還有其他人叫文香嗎？」

沙智聳了聳肩。

「我已經很久沒見到文香了，她也沒有和我聯絡。我想她應該也覺得很尷尬。文香怎麼了嗎？」

「不，沒事。一旦有進展，我會和妳們聯絡。」

武史使了一個眼色，真世也站了起來。

「沒問題嗎？」走出公寓後，真世問武史，「事態的發展完全不如預期。」

「的確很出乎意料，不知道她哪來的自信，難道她不怕打官司嗎？」

「那個叫塔子的姊姊很厲害，沙智好像並沒有想太多。」

「不，根據我的觀察，塔子還比較好對付。雖然看起來很冷靜，但是內心產生了動搖，但是在沙智身上感受不到這種動搖，她自信滿滿，從容不迫。」

「是喔。」

既然武史這麼說，一定沒錯。

「天使的腿枕喔……」

「什麼？那個有什麼問題嗎？」

但是，武史沒有回答她的問題。

「這件事似乎比我想像中更加複雜離奇。」武史說完，露出嚴厲的眼神看向遠方。

5

富永朝子聽了武史的話，立刻臉色發白。

「十億圓？我們不可能付這麼多錢，即使把遙人留下的存款全都拿出來，再高價賣掉青山的公寓，應該也湊不到這筆錢。她們為什麼提出這種天文數字的金額……」

「音樂出版社每次用遙人的樂曲做生意，就會支付一定的使用費。遙人有很多代表作，考慮到將來的情況，提出這個金額作為放棄繼承的條件也不算太過分。」武史用冷靜的語氣說話的同時，把茶杯連同茶托一起放在富永朝子面前。真世第一次知道，這家酒吧還有這麼講究的餐具，光是看到有小茶壺和日本茶就已經夠驚訝了。

「即使你這麼說，我們也拿不出這個金額。」

「是啊，雖然我料到她們一定會獅子大開口，但也很出乎意料。」

「現在該怎麼辦？只能放棄嗎？」

「請問您先生對這件事有什麼看法？」

真世問。富永朝子皺著眉頭，搖了搖手說：

「不能指望他。他找認識的律師討論之後，律師似乎說無計可施，所以他已經不抱希望了……還說什麼到了嘴邊的肥肉飛了就飛了，不要死不放手，很丟人現眼。」

真世想起富永良和的臉。他看起來自尊心很強，可能不想因為兒子的遺產被人搶走，就顯得驚慌失措。

「總之，一旦孩子出生，就必須提起否認嫡出的訴訟。只是很擔心訴訟是否會遭到駁回。諸月的姊姊也說了，過去曾經發生過DNA鑑定排除了孩子和前夫之間有血緣關係，但仍然駁回變更父子關係的判例。」

「關於這件事，為什麼會這樣？」真世問。

「根據當時的判決，在嫡出推定相關的民法七百七十二條中，也承認法律上的父子關係和生物學上的父子關係不一致的情況，但是也有法官反對這樣的判決，所以關鍵在於法官如何判斷。」

「怎麼會這樣？這也太奇怪了。」真世嘟起了嘴。

入口的門打開了，一個女人露出不安的表情探頭張望。富永朝子看到她，立刻輕輕舉起了手。

「太好了，因為沒有招牌，我還以為走錯了。」女人走進店內。

「不好意思，這裡不太好找。」武史站在吧檯內向女人道歉，「妳就是文香吧？」

「對，我姓坂上。」她在回答的同時，在母親身旁坐了下來。

真世站了起來，在自我介紹的同時，向坂上文香遞上了自己的名片。文香接過名片，露出困惑的表情。

「不好意思，我媽媽說有事，約我來這裡，但是我完全不知道是什麼事。之前聽說哥哥的房子要重新裝修，有什麼問題嗎？」

「裝修的事，可能必須取消了。」富永朝子說。

「取消？怎麼回事？」

「因為……唉唉，實在太複雜了，我都不知道該從何說起。」

「如果兩位不介意，要不要由我來說明？」武史說。

「那就太好了，拜託你了。」

武史轉頭看向坂上文香說：

「妳認識諸月沙智小姐吧？她是妳的密友，也是去世的遙人的前妻，妳和她目前有聯繫嗎？」

不知道是否因為話題完全出乎意料，文香驚訝地眨了眨眼睛。

「最近很少……差不多半年前，我們通過一次電話，那應該是我們最後一次聯絡。」

「半年前的話，那就是遙人去世之前。」

「對，因為她傳訊息給我……」

「請問是什麼訊息？有沒有提到諸月懷孕的事？」

「有。」文香點了點頭，「有提到這件事，正確地說，她傳訊息就是為了告訴我這件事，說她好像懷孕了……」

「妳為什麼沒告訴我？」富永朝子露出責備的眼神看向女兒。

「因為我覺得說了只會造成大家不愉快，從她懷孕的時間推算，也不知道她受孕的時間是不是已經和哥哥離婚了，但是沙智和她的新男友感情似乎很不錯，所以我覺得這件事和我們沒有關係。雖然很遺憾她和哥哥的婚姻無法圓滿，但如果能夠用其他方式把握幸福，我覺得也不錯。」

「妳想得太天真了，非但有關係，而且……」富永朝子說到這裡，用力閉上了嘴唇。

「妳說非但有關係，這句話是什麼意思？」文香生氣地問：「沙智做了什麼？」

富永朝子露出求助的眼神看著武史。

「諸月在孩子父親的問題上，是怎麼向妳說明？」

「怎麼說明……」

「她說父親是誰？」

「這……」文香想了一下說：「她說她也不太清楚，可能是現在男友的孩子，但也不能排除是哥哥的孩子的可能性……」

「真是個輕浮的女人。」富永朝子皺著眉頭。

「只要她去報戶口，在法律上就會變成是遙人的孩子。」武史說：「妳認為她當時知道這件事嗎？」

「她向我提過這件事。」文香似乎終於瞭解狀況，點了點頭，「她說會和哥哥討論，等孩子出生之後，去做ＤＮＡ鑑定，確認誰是父親。她男朋友也同意，所以我認為沒有問題。」

「不但有問題，而且問題很大。」富永朝子情緒激動地大聲說道，「照目前的情況，遙人所有的遺產都會被那個孩子拿走，青山的房子也是。」

「啊？是這樣嗎？」

「諸月聯絡了富永太太，說遙人是孩子的父親，如此一來，那個孩子就成為法定繼承人。」武史說。

文香的手摸著嘴巴說：「我第一次聽說……」

「因為之前沒有告訴妳，擔心妳會自責，但是神尾先生說，如果想要解決這個問題，最好要讓妳知道這件事，所以今天找妳來，把事情告訴妳。」

「原來是這樣啊……」文香低下了頭。

「我不會說她一開始的目的就是為了遺產，因為她懷孕時，遙人還活著。」富永朝子說，「但是遙人死了之後，她改變了心意，一定覺得能撈則撈，絕對不會錯。」

「妳不要把她想得那麼壞，我覺得一定有原因。」

「除了遺產以外，還有什麼原因。」

「好，那我去問她本人。」文香從皮包裡拿出手機，俐落地撥打了電話。電話很快就接通了。「喂？沙智嗎？嗯，好久不見，我有一件事想問妳。」

文香離開椅子，把手機貼在耳邊走了出去。她似乎在外面講電話，但真世聽不到談話的內容。

武史在吧檯內擦著杯子，富永朝子摸著額頭。

不一會兒，文香走回店裡。

「諸月沙智怎麼說？」武史問。

「她說左思右想之後，決定還是作為哥哥的孩子，因為她認為這樣對即將出生的孩子最理想。」文香用力深呼吸後，繼續說了下去，「她說大家可能覺得她是為了遺產，但即使別人這麼認為，她也無所謂。」

富永朝子緩緩搖著頭說：「金錢果然可以改變一個人。」

「這也沒辦法啊，因為可能真的是哥哥的孩子。」

富永朝子瞪大了眼睛：「就因為可能，要把遙人所有的財產都給她嗎？」

「妳對我發脾氣也……」文香低頭看著手機，「已經這麼晚了，我差不多該去醫院了……」

「聽說妳兒子在住院。」真世想起之前聽說的事，對文香說。

「對啊。——媽媽，不好意思，我幫不上忙。雖然我對把沙智介紹給哥哥感到很自責，但是做夢都沒有想到會變成這樣。」

「是啊，沒關係，這並不是妳的錯。奏太一定很寂寞，妳趕快去醫院陪他。」

文香的兒子似乎叫奏太。

「嗯。」文香回答後站了起來，向武史和真世鞠躬說：「對不起，我沒能幫上忙。」

「不需要向我們道歉。」武史說。真世也有同感。

文香垂頭喪氣地打開門，走了出去。

富永朝子用力嘆了一口氣說：「似乎只能在法院見真章了。」

「不，」武史豎起食指，「在此之前，要先做一件事。富永太太，可以請妳把上次那家徵信社的聯絡電話告訴我嗎？」

「徵信社……嗎？沒問題，但是你為什麼要徵信社的電話？」

「當然是要委託他們進行調查，因為調查結果可能會導致狀況完全不一樣。」

武史露出意味深長的笑容，看向半空的眼中充滿了鬼主意。

6

這些人以為我是魔術師嗎？

裝修房子有點像在搭積木。如果有無數塊積木，而且形狀也豐富多樣，那無疑是一項開心的作業。只要傾聽客戶的需求，同時融入自己的喜好，設計出理想的房間就可以完成任務。只不過在實際生活中，不會有這種事。積木的數量有限，形狀幾乎都很不規則，必須將這些積木組合在一起，而且盡可能滿足客戶的要求。問題是客戶往往無法瞭解這是一件多麼傷神的作業。正確地說，是客戶完全無法瞭解。

眼前這對夫妻希望裝修目前居住的舊公寓，這件事本身完全沒有問題，但傷腦筋的是，他們以為裝修之後，原本狹小的房間就會變大。我希望客廳更大、我要中島廚房、我要有自己的書房——喂喂喂，你們要不要在陽台外鋪一塊可以飛天的地毯？最後他們甚至還提出要改變廁所的位置。兩位聽我說，水是由上往下流，要改變廁所的位置，必須重新移動管線的位置，工程會變得非常浩大。

只不過真世不可能把這些真心話說出口，只能露出親切的笑容回答說，我會在下一次見面之前研究一下。這對夫妻一臉滿意地離開，真世無力地垂下了頭。

這時，手機響了。一看螢幕，忍不住吃了一驚。是富永朝子打來的。真世的心情有點憂鬱。因為她知道對方打這通電話的目的。

「您好，我是神尾，富永太太，謝謝您的照顧。」

「妳好，不好意思，妳應該正在忙。」

「您別這麼說。您是為上次那件事嗎？」

「對啊。下週就快到了，不知道之後的情況怎麼樣？」

「非常抱歉，一直無法向您報告後續情況。因為我叔叔沒有告訴我任何消息。」

「他上次說，要委託徵信社調查，不知道調查的結果如何？妳有沒有聽說什麼？」

「不，我完全……我先聯絡叔叔看看，一有消息，我會馬上向您報告。對不起，讓您擔心了。」

「妳不需要向我道歉。我瞭解了，那就再等看看。」

「謝謝，我一定會和您聯絡。」

「麻煩妳了。」

真世確認對方掛上電話後，把手機放在桌上。她全身冒著冷汗。現在回想起來，才發現自己插手了一件麻煩事。雖然富永夫婦是重要的客戶，但是當初也可以不要插手管這件事。

話說回來，武史到底在幹什麼？之前打了好幾通電話給他，也傳了訊息，但是都石沉大海。昨天晚上還去了酒吧，門上竟然掛著臨時休息的牌子。

她拿起手機。雖然明知道是徒勞，但還是打算傳訊息給武史，沒想到響起了來電鈴聲，而且是武史打來的。

「叔叔，到底是怎麼回事？」電話一接通，她就劈頭問道。

「怎麼劈頭就責備我？」

「你還問我？你躲去哪裡了？我完全聯絡不到你，正在傷腦筋呢！」

「妳不要像狐狸犬一樣汪汪叫不停。我有很多事必須處理，也必須去一些地方。」

「你必須處理什麼事？又必須去哪裡？」

「我打電話給妳，不就是為了告訴妳嗎？真世，下週的三十日，妳沒有安排其他事吧？」

「三十日？」

「星期二。」

「那是上班日啊，有什麼事？我完全不知道。」

「不可能，在諸月沙智家時，妳應該有聽到，就是她的預產期。」

「啊！」真世忍不住叫了起來，「沒錯。」

「妳記得請假，那一天，我們也要去醫院附近待命，我們要追蹤新生命的誕生，以及最後的去向。妳做好心理準備。」

「啊？等一下，這是怎麼回事？」真世慌忙追問，但是電話已經掛了。

7

東京車站八重洲中央口——

真世看了武史交給她的新幹線車票，忍不住說：「怎麼可能？你說要去醫院，我以為是在東京都內，為什麼要去名古屋？」

「妳對我抱怨也沒用，又不是我挑選的醫院。」

「那家醫院叫什麼名字？」

「南星醫科大學醫院，在各個大學的醫學系中，那所大學的錄取分數很高。」

「錄取分數這種事不重要，諸月沙智為什麼要去那裡生孩子？不是還有很多家醫院嗎？」

「有非去那家醫院不可的理由。妳很快就會知道了，現在廢話少說，跟我走就對了。」

身穿軍用夾克的武史大步走在前面，真世慌忙追了上去。

來到月台，「希望號」新幹線剛好停在月台上。真世看了車票，想要確認座位，不禁瞪大了眼睛。

「為什麼是自由席？」

「因為我們在起點站東京車站上車，自由席就夠了，還可以挑選車廂。」

他們走進二號車廂。果然不出所料，車內很擁擠，找不到兩個人可以坐在一起的座位。真世在三人座位最旁邊的座位坐了下來，旁邊坐著兩個女人。她回頭看向後方，發現武史坐在一個看起來像上班族的男人旁邊，閉上了眼睛。

一個半小時後，「希望號」抵達了名古屋。時間是上午十一點多。

他們在車站前搭上了計程車，但是武史並沒有要求司機去南星醫科大學醫院，而是說了一個真世從來沒有聽過的車站名字。武史到底打算去哪裡？武史坐在計程車上時，始終沒有吭氣。

計程車行駛了十五分鐘後，武史請司機停了下來。走下計程車後，武史走進旁邊一棟像是商務飯店的建築物，而且走向櫃檯，似乎打算辦理入住手續。

「不去醫院嗎？」武史拿著房卡回來後，真世問他。

「當然要去。」

「但這裡是——」

武史指著真世的鼻尖說：

「雖然是擇日分娩，但是無法指定時間，有的人可能會需要超過半天以上的時間。即使我們衝去醫院，妳打算去哪裡等？」

「醫院離這裡很近嗎？」

「妳不必擔心，就在附近。」

房間內有兩張床。武史穿著夾克，在其中一張床上躺了下來。他閉上了眼睛，不知道是否打算繼續睡覺。

「但是她隨時可能生啊，你要怎麼知道？」

「妳不必擔心這種事。」

「啊？我當然會擔心啊，有人會通知你嗎？」

「嗯，差不多就是這樣。」

「啊？誰會通知你？你認識醫院的人嗎？」

「妳怎麼這麼煩啊，有時間關心這種無聊的事，不如去吃點東西填飽肚子，或是閉上眼睛休息一下。因為不知道她什麼時候才會生。」

武史說的有道理。真世看著桌上，發現有可以點外送餐廳的宣傳單。她攤在腿上看了起來。

「你這麼一說，我肚子還真的餓了。嗯，披薩似乎不錯。叔叔，你要吃什麼？」

「我在新幹線上已經吃了車站便當。」

「啊？你什麼時候吃的？」

「有人睡到流口水的時候吃的。」

「你很沒品欸！誰流口水了——」

真世說到一半，沒有繼續說下去。因為她聽到了電話鈴聲。武史坐了起來，從夾克內側拿出手機。

「我是神尾。……是……是……啊，這樣啊。」武史的神色變得凝重，接著露出沉痛的表情，最後低聲說：「我知道了，謝謝你特地通知我。」說完，他掛上了電話，但是沒有看真世，握著手機，一動也不動地思考著。

「叔叔。」真世叫著他，「怎麼了？對方不是通知你孩子出生了嗎？」

武史嘆了一口氣說：「的確是通知我孩子生下來了。」

「這樣啊，果然生下來了。比我們想像中更早，接下來就看法院怎麼判了。」

武史沒有回答，從床上站起來說：「走吧。」

「好。」真世回答後，把外送餐廳的簡介放回了桌上。

走出飯店，他們前往南星醫科大學醫院。走在路上時，武史不發一語。因為嬰兒出生，接下來要正式向諸月姊妹宣戰了，所以真世猜想他正在思考對策。

醫院很大，乳白色的建築物很新。服務櫃檯也很新，坐在櫃檯前的女人看起來很有氣質。

武史毫不猶豫地走了進去，搭上了電梯。他似乎除了瞭解這家醫院的構造，也很瞭解探視的手續。真世默默跟在他身後。

他們在四樓走出電梯，一走出電梯就是護理站。武史和坐在護理站櫃檯前的護理師說了幾句話，又回到了真世身旁。

「我已經請護理師去問對方願不願意見我們，雖然我想應該不至於讓我們吃閉門羹，只不過也很難說。」

「她順利生下孩子，沉浸在幸福的顛峰時，可能不想看到我們。」

「神尾先生。」櫃檯內的護理師叫了他一聲。武史走了過去，說了幾句話後又走回來說：「對方願意見我們。」

「太好了。」

不知道能不能見到嬰兒。真世心想。她發現自己竟然有點期待。

護理師並沒有帶他們去病房，而是去了會客室。會客室內有幾張桌椅，真世忍不住感到納悶，剛生完孩子的諸月沙智有辦法來這裡嗎？

這時，聽到有人走進來的動靜。真世看向門口，看到走進來的女人，不禁大吃一驚。因為並不是諸月沙智。

「文香……」真世不停地眨著眼睛，「妳怎麼會在這裡？」

文香露出困惑的眼神看著他們。

「你們不是知道原因，所以才來找我嗎？」

「不好意思，我姪女完全不知情。」武史說：「這次的事，真是太令人遺憾了。」

「所以你全都知道。」

「妳說我全都知道這句話有語病，但是我大致猜到了妳和諸月沙智想要做的事。沙智現在應該也感到很遺憾。」

「嗯，應該是。因為她很期待可以親手抱一抱孩子，她說想要抱在懷裡，感受一下孩子的溫暖，也想聽聽孩子的哭聲。」

「聽說孩子在即將出生時，心臟停止跳動。」

「好像是。」

「啊？這是怎麼回事？沒有平安生下孩子嗎？」

「沙智的嬰兒，」武史點了點頭，似乎下定了決心，「是無腦症，即使生下來，也注定活不久。」

8

把嬰兒抱在手上時，還有一點餘溫，但只有短暫的片刻，身體很快就漸漸失去了溫度，但弘之仍然抱著嬰兒，笑著說：「很輕、很柔軟。」

「對不起。」沙智向嬰兒的父親道歉，「原本希望生下來時還有生命。」

「沒關係，」弘之瞇起眼睛，「這也是命運的安排。」

弘之把嬰兒交還給護理師後，握著沙智的手說：「辛苦妳了，很累吧？」

「要為她舉辦葬禮。」

「好，等出院後來準備。」

護理師不知道什麼時候都離開了，也許是體貼。

沙智握著男友的手，回想起這幾個月發生的事。在回憶的起點，沙智還是富永遙人的妻子。

沙智完全不後悔曾經和遙人結婚。雖然他們的婚姻並沒有持續太久，但是自己從他身上得到了很多，自己對他的付出卻很少。她很希望離婚之後，仍然能夠和遙人維持良好的關係，事實上，他們的確曾經通過幾次電話，甚至能夠互開玩笑。

在正式離婚後不久，沙智就發現自己懷孕了。她當然知道那並不是遙人的孩子，她告訴弘之，弘之感到很高興，他高舉起雙手跳了起來，於是他們決定，等孩子出生之後就結婚。

沙智也把懷孕的事告訴了遙人。因為她知道嫡出推定這條法律，不希望造成他的困擾。

遙人也為自己感到高興，他說因為他的關係，讓沙智的人生繞了遠路，這下子心情終於放輕鬆了。沙智至今仍然認為，那是遙人的肺腑之言。

文香也很高興。文香和自己一直都是好朋友，自己很感謝經由文香，認識了遙人，文香成為自己的小姑這件事，簡直就是美夢成真，自己反而為無法繼續和遙人走下去而感到很抱歉。

沙智也介紹了弘之給文香，聽到文香對弘之說：「我的好朋友就交給你了，請你帶給她幸福」時，沙智喜極而泣。

那時候，一切都很美好。她相信自己周圍所有人的人生，都邁向更好的方向，只不過悲劇總是從肉眼無法看到的地方悄然出現。

遙人的死讓她深受打擊，她的悲傷難以用言語形容。她很想去參加葬禮，但最後忍住了。因為如果遙人的家屬知道沙智懷孕，一定會很不愉快。

接著，對沙智而言很重要的人也發生了不幸的事。那就是肚子裡的胎兒。在超音波檢查中發現，胎兒是無腦兒。

醫生說，胎兒應該活不到分娩那一天，即使生下來了，也會在短時間內死亡，站在醫生的立場，只能勸她進行人工引產。

雖然她覺得無法向弘之啟齒，但不可能不告訴他。沙智在哭了整整一天後，約了弘之來家中，告訴他這個傷心的消息。

「那也無可奈何。」弘之這麼對她說，然後緊緊抱著沙智說：「在聽到這個消息之前都很開心，就當作是做了一場美夢，這次就放棄吧。」沙智在他的臂彎中，覺得只能這麼做。

但是，最後還是無法放棄，她覺得也許可以找到一線希望。她針對無腦症查了很多資料，最後看到了器官移植。大部分無腦兒只是腦組織缺失，但其他器官都完全沒問題，國外有好幾個成功移植的案例，也看到有夫妻滿意地分享，很慶幸自己的孩子成為器官捐贈者。

即使生下孩子之後，孩子無法活下去，但孩子身體的一部分可以遺愛人間——沙智覺得這是很棒的事。

一旦有了這個念頭，就整天想著這件事，連晚上都無法入睡。她覺得自己絕對無法人工引產，扼殺胎兒的生命。

還有另一個理由推了沙智一把。那就是文香的兒子奏太的病情。奏太天生心臟不好，醫生說唯一可以救奏太的方法就是心臟移植，否則可能活不久，只不過幼兒的捐贈者人數更少，只能去國外的醫院尋求一線希望。但是目前這種方法在國外也遭到抨擊，因為這種行為等於是花大錢去購買其他國家寶貴的幼兒器官，所以不難理解會因此遭到抨擊，更何況即使去了其他國家，也未必能夠很快等到捐贈者。因為無論在哪一個國家，都必須等到兒童腦死之後，才能夠進行心臟移植手術。

沙智一直很希望能夠助文香一臂之力。從奏太出生時，她就知道奏太的不幸，而且奏太也曾經算是自己的外甥，可惜只有短暫的緣分。如果肚子裡的孩子能夠救奏太一命，自己無論如何都想把孩子生下來。

問題在於不知道文香怎麼想。某一天，她約了文香，把自己的想法告訴了文香。文香大吃一驚。文香聽到沙智的孩子是無腦兒這件事，已經是極大的衝擊，接著又聽到心臟移植的事，當然會感到驚訝。

文香說，她要回去問一下家人的意見。她說的家人，當然就是她的丈夫。沙智回答說沒問題。

幾天之後，文香帶著丈夫一起和沙智見面。他們夫妻討論之後得出了結論，如果有辦法進行這樣的手術，希望兒子可以接受手術。

既然這樣，沙智就沒有絲毫的猶豫了。沙智和主治醫生討論了這件事，主治醫生雖然大感驚訝，但也並不是完全出乎意料。主治醫生說，也有夫妻在胎兒被診斷為無腦症之後，考慮讓胎兒捐贈器官。

醫生說，如果她堅持要這麼做，可以為她介紹理想的人選。那就是南星醫科大學的三宅昭典教授。三宅教授曾經在國外多次參與心臟移植手術，也很瞭解由無腦兒提供的心臟進行移植的情況。他認為日本的器官捐贈者極少，應該更廣泛討論無腦兒提供移植器官的問題，也寫了好幾篇相關的論文。

沙智拿著醫生的介紹信，和弘之一起去了名古屋的南星醫科大學拜訪三宅教授。

三宅教授聽沙智說明情況後，說他能夠提供幫助，但是有一個條件，那就是沙智必須具備堅定的意志。因為這場手術在日本無法獲得認可，所以必須克服好幾道難關。一旦被人發現進行了這場手術，很可能會遭到抨擊。三宅教授問她，到時候是否能夠承受這些壓力。

「我可以承受。」沙智回答。即使人工引產，不也是奪走孩子的生命嗎？既然這樣，她希望孩子的生命能夠幫助對自己很重要的人。沙智沒有絲毫的猶豫。

三宅教授確認她心意堅定後，著手為手術進行準備工作。他安排分娩和移植手術都在他任職的醫院進行，但是嚴格叮嚀沙智和弘之，這件事不可對外公開，也絕對不要告訴外人。

只是有一個重大的問題。原則上，捐贈者無法選擇被捐贈對象，甚至不知道會移植到誰的身上。這是器官移植的規定，接受捐贈者也不知道捐贈者是誰。萬一這起手術曝光，醫生會負起醫學相關判斷的責任，想要指定特定人物成為捐贈對象，也必須有一定的法律依據。

但是，有一個簡單的解決方法。如果提供器官的捐贈者指定親屬為接受移植的對象時，該親屬就有優先的資格。這是器官捐贈法規的例外規定，也就是說，只要奏太和肚子裡的胎兒是親屬關係，就可以解決這個問題。

雖然事實上，沙智肚子裡的孩子是她和弘之之間的孩子，和奏太完全沒有任何關係，但是一旦出生，就會被視為是遙人的孩子，所以在法律上和奏太是親屬，於是就可以指定奏太為接受器官捐贈的對象。雖然厚生勞動省限定親屬是指「配偶、兒女和父母」，但那只是方針，更何況在方針中還提到「目前尚未核可從智能障礙者身上摘取器官」。因此，根據他們的定義，無腦兒屬於智能障礙者，也就是說，沙智他們的計畫一開始就無視了相關的方針。

但是，一旦決定這麼做，就無法否認嫡出，即將出生的孩子將永久成為遙人的孩子。

沙智再三猶豫之後，向弘之說明了情況。弘之很快就做出了決定。他說這樣沒有問題，戶籍上登記的資料不重要，只要想成是自己和沙智的孩子拯救了另一個孩子的生命，這樣就好了。

沙智聽了這番話感動不已，抱住了他的脖子。

在徵詢意見的對象中，只有姊姊塔子表示反對。她不滿地說，不希望妹妹只是為了提供器官生下孩子，而且也不必在意已經離婚的夫家的事。沙智仍然堅持己見，於是塔子說，如果沙智堅持這麼做，她有一個條件，既然要讓遙人成為孩子的父親，那就要索取相當的遺產，還說既然要用一命換一命，這是理所當然的要求，如果前夫家不願意，她就堅決反對這件事，而且要在社群媒體上公開這場遊走在法律邊緣的手術。

無論如何都不能讓外界知道這場手術的事，沙智在無奈之下，同意了姊姊提出的條件。文香的意見也和塔子相同，她說沙智和即將出生的嬰兒也有資格繼承哥哥留下的遺產。

還有另一個問題，那就是他們並沒有把這個計畫告訴遙人的父母，而且他們接到塔子的聯絡，得知沙智懷了遙人的孩子後驚慌失措。沙智陷入猶豫，不知道該不該告訴他們實情，但是文香勸她打消這個念頭。文香說，目前還不知道手術是否會成功，如果手術失敗，會對父母造成雙重的打擊。

所有的事都決定了，接下來就等待孩子的出生。沙智一心祈禱孩子能夠平安出生，同時在出生之後，能夠多活一天，不，只要一個小時就好。

9

面前的杯子中裝了紅色液體。

「這是什麼？」真世問站在吧檯內擦著雪克杯的武史。

「先入為主的想法會破壞味蕾，妳先喝喝看。」

「好。」真世說著，拿起了雞尾酒杯，喝了一口，品嘗著香氣，讓酒慢慢流入喉嚨。

「怎麼樣？」

「好喝。」真世說，「有水果的香氣，但酒精味也很足夠。是以琴酒作為基底嗎？恰到好處地主張存在感的應該是黑醋栗酒。」

「喔？沒想到妳這麼敏銳，我還以為妳是木舌頭。」

「你可別小看我，我沒有告訴你嗎？我之前曾經想當侍酒師。」

「每個人都有做夢的權利。」

「你是不是以為我在吹牛？我還曾經上過田崎真也[1]監製的線上課程。先不說這些，這杯調酒叫什麼名字？」

「Le Cadeau de l'Ange。」

「魯恰多……」

「Le Cadeau de l'Ange。」

「你再說一次。」

「反正我說了妳也記不住，就乾脆別問了。妳今天來這裡找我，是不是有什麼事？」

「對啊，因為我還沒有聽你解釋。」

「解釋？解釋什麼？」

【編註】

1 曾獲得世界最佳侍酒師大賽冠軍。

「你為什麼會發現真相。我猜想你八成發現了什麼線索，但我絞盡腦汁，也完全想不出來。我明明都和你在一起。」

「妳不要以為別人也和妳一樣缺乏觀察力。」

「啊？有這麼明顯的提示嗎？」

「不，也沒有很明顯，需要稍微用一下這裡。」武史指著自己的太陽穴說。

「你不要一直說這種惹人生氣的話，趕快把內幕告訴我，反正你已經不是魔術師了。」

「真是拿妳沒辦法，那我就告訴妳。」武史雙手撐在吧檯上，「我之所以會發現沙智肚子裡的孩子可能有問題，是因為在她家看到了那個奇怪的擺設。沙智說那是天使的腿枕，但我還是覺得很奇怪，因為那個擺設的質地並沒有很柔軟，而且側面有一道裂縫。」

「裂縫？」

「所以我認為那不是枕頭，看起來像是某種容器。我這麼想著，看到沙智把臉貼在上面，閉上眼睛的樣子，突然產生了靈感。我想到那會不會是搖籃。天使的搖籃，也就是讓嬰兒睡覺的地方，大小似乎也剛好。但如果是搖籃的話，就不需要蓋子，所以我覺得自己想太多了，但隨即想到也有需要蓋子的搖籃，只不過這種情況下，就不能稱為搖籃，而是叫棺材。」

「啊！」真世驚叫起來，「是嬰兒用的棺材……」

「之後我上網查了一下，找到了相同的東西，而且還可以指定款式和大小。於是我確信一件事，沙智雖然打算生下孩子，但她知道那個孩子活不久，很可能醫生告訴她，胎兒有無法治療的先天性異常。」

「既然你已經知道這些情況，為什麼不告訴我？」

「不是我已經知道這些情況，而是我只知道這些情況。她為什麼要堅持生下無法活太久的孩子？我認為必須調查沙智的目的，如果只是把不確定的猜測告訴妳，然後妳又告訴富永太太，只會讓事情變得更複雜。」

「只要你告訴我那是秘密，我就不會隨便告訴別人。」真世噘著嘴。

「與其相信妳這句話，還不如不告訴妳，更能夠確實地守住秘密。雖然這麼說有點那個，但是即使告訴了妳，也完全沒有任何好處。」

「那可未必……」真世抗議的聲音越來越小聲。

「沙智的目的是什麼？主張孩子的父親是遙人的理由是什麼？無論孩子的壽命再怎麼短，只要出生時心臟跳動，就會被視為誕生，就有繼承權，所以她的目的果然是為了遺產嗎？她為了遺產而說服很可能是真正父親的菅沼嗎？菅沼也同意了嗎？為了找到這些問題的答案，我認為首先必須知道沙智得知胎兒有異常時做了什麼，於是我想到，她是不是被迫做出某種選擇。」

「選擇？」

「雖然我不知道她的胎兒有什麼異常，但如果確定無法治療，通常必須決定尷尬，但是沙智不可能不和富永家聯絡，如果要聯絡，文香當然就是最沒有顧慮的對象。」

「我剛才也說了，妳不要因為自己缺乏專注力，就覺得別人也和妳一樣。首先讓我感到不對勁的，是她說最後一次和沙智聯絡是在半年前，問題是在這半年期間，不是發生了遙人車禍身亡的重大悲劇嗎？雖然因為離婚，雙方的關係有點

「你怎麼會發現？我完全不知道。」

「當然啊，如果不是在那時候，還有其他機會嗎？」

不會那天就發現文香在說謊？」

全不知道任何事。」真世回想起當天的情況說道，然後抬頭看著武史說：「你該

「她當時說了謊。她說雖然從沙智口中得知了懷孕的事，但除此以外，她完

太見面時，我請文香也一起參加。」

到懷孕和胎兒異常這種嚴重的問題，她不可能完全不告訴文香，於是在和富永太

「沒錯。因為沙智和遙人離婚，她們的關係可能不像以前這麼密切，但是遇

真世豎起食指說：「所以是她的好朋友文香。」

會找誰呢？」

會和塔子討論，但塔子是單身，也沒有生過孩子，如果她想尋求更加正確的建議，

最有可能和她母親討論，問題是她母親已經去世了。所以會是她姊姊嗎？她應該

種情況下，她一定會和別人討論。她會和誰討論呢？如果她的母親還活著，當然

要繼續等到分娩，或是做人工引產。我認為沙智應該也遇到了相同的情況，在那

的對象。」

「啊……那倒是。」

真世無法反駁。武史說她缺乏專注力，她也只能認了。

「但是，這並不是決定性的原因，她打電話給沙智時，我才確信她在說謊。」

「我記得當時的情況。」真世揮動著拳頭，「她打電話時走了出去，然後在外面講電話，這個舉動的確很奇怪，但我覺得並不至於不自然。」

武史皺起眉頭，搖了搖頭說：

「我並不是說這件事，我剛才不是說，是她打電話的時候嗎？她從手機的來電紀錄中找到沙智的名字，然後打了電話。」

「從來電紀錄……這有什麼好奇怪的？不是很正常嗎？」

「妳這個傢伙太遲鈍了。如果她們是半年前最後一次聯絡，怎麼可能出現在最近的來電紀錄中？」

「啊！」

「這意味著她們非但不是半年沒有聯絡，沙智最近還曾經打電話給她。」

「原來是這樣。咦？但是你怎麼知道她是從來電紀錄中找出沙智的名字？」

「這種事太簡單了，只要注意觀察她的眼睛和手的動作就知道了，妳可別小看魔術師的觀察力。」

「啊？我無法相信，搞不好是你看錯了啊。」

「不可能有這種事。」

「你為什麼可以斷言？難道你有證據嗎？」

武史咂著嘴，皺起了眉頭，然後很不甘願地從吧檯下方拿出平板電腦。

平板電腦的螢幕上出現了一個女人正在操作手機的背影。真世立刻知道那個女人是誰。是文香。應該就是那天拍攝的。從拍攝的角度判斷，監視器應該設置在吧檯座位的斜後方。真世轉頭觀察，但是並沒有看到監視器。

「妳現在瞭解了嗎？」

「這太扯了，你又偷拍？」

「不要說得這麼難聽，要說監視器。」

「來這家店真的不能大意。」真世再次打量酒吧，因為監視器現在很可能正在拍攝。

「總之，文香絕對在說謊，而且應該和沙智共謀了什麼，於是我就去找了徵信社，委託徵信社調查了她們兩個人的行動。」

「兩個人？除了沙智以外，你還讓徵信社也調查文香？」

「當然啊。我認為她們一定在哪裡有交集，最後發現是南星醫科大學醫院。沙智懷孕初期，是在其他醫院做產檢，但在一個月前轉院了。為什麼要轉去離家很遠、位在名古屋的醫院？而且文香也和她先生去了那家醫院幾次。那家醫院到底有什麼？於是我徹底調查了南星醫科大學醫院的相關資料，最後找到了這篇論文。」

武史再次操作平板電腦，放在真世面前。

螢幕上出現了ＰＤＦ檔的內容，題目為「論無腦症患者成為器官移植捐贈者的對錯」，執筆者為南星醫科大學的三宅昭典。

「三宅教授並不是小兒科醫生，而是專門研究器官移植，尤其是心臟移植的專家。教授在這篇論文中提出，日本禁止無腦兒提供移植的器官，只是基於沒有人願意為此負責這種幼稚的理由，應該更積極討論這個問題。也就是說，他是促進派。我從徵信社之前的報告中得知，文香的兒子有先天性心臟病，移植是唯一能夠救他的方法，看到這篇論文後，立刻察覺了沙智和文香的計畫。」

「要用沙智的孩子的心臟來移植……」

武史點了點頭，吐了一口氣。

「沙智為什麼突然主張遙人是肚子裡的孩子的父親，我猜到了其中的理由。因為除非是親屬，否則無法指定器官的捐贈對象。」

「所以並不是為了遺產。」

真世也已經聽說，那一天，文香的兒子也住進了南星醫科大學醫院。如果沙智的孩子出生時還活著，確認大腦無法發揮功能後，就會進行心臟移植手術。

文香拜託武史和真世為這件事保密。

「因為一旦公諸於世，會帶來麻煩，最重要的是，我並沒有把這件事告訴父母。」

真世和武史都向她保證不會說出去。

真世拿起杯子，享受著酸酸甜甜的雞尾酒，聽到門打開的聲音。轉頭一看，諸月塔子走了進來。

「兩位好。」塔子打招呼後，在高腳椅上坐了下來。她似乎事先知道真世在這裡。

「我約她來這裡。」武史說，「因為我猜想她也有很多疑問。」

「請問吧，任何問題都沒關係。」塔子輕輕攤開雙手，臉上露出調皮的表情，和之前在沙智家遇到時判若兩人。

「妳們打算如何處理那件事？就是關於遙人的遺產……」真世問了她最關心的問題。

「喔，妳是問那件事啊，那件事沒戲了。」塔子很乾脆地說。

「沒戲了是指……？」

「因為繼承人沒有生下來，就沒我的事了，這不是理所當然的事嗎？」

「胎兒雖然有繼承權，但如果胎死腹中，就會被認為不曾存在過。」武史補充說明，「所以我們有權利在第一時間掌握胎兒是否順利出生，於是我和塔子小姐交涉，那天請她和我聯絡。」

「啊！」真世叫了一聲，「那天在商務飯店接到的電話，原來是塔子小姐打來的……」

「呵呵。」塔子意味深長地笑了笑，「因為神尾先生似乎洞悉了一切，而且我也認為趁早解決比較好。不瞞兩位，我心裡很不舒服，竟然被說成搶遺產。我反對器官移植這件事，雖然我很佩服沙智想要救好朋友兒子的想法，但我不知道這件事在道德上有沒有問題，最重要的是，我很擔心沙智的身體。只不過她心意已決，似乎並不打算改變主意。既然這樣，我能夠為她做什麼？在思考這個問題時，我認為自己唯一能做的事，就是維護沙智生下的那個孩子的權利。既然是以遙人的孩子降臨人世，當然要爭取應有的權利。」

「原來是這樣啊……」

「雖然對沙智和其他人感到抱歉，但是老實說，看到孩子沒有安全生下來，我鬆了一口氣。」塔子說完，微微歪著頭，看向吧檯內問：「神尾先生，你呢？」

「我也為不需要和妳針鋒相對鬆了一口氣。對於無腦兒和器官移植的問題，我不便表達任何意見，我認為只要當事人覺得自己在做正確的事，這樣就沒問題了。」

「很棒的回答。」塔子的嘴角露出笑容。

「妳要不要喝點什麼？」

「好啊，這是什麼？」塔子看著真世面前的杯子。

「魯恰、呃……」真世果然無法記住這杯酒的名字。

「Le Cadeau de l'Ange。」武史說。

「Le Cadeau de l'Ange。」塔子小聲嘀咕，而且發音很像法文，接著又繼續說：

「意思是……天使的禮物？」

「沒錯。」

「是這樣嗎？」真世眨了眨眼睛，抬頭看著武史。

「那個搖籃要用來裝天使的禮物。──對不對？」

塔子露出真摯的眼神點了點頭說：「我也要同樣的雞尾酒。」

「好。」武史回答。

裝修的女人——續篇

1

石崎直孝正在停車場洗小巴士，手機響了。是安養院的院長坂田香代子打來的。他關掉噴水槍的開關後，接起了電話。

「妳好，我是石崎。」

「我是坂田。石崎先生，你在忙嗎？」坂田香代子很客氣地問他。

「不，我沒事。怎麼了嗎？」

「一〇〇九室已經超過八個小時沒有感應到任何動靜了，不好意思，可以請你去看一下嗎？」

「好，我知道了，我馬上過去。」

「不好意思。」

「不，沒關係。」

掛上電話後，他把手上的水管捲了起來，同時走向水龍頭，關上了水龍頭。等忙完之後再回來繼續洗車。確保所有入住長輩的安全，是這家安養院的首要任務。

他從停車場穿越通道，從員工出入口走進館內。旁邊就是電梯，有五名男女在電梯廳等候。電梯廳內有兩部電梯面對面，但只按了可以容納更多人的那一部，為了節省電力，安養院規定不可同時按兩部電梯。

石崎發現在等電梯的入住長輩都超過七十歲，而且其中有一個人拄著拐杖，還有一個人使用了助行器，顯然這些長輩會擠滿電梯。

電梯終於來了，門打開後，老人紛紛走進電梯。當使用助行器的老人最後走進電梯後，石崎對他們說：「你們請先上樓。」電梯門緩緩關上，石崎確認樓層的數字改變後，立刻按了另一部電梯。

電梯門很快就打開，他走進電梯後，按了「10」的樓層。

這家安養院的電梯很緩慢。他看著電梯門上方的樓層數字，內心有點急躁。

安養院的老人所住的各個房間都裝了幾個感應器，其中一個裝在廁所門口，職員可以在管理室監視入住老人出入廁所的情況。如果老人在室內，卻長時間沒有去廁所，或是遲遲沒有從廁所出來，職員就會打電話去房間，或是直接去房間察看。坂田香代子剛才說「超過八小時沒有感應到動靜」，就是指這件事。但是她應該沒有打電話去老人的房間，她一定認為一〇〇九室的住戶還是由石崎去拜訪比較妥當。有狀況的話當然不用說，就算沒有事，那個房間的住戶也鐵定會說：「幫我叫石崎先生過來。」

電梯終於來到十樓，石崎快步走去一〇〇九室。

他站在門口，按了門鈴，但是等了一會兒，也沒聽到任何應答。他看向門縫，確認門並沒有鎖之後，轉動了門把，輕輕一拉，門就打開了。

脫鞋處很暗，但是感應器感應到人之後，燈立刻亮了。

「末永婆婆。」石崎對著房間叫了一聲，但是沒有動靜。房間內雖然亮著燈，但並沒有看到主人。

「末永婆婆，妳在嗎？不好意思，我進去囉。」

他脫了鞋子，經過流理台和冰箱，繼續走進房間。房間差不多三坪大，放著小桌子和床。

末永久子縮在床前。石崎嚇了一跳，但發現她還有呼吸，而且氣色也不錯，立刻鬆了一口氣。

石崎在她身旁蹲了下來，搖了搖她的肩膀叫著：「末永婆婆，末永婆婆。」

末永久子滿是皺紋的眼皮動了幾下，然後微微睜開眼睛。她抬起頭，看著石崎：「喔喔，石崎先生……」

「妳不可以在這裡睡覺，這樣容易感冒。要躺回床上。」

如果她躺在床上，感應器就會感應到她，自己就不需要特地跑來察看。他並沒有把內心的不滿說出口。

末永久子搓了搓臉，東張西望著。「我睡了多久？」

石崎看了手錶說：「現在是下午三點半。」

「喔喔，這樣啊……」末永久子表情茫然，可能想不起自己睡著之前做了什麼。

「末永婆婆，妳不用去上廁所嗎？」

末永久子似乎沒有立刻理解石崎問的問題，但隨即說著：「我要去廁所。」

費力地想要站起來。石崎握著她的手臂，協助她站起身。

目送她走進廁所後，石崎打電話給坂田香代子，說明了情況，聽到電話中傳來鬆了一口氣的嘆息聲。

「太好了，雖然我猜想也是這樣，但還是擔心萬一發生意外狀況。石崎先生，不好意思，每次都麻煩你，那接下來也可以麻煩你處理嗎？」

「沒問題，交給我吧。」

石崎掛上電話後打量室內。和上次來這裡相比，房間明顯沒有整理。應該不是末永久子懶惰，只是她沒想到要整理。桌上的保特瓶裝烏龍茶還剩下一半，但蓋子沒蓋。石崎蓋好蓋子，放進了冰箱。

窗簾拉開了一半，可以看到小陽台。洗好的襪子被風吹得東搖西擺。

廁所的門打開了，末永久子走了出來。

「要不要幫妳把衣服收進來？」

「喔喔，好啊，那就麻煩你了。」她說話的口齒比剛才清晰了。可能在上廁所時，腦袋慢慢清醒了。

石崎把晾乾的衣服放進籃子時，末永久子說：「等你收好衣服，再幫我為盆栽澆一下水，牽牛花一直都沒發芽。」

「好。」

陽台角落的確放著小盆栽，那是末永久子入住時帶來的，但是沒有聽說她播了種，所以即使澆水，也不可能發芽，只不過即使向她說明這種事也沒有意義。既然她期待有朝一日會發芽，那就讓她繼續期待。

回到房間後，他摺好襪子，放進了衣櫃的架子。

末永久子坐在桌子旁。「我口渴了，可以把茶拿給我嗎？」

「喝烏龍茶嗎？」

「我想喝熱茶，給我日本茶。」

「好。」

石崎站在流理台前，用電熱水壺燒了水。他知道茶壺、茶杯和茶葉放在哪裡，因為之前是他放的。他從來沒有看過末永久子自己泡茶。

石崎把茶杯拿過去時，發現末永久子面對著旁邊的佛壇。佛壇上放了兩個小相框，其中一個相框內是她的丈夫，在半年前去世了，另一張照片是比她丈夫早兩個月離開人世的女兒照片。她正拿著女兒的照片。

「請喝茶。」石崎把茶杯放在末永久子面前。

「謝謝。」她拿起茶杯，放到嘴邊，只喝了一口，就皺起眉頭說：「太燙了，泡日本茶的熱水溫度不能太高，又不是紅茶。我記得上次已經說過了。」

「我已經注意了……對不起。」石崎聳了聳肩。

「這根本破壞了高級茶葉的味道。」末永久子無奈地喝著茶，嘆了一口氣之後，再次低頭看著相片。

「妳似乎還惦念著妳女兒。」

末永久子不悅地嘟著嘴說：

「當然啊，因為那根本不是她。奈奈惠沒有死，那個人不是她。」

「但是，妳當時不是已經確認，的確是妳女兒嗎？」

「那時候我六神無主，而且我以前聽說人死了之後，相貌會有點不一樣。」

「但是警察不是也調查過了嗎？像是指紋，還有其他的……」

「那我就不知道了，我想應該沒有調查。我覺得他們只是因為死在奈奈惠家裡，就認定是她。不，一定就是這樣，警察完全沒有調查。我一時不察，說那就是奈奈惠，所以他們就相信了，然後就辦理了之後的手續。但那明明是別人，明明不是奈奈惠，結果就當成是奈奈惠死了。」末永久子越說越激動。

「這樣啊。」石崎回答。自己差不多該離開了。

「既然妳這麼說，可能就是這樣。」

「就是啊，所以我女兒並沒有死，一定在哪裡活得好好的。」

「如果是這樣，那不是很好嗎？也許她在某個妳不知道的地方，過著幸福的生活。」

「但如果她還活著，為什麼不來看我？她為什麼沒有出面承認，自己還活著，根本沒有死。」

「應該是妳女兒認為這樣比較好，希望可以靜靜地過日子，所以妳也不要一直想這件事了，就讓妳女兒靜靜地過日子，這也是為了她著想。」

「為了我女兒……奈奈惠著想？」末永久子歪著頭。

「對啊，如果她在某個地方好好過日子，這樣不是很好嗎？」

「在某個地方、好好過日子……」

末永久子眼神渙散，視線在半空中徘徊。她經常這樣，所以石崎鬆了一口氣。她把照片放回了佛壇，拿起茶杯，喝了一口茶後，坐直了身體，看著石崎說：

「真好喝，你終於學會怎麼泡日本茶了。」茶稍微冷掉之後，似乎合了她的口味。

「謝謝。」石崎鞠躬說道。

末永久子在四個月前住進這家安養院。她照顧多年的丈夫驟逝後，她賣掉了原本住的透天厝，搬進了安養院。

石崎是設備課的職員，主要業務是維修各種設備和機器，但也會接送腰腿不方便的老人去醫院和娛樂場所。

當初是因為採買生活用品的關係，才會和末永久子有深入的接觸。她除了少量衣物以外，幾乎沒有從以前的家裡帶任何東西來這裡。在目前的小套房內展開新生活時，需要最低限度的生活用品。她對負責接送的石崎說，要一次買齊，會有大量物品，希望石崎可以陪同她一起去採買。說白了，就是請他幫忙搬東西。

「沒問題。」石崎一口答應。因為安養院的其他老人也經常提出類似的要求，他甚至曾經陪老人去買室內拖鞋。大部分老人都不會在網路上購物。

離安養院開車十五分鐘的地方有購物中心，可以在那裡買到所有的生活用品。他也帶末永久子去了那裡。

沒想到她的採買很花時間。光是挑選居家服，就花了超過三十分鐘，一走進賣小東西的雜貨店，更是遲遲走不出來。

她買完所有東西似乎累壞了，於是說要休息一下。購物中心有美食街，於是他們在那裡歇腳。

「你很敬業，陪我採買這麼久，完全沒有怨言。」石崎喝咖啡時，末永久子打量著他的臉說。

「因為這是工作。」

「雖然是這樣，但是很辛苦吧？你這份工作做很久了嗎？」

「差不多五年左右。」

「之前做什麼工作？」

「在一家賣二手車的公司。那家公司倒閉了，所以就換了目前的工作。」

「原來是這樣。你幾歲？」

「今年剛好五十歲。」

「有家人嗎？」

石崎搖了搖頭說：「沒有。」

「你一直都是單身嗎？」

「年輕時曾經結過一次婚，後來老婆跑了。」

「啊喲，原來是這樣啊。有沒有再婚的打算？」

「沒有，一個人比較輕鬆。」

「是嗎？一個人……啊。不知道我以後也會不會這麼覺得。」

「這就……」石崎支支吾吾起來，看著眼前的老婦人，「妳先生去世之後，妳覺得很孤單嗎？」

「不會啊。」末永久子輕嘆一聲，「雖然可能有點無情，其實我對我先生比較無所謂。因為我照顧他多年，已經接受了事實，只不過完全沒有想到自己的老後會是這樣，照理說，我的老後生活應該更愉快。」

「什麼意思？」

「我有一個女兒，是獨生女。原本打算老後和她兩個人一起生活，沒想到她突然自殺了。」

末永久子輕鬆地說出的話太意外，石崎無法立刻反應，好不容易才擠出一句話：「自殺嗎？」

末永久子說，她的獨生女奈奈惠是她人生的一切。她在養育女兒的過程中，一直思考如何才能讓女兒的人生富足幸福，於是為女兒嚴格挑選了學校，也認真思考要讓女兒學習哪些才藝。除此以外，還緊盯女兒的交友關係，極力排除會對女兒產生不良影響的人。奈奈惠可能對和朋友之間的關係遭到破壞感到不滿，但這都是為了預防女兒被朋友帶壞。

女兒的結婚對象也是末永久子安排的。那是她朋友的兒子，是在外資企業的東京總公司上班的菁英。原本以為嫁給這樣的人很安心，接下來只要等著抱孫子就好，沒想到計畫從那時候開始變了調，奈奈惠遲遲沒有懷孕，而且奈奈惠的丈夫竟然在外面有了女人。當女兒提出要離婚時，她並沒有反對。

末永久子對女兒說，既然恢復了單身，就趕快回老家，但是奈奈惠繼續留在東京，說回到老家不容易找工作。

「我至今回想起那時候的事，仍然感到後悔不已。當時為什麼沒有堅持要她回來。」末永久子露出悲傷的眼神對石崎說：「如果她那時候回來了，就不會發生那種事了。」

那種事指的就是奈奈惠自殺的事。奈奈惠在東京的公寓內服毒自殺了。末永久子接到警方的通知，丟下生病的丈夫，獨自趕去東京。在遺體安置室內等待她的，是已經完全變了樣的女兒。

負責的警察問她：「這是奈奈惠小姐嗎？」末永久子回答說：「是。」雖然和記憶中的奈奈惠不太一樣，但她覺得應該只是女兒變瘦了而已，而且也曾經聽說，服毒自殺時，臉會有點不一樣。

警察也給她看了奈奈惠留在家中的遺書。遺書上寫著「我累了。對不起。末永奈奈惠」。那的確是奈奈惠的筆跡，所以她也這麼告訴了警察。

警察認為並非他殺，遺體很快就送了回來。末永久子在老家為女兒舉辦了葬禮，把骨灰葬在家族的墳墓中。

不久之後，丈夫的身體狀況惡化，顯然是因為女兒的死深受打擊。在奈奈惠的葬禮兩個月後，她又為丈夫舉辦了葬禮。

末永久子失去了兩個親人，她決定在安養院度過餘生。

「我必須趕快適應這裡的生活。」末永久子對石崎說，「我必須趕快適應，然後也可以說出一個人比較輕鬆這種話。」

「但是，末永婆婆，妳並不是一個人。」石崎說，「安養院有很多照顧妳的工作人員，我也是其中之一。有任何困難，妳隨時可以找我們。」

「呵呵呵。」末永久子露出了微笑。「謝謝你，你人真好，真搞不懂你太太為什麼會離開你。」

「因為我薪水低，而且又很遲鈍，被朋友騙，還欠了債，所以她就嫌棄我離開了。」

「原來是這樣，真可憐。」

「我是自作自受。」石崎說完，聳了聳肩。

那天之後，末永久子只要一有事，就會找石崎。有時候請他幫忙處理雜務，有時候只是找他聊天。

但是這一陣子，末永久子開始有點異常。她經常忘東忘西，而且同樣的話會說好幾次，顯然出現了失智症的初期症狀。

而且，她開始說一些奇怪的話，那就是「我女兒沒有死，埋葬的遺體是別人，女兒本尊還活著」。

失智症病人經常會忘記家人或是朋友死去的事，但是末永久子記得自己認屍這件事，只不過堅持說那是別人。

也許是末永久子在各種記憶逐漸變得模糊的過程中，無意識地試圖改變不愉快的往日記憶。那就暫時繼續觀察。坂田香代子和個案管理師做出了這樣的結論。

2

在末永久子房間內的感應器沒有感應到動靜兩個星期後的星期一，末永久子傳了訊息給石崎，說有重要的事和他討論，請他去她房間一趟。她可能擔心會影響他工作，沒有直接打電話。事實上石崎正在維修鍋爐，的確沒空接電話。

工作告一段落後，他去了一〇〇九室。到底有什麼重要的事？希望不是什麼麻煩事。

來到房間，一看到末永久子的臉，忍不住大吃一驚。因為她雙眼通紅，臉頰上留著淚痕。

「發生什麼事了？」石崎問。

「終於找到了。」

「找到什麼？」

「我女兒，找到奈奈惠了。」

「什麼？」

末永久子拿出一個白色信封說：「你看一下這個。」

石崎接過信封，看了看正面和反面。那是寄給末永久子的信，寄信人叫「山村洋子」。

「我可以看嗎？」

「可以啊，你趕快看。」末永久子焦急地說。

石崎拿出信紙後攤開，草花圖案的透光信紙上，用藍色墨水寫了漂亮的文字。首先是千篇一律的問候，接著詢問了末永久子的近況。山村洋子似乎很久沒有和末永久子聯絡了，因為她寫著「我有超過七年都沒有回老家」，所以可能也沒有和末永久子見面。

接著，信上寫了以下的內容。

「前幾天，我在街上偶然看到了讓我感到懷念的人。我看到了奈奈惠。因為我坐在計程車上，所以無法叫她，但是我不會看錯。奈奈惠看起來很有精神，走進一家很有品味的店。得知她在東京努力過日子，我也放心了，於是就想起了很多以前的事，忍不住想和妳聯絡，於是就提筆寫了這封信。」

石崎看到這裡，抬起了頭。

「怎麼樣？」末永久子問。

「這位山村女士是誰？」

「她是我的老朋友，和奈奈惠也很熟。因為奈奈惠小時候曾經跟著她學鋼琴，婚禮的時候，她也去參加了。」

「妳沒有告訴她，奈奈惠自殺的事嗎？」

「對，因為我不想被別人知道這種事，但是太好了，果然像我想的那樣，那個人根本不是奈奈惠。你看了這封信，應該也相信了吧？」

石崎不知道該怎麼回答，總覺得不能回答她，八成只是長得很像而已。

石崎把信紙放回信封說：「也許吧。」他把信放回桌上說：「那不是很好嗎？信上寫著奈奈惠看起來很有精神。」

「我也覺得，所以我有一件事拜託你。」

「什麼事？」

「我想請你去找洋子，向她瞭解詳細的情況，像是在哪裡看到了奈奈惠。」

「啊？」末永久子的要求太出乎意料，石崎感到困惑不已，「我……嗎？」

「因為除了你以外，沒有其他人可以拜託了。我會事先和洋子聯絡。」

「既然這樣，妳在電話中問她不就解決了嗎？」

末永久子皺起眉頭說：

「我對東京完全不熟，即使她在電話中告訴我，我也搞不清楚，而且如果可以，我也希望你去奈奈惠去的那家店看看。」

「要去那家店……嗎？」

「我當然會酬謝你。」末永久子從打開佛壇的抽屜，拿出了提款卡。「你去幫我領錢，領十萬圓。有這筆錢，交通費之類的花費應該足夠了。」

「不，」石崎搖了搖手說：「不需要。」

「我當然不能請你免費幫忙。你先去幫我領錢，我手上也沒有現金了，總共幫我領十五萬。」

「喔，領錢當然沒問題……」石崎接過提款卡。末永久子似乎出現了認知功能障礙，但有時候頭腦很清楚。現在似乎屬於後者的情況。

石崎去附近的便利商店領了十五萬現金，回到末永久子的房間之前，先去了安養院的辦公室。職員受安養院的老人委託使用提款卡時，就必須登記，避免日後引起不必要的麻煩。

登記完成，走出辦公室時，聽到後方有人叫他：「石崎先生。」原來是坂田香代子。

「末永婆婆的帳戶還剩多少錢？」

石崎出示了提款明細。院長看了數字後，皺起了眉頭。

「真是不太妙啊，這樣下去不是撐不了幾年？」

「應該有點辛苦。」

「那件事怎麼樣了？」

「我有時候會勸她，但她遲遲無法接受……」

「真是傷腦筋，所以她至今仍然無法接受女兒已經去世這件事。」

「嗯，是啊……」

不僅如此，她還想要追查女兒的下落。石崎原本想說這件事，但最後還是作罷。坂田香代子聽了，一定會很受不了。

「對了，秋祭的活動，準備工作來得及嗎？」坂田香代子改變了話題。

「布置方面沒有問題。」

「是嗎？那太好了。」院長嘴上這麼說，但滿臉愁容。

「有什麼問題嗎？」

「原本要來表演的落語家打電話來，說必須緊急動手術，所以要取消表演。雖然目前四處拜託，看有沒有人能夠墊檔，但是目前問到的人檔期都滿了，一直找不到合適的人來表演。」

「那真是傷腦筋。」

應該不是檔期，而是酬勞有問題。石崎這麼想。安養院只願支付和中學生新年紅包差不多的報酬，有人願意來這種鄉下地方才讓人感到不可思議。

「石崎先生，你有沒有認識的人？即使不是落語家也沒關係，像是民謠歌手之類的。」

「我怎麼可能認識？別開玩笑了。」

「那倒是。」坂田香代子歪著頭，嘆了一口氣。

3

石崎把紙杯放在桌上，發現連鎖店的拿鐵咖啡在東京的味道也一樣。

他已經有三年沒來東京了。上次並不是有事來東京，只是去千葉看朋友時，中途順便在東京逗留了一下。只不過他年輕時曾經在東京的家電量販店工作，所以對東京並不陌生。

山村洋子和他約在住家附近的一家咖啡店見面。她年過花甲，氣質出眾。末永久子似乎已經和她聯絡，所以她看到石崎時，也沒有表現出警戒的樣子，反而對這件事感到很好奇。

「久子說，想瞭解我上次看到奈奈惠時的詳細情況，請問這是怎麼回事？」

雙方寒暄之後，山村洋子問。

石崎坐直了身體。

「其實事出有因。幾年前，奈奈惠留下一封信，說要出門旅行，請家人不要找她，之後就失去了聯絡，完全不知道她在哪裡做什麼。末永婆婆一直很擔心。」

「啊？是這樣啊？去旅行？」山村洋子不停地眨著眼睛。

「對，」石崎用力點了點頭，「如果是二十多歲的年輕人，因為想要冒險而這麼做，並不會讓人感到太意外，但是奈奈惠已經四十多歲了，所以末永婆婆也很驚訝。只不過也不能就去報警找人，正不知道該怎麼辦，剛好收到了妳寄給她的信。」

「如果是這樣，還真令人擔心，但我完全不知道這件事。」

「因為末永婆婆說，這是家醜，不好意思告訴別人。山村太太，請問妳看到的人真的是奈奈惠嗎？」

山村洋子聽了石崎的問題，皺起了眉頭，露出了為難的表情。

「你這麼問，我無法說絕對沒有看錯，因為不是經常有人說，每個人都可以在世界上找到兩個長得和自己很像的人嗎？但是，我看到的人就是奈奈惠。因為我從她小時候就認識她，我不認為是長得和她很像的人。早知道這樣，當時我應該叫住她。」

石崎看到山村洋子懊惱的樣子，發現她很有自信。

「妳在信中提到，是在東京都的街上看到她。」

「對，在澀谷區的惠比壽。我和朋友吃完飯，搭計程車時看到她。」

「請問妳知道正確的位置嗎？」

「我知道。這次接到久子的聯絡後，我又查了一下。」

山村洋子拿出手機，操作了一下後，把螢幕出示在石崎面前。上面是地圖。

「計程車在這個路口等紅燈時，奈奈惠從旁邊走過去，然後走進了這家店。」

「請問那家店名叫什麼？」

「對不起，我沒有看，好像是酒吧。」

石崎也拿出自己的手機，用地圖應用程式記下了那個地點。

「謝謝妳，我會去那家店問一下。」

「希望可以找到線索，只不過我想奈奈惠恐怕也有自己的苦衷。」山村洋子拿起自己的杯子時說道。

石崎對她說的這句話感到好奇。「請問是什麼意思？」

山村洋子喝了一口飲料後，微微探出身體，用說悄悄話的語氣說：「你可以不要告訴久子嗎？」

「如果不告訴她比較好，我當然不會說。請問是什麼事？」

「我認為奈奈惠想要自由。」

「自由？」

「我覺得久子太愛奈奈惠，所以管得太嚴了。無論任何事，都必須按照她的想法去做，我認為奈奈惠一定是感到壓力太大，才會失去音訊，也許是因為以後不想再和久子有什麼瓜葛。」

石崎聽到這番意外的話感到不知所措，說不出話。不知道山村洋子如何理解他的反應，又叮嚀他說：「雖然有點囉嗦，但你不要告訴久子。」

「我當然不會說。」石崎回答。

那家店並沒有招牌，只有地上的立方磚上寫了店名。上面寫著「TRAPHAND」。石崎不知道翻成日文是什麼意思。

走進小巷深處，有一道門，上面掛著寫了「OPEN」的牌子，八成就是入口。石崎戰戰兢兢地打開了門。

店內很昏暗，右側是吧檯，一個身材高䠷的男人坐在高腳椅上滑手機。男人抬起頭，說著「歡迎光臨」的同時站了起來。他似乎不是客人，而是這家酒吧的老闆。

「請問在營業，對嗎？」石崎向他確認。

「當然，請隨便坐。」老闆在說話的同時，走進了吧檯內側。

酒吧內除了吧檯以外，只有後方還有一張桌子。石崎在吧檯前的第二張椅子坐了下來。

「請問要喝什麼？」

「呃，那我要啤酒。」

「請問要哪種啤酒？」

「啊？哪種……」

「要不要試試飛驒高山的啤酒？特徵是口感很溫潤，很香醇可口。」

「那就給我這個。」

「謝謝。」老闆露出微笑。

石崎打量店內，然後再次看向老闆。老闆的年紀不到五十歲，身材高䠷，手長腳長。他漂亮的手指打開了石崎以前從來沒看過的粗壯瓶子的瓶蓋，把啤酒倒進了杯子。光是這個簡單的動作，看起來就很瀟灑。石崎忍不住自問，難道是因為自己是鄉下人的關係嗎？

「請慢用。」老闆說完，把杯子放在石崎面前。白色泡沫溢到了杯緣。

他喝了一口，情不自禁點了點頭。

「合你的口味嗎？」老闆問。

「很好喝，我第一次喝。」

「太好了。」老闆面帶微笑，露出潔白的牙齒，然後拿出了菜單。「要不要來點下酒菜？也有和啤酒很搭的堅果。」

「啊，那就給我那個……」

「好。」

石崎喝著啤酒，調整呼吸後，戰戰兢兢地開了口。

「請問……」

老闆抬起頭。「嗯？」

「請問來這家店的都是什麼樣的客人？」

老闆露出錯愕的表情後苦笑著說：「託各位的福，各種不同的客人都會光顧。」

自己太不會說話了，問這種問題，只會造成對方的困擾。石崎心想。

他打開肩背包，從裡面拿出一張照片問：「請問這位女子曾經來過這裡嗎？」

老闆把裝了堅果的盤子放在石崎面前後，說了聲「借我看一下」，拿起了照片。那是末永久子寄放在他那裡的奈奈惠的照片。末永久子似乎是從手機中的照片挑了這張。

「我好像看過。」老闆把照片還給他時說，「但是我無法斷言，因為本店有很多女性客人，也有不少年紀差不多的客人。」

「她叫末永奈奈惠。」

「末永小姐。」老闆小聲嘀咕後，輕輕搖了搖頭說：「不好意思，大部分客人都不會告知名字。」

「這樣啊，也是啦。」

「這位小姐怎麼了嗎？」

「是啊，有點……」石崎含糊其詞，伸手拿了堅果。他不知道該如何說明。

這時，門打開了。老闆看向門口，說了聲：「歡迎光臨。」

走進來的女人坐在離石崎有一小段距離的座位。她看起來不到三十歲，穿著看起來很高級的洋裝。

「真難得啊，今天這麼早就來光顧。」老闆說。

「等一下我要和別人吃飯，今天要吃法國餐。」女人眉飛色舞地回答。

「今天又要鑑定嗎？」

「沒錯。因為時間還早，所以我先過來坐一坐。」

「那我為妳調一杯無酒精的雞尾酒。」

「好，我還要拜託你另一件事。」

「妳是不是打算吃完飯後，把約會的男人帶來這裡？所以要我協助妳鑑定。」

「答對了。可以吧？」

老闆聳了聳肩說：「真是拿妳沒辦法。」

「太好了。」

女人開始滑手機，臉上的表情很嚴肅。他們說的鑑定是什麼意思？

石崎轉身看向女人的方向問：「不好意思，可以打擾一下嗎？」

女人可能沒想到石崎會對她說話，驚訝地瞪大了眼睛，然後露出警戒的表情問：「什麼事？」

「請問妳經常來這家店嗎？」

女人看了老闆一眼之後，再次看著石崎回答說：「不時會來啊。」

石崎把剛才的照片遞到她面前問：「妳有沒有看過她？」

女人明顯不感興趣，但可能覺得不理不睬不太禮貌，所以不耐煩地探頭看著照片。

我沒見過——石崎猜想對方會冷淡地這麼回答。

沒想到那個女人的反應出乎意料。她「啊！」了一聲，連續眨了好幾次眼睛。

「妳看過她嗎？」石崎問。

「看過。」

「妳看過她？妳曾經看過這個女人嗎？」石崎激動地問。

「雖說看過……但我沒有和她說過話，只是偶爾見過……」女人抬頭看著站在吧檯內的老闆問：「她是不是來過好幾次？」

「的確很像，只是不知道是不是同一個人。」老闆支支吾吾地說。

石崎站了起來，向吧檯內探出身體問：

「請問那個人是誰？什麼時候來的？」

「不好意思，這種事……」老闆不想多談。

「拜託你告訴我。我正在找她，她媽媽請我幫忙找她，拜託你了。」石崎深深鞠躬，額頭幾乎快碰到吧檯了。

4

晚上八點多時，接到武史傳來的訊息，說有重要的事，請她馬上去店裡。真世吃著用冰箱裡剩下的食材做的炒飯，打電話給叔叔。

「什麼重要的事？」

「電話中說不清楚，如果妳現在沒事，就趕快過來。」武史每次對真世說話都很不客氣。

「我正在吃飯。」

「並不是和別人聚餐吧？妳在吃什麼？」

「……中華料理。」

「哼，原來在家裡吃冷凍炒飯。」

「你真是太小看我了，是我自己炒的。」

「吃完之後就馬上過來，我今天不做生意了。」

「啊……」武史似乎真的遇到了難題，「到底是什麼事？」

「我不是說了，無法在電話中說明嗎？但是，我可以稍微透露一下，讓妳有點心理準備。這件事和上松和美——正確地說，是和末永奈奈惠有關。」

真世大吃一驚，手上的湯匙差點滑落。「……是什麼事？」

「有人來店裡，試圖找她的幽靈。」

真世頓時心跳加速，一時說不出話。

「妳趕快過來。」武史說完，掛上了電話。

真世放下湯匙，拿起了水杯。她的食慾完全消失了。

上松和美是之前委託裝修房子的客人，但是這位客人有一個重大的秘密。上松和美是別人的名字，她的本名叫末永奈奈惠。因為某些複雜的原因，上松和美與末永奈奈惠決定交換身分和名字。

上松和美本尊已經死了。她以末永奈奈惠的身分自殺了，末永奈奈惠本尊目前以上松和美的身分繼續過日子。

只有真世和武史知道這件事，他們當然承諾絕對不會告訴別人。

三十分鐘後，真世坐在「陷阱手」的吧檯前。

「那個人是誰啊？是什麼樣的人？」真世聽武史說明了大致情況後，皺起了眉頭。

「他說自己是老人院的職員，末永奈奈惠的母親住在那裡，委託他尋找女兒的下落。」武史把名片放在真世面前，上面印著「康喜達花園城 設備課 代理課長石崎直孝」。

「你說他在找人，這是怎麼回事？末永奈奈惠死了，這件事不是已經落幕了嗎？」

「我不太瞭解其中的詳情，石崎只說他受託尋找奈奈惠的下落，但是完全沒有提到她的生死。」

「所以他不知道嗎？」

「可能是這樣，但也可能明明知道，但是刻意不提。」

「你為什麼沒有問清楚？」

「我要怎麼問清楚？難道要問他，末永奈奈惠不是自殺了嗎？如果他問我怎麼會知道這件事，我根本答不上來。」

那倒是。真世皺起了鼻子。

「真麻煩，為什麼會這樣？」

「末永母親的朋友寫信給她母親，說偶然看到奈奈惠走進這家店。她的母親看了那封信，就立刻來了勁。那個朋友是奈奈惠小時候的鋼琴老師，她說並沒有認錯人。」

真世聽武史說完後，搖了搖頭：「有些人真的很多事。」

「石崎給我看照片時，我敷衍他說，雖然很像，但是無法斷定是不是本人，但是美菜剛好也在店裡，而且記得上松的臉，明確告訴石崎，曾經在這家店見過好幾次，既然這樣，我當然就無法繼續裝傻。」

陣內美菜是「陷阱手」的常客，她一心夢想著飛上枝頭當鳳凰，每次找到有希望的對象，就會帶來「陷阱手」，讓武史鑑定是不是真正的有錢人。上松和美，也就是末永奈奈惠目前也是店裡的常客，所以陣內美菜記得她的長相也很正常。

「你可以堅稱雖然這個客人有時候會來店裡，但是你不知道她的名字，也不知道她的聯絡方式。你只要用你拿手的信口開河戰術，就可以輕鬆化解這件事。」

「什麼叫信口開河戰術？那叫話術、話術！」

「你為什麼沒有運用這種話術呢？」

「因為我認為以目前的狀況，隨口敷衍並非上策，目前的首要任務，就是要搞清楚石崎手上有哪些牌。」

「什麼牌？」

「即使我糊弄了石崎，他再也不來這家店，也許他會設法用其他方式調查奈奈惠的下落，沒有人能夠保證，『陷阱手』是他手上唯一的線索，如果他手上還有其他更有力的王牌，然後靠那張王牌接近奈奈惠，到時候我們就無法出手了。既然這樣，還不如先誘他上鉤，假裝願意協助他，摸清他的底細，妳不認為這種方法更可行嗎？」

真世歪著頭，抱著雙臂說：「聽你這麼說，的確有道理……」

「所以我就不得不把妳介紹給石崎。」

「問題就在這裡，為什麼要提我的名字？」

「我也很無奈啊，必須有人從石崎嘴裡套話，除了妳以外，還有其他人可以做這件事嗎？更何況妳可別忘了，奈奈惠這件事，妳有重大的責任。」

「只有我有責任嗎？你該不會說和你沒有關係吧？」

「我知道自己有身為旁觀者的責任。」

「旁觀者？你做了那種事，竟然還說自己只是旁觀者？」

「妳這個人怎麼這麼囉嗦，到時候我也會在場，妳就別廢話了。」

真世瞪著武史說：「如果我陷入困境，你會出手相救吧？」

「我會盡力幫忙，只不過我不知道對方手上有什麼牌，所以無法掛保證。」

「太不負責任了……」

「只要妳感到無法應付，就一口咬定什麼都不知道，絕對不要為了應付眼前而說謊，否則之後可能會為了圓謊搞得雞飛狗跳。」

「好，對了，要不要把這件事告訴上松太太？」

「先暫時不要說，即使告訴了她，也完全沒有任何好處，只會造成她的不安。我們先聽石崎怎麼說，之後再思考對策。」

5

隔天，真世在「陷阱手」開始營業之後，就來到店裡。因為她和石崎約了五點在店裡見面。

「我調查了『康喜達花園城』。」武史看著手機說，「那裡是有長照服務的安養院，總戶數有一百六十四戶，入住的條件是六十歲以上，能夠獨立生活者。平均二點五名入住老人配置一名照護員，應該都受到了良好的照顧，也因此收費並不便宜。入住時的初期費用超過兩千萬圓，每個月還要支付超過十萬圓的費用。」

「很多入住這種高級安養院的人，都是賣掉原本住的房子，用賣房子的錢住進安養院。末永小姐的媽媽應該也一樣。」

「她今後應該也沒有太大的花費，所以可能把剩餘的錢用來找女兒，她可能答應付給石崎一定金額的酬勞，既然這樣，石崎就不可能輕易放棄。」

武史向來會以自己為基準思考所有的事，他不會想到這個世界上有人只是基於善意或是親切幫助他人。

「話說回來，為什麼奈奈惠小姐的母親現在突然請人尋找女兒的下落？照理說，應該已經為奈奈惠小姐舉辦了葬禮。」

「到時候也要問清楚這些事。總之，無論如何都要避免變成末永的母親想和上松見面的情況。如果是遺體，即使是親人，也可能會認錯，但絕對不可能有人會認錯活生生的女兒，把她當成別人。」

「一旦變成這樣，之前的努力就白費了。」

「所以妳要嚴陣以待，絕對要避免這種情況。」武史把一個瓶子放在真世面前。那是提神飲料。

真世用力打開提神飲料的蓋子，說了聲「那我就先乾了」，說完，一口氣喝完了提神飲料。雖然並不好喝，但讓她有了作戰的準備。

在手機上的時鐘顯示五點後，入口的門打開了。

一個微胖的中年男人慢吞吞地走了進來，一看到真世，微微點頭示意。

「請進，」武史向他打招呼，「我們正在等你。」

真世看著男人彬彬有禮地走進來後，從椅子上站了起來。

「我來為你介紹，她就是我昨天向你提到的姪女神尾真世。」武史說。

石崎在肩背包裡翻找後，拿出了名片。「不好意思，讓妳特地跑一趟。」

真世也慌忙拿出名片和他交換。

「請坐。」站在吧檯內的武史說，「既然來了，要不要喝點什麼？當然由我請客。」

「不，我不用了，不好意思借用你的店，還讓你請客。」

「我要健力士啤酒。」

「好。」

武史建議真世手邊放一杯飲料，不知道怎麼回答時，可以用來拖延時間。

石崎在高腳椅上坐了下來，一臉凝重地看著真世。「我可以開門見山，直接進入正題嗎？」

「請說。」真世回答。

石崎從放在腿上的肩背包中拿出一張照片說：「聽說妳認識這位女性。」

那應該是末永奈奈惠在認識上松和美之前的照片，背後是書架，可能是在她工作的書店拍的。

「怎麼樣？」石崎看著真世的臉問道。

這個問題必須小心回答。如果說根本不認識，就會和陣內美菜的話發生衝突，

「請問妳有沒有那位客人的照片之類的？」

石崎嘆了一口氣，露出心有不甘的眼神注視照片之後，抬起了頭。

「你瞭解了嗎？」

「喔喔，原來是裝修房子……」石崎露出意外的表情看著真世。

為如果不是本人，應該拿不出這些文件。」

認識了我的這位客人，我確認了住民票、身分證和印鑑，都完全沒有問題。我認

「你看我剛才給你的名片應該就知道，我從事居家裝修工作，因為這個關係，

「妳說的文件是？」

「應該不可能，因為我確認了各種文件，所以我才能夠斷言不是同一個人。」

「是真名嗎？會不會是假名字？」

「這有點……畢竟涉及隱私。」

「妳認識的人叫什麼名字？」石崎問。

完，她把照片還給了石崎，「應該只是長得像而已。」

不是我認識的那個人。雖然五官和整個人的感覺很像，但名字完全不一樣。」說

「末永……」真世歪著頭，假裝第一次聽到這個名字，「不好意思，似乎並

「她姓末永，名叫末永奈奈惠。」

「請問這個女人叫什麼名字？」真世拿著照片問。

但也不能斷言說自己認識。

「照片……嗎？」

「因為我想拿給末永久子婆婆看，久子婆婆就是奈奈惠的母親，如果她看了照片，知道只是長得很像的人，應該就能夠接受了。」

「原來是這樣啊……。但是，不好意思，我沒有她的照片，因為沒機會拍照。」

「有沒有辦法拿到呢？」

「你是說照片嗎？」

「只要有一張，我就可以交代了。」

「即使你這麼說……」

真世不知道該如何回答，抬頭看著武史。

「這位末永久子女士為什麼要找女兒？」站在吧檯內的武史問石崎，「難道她女兒離家出走，然後下落不明嗎？」

「呃，嗯，差不多就是這樣。」石崎含糊其詞。

「那她女兒的東西目前在哪裡？」

「她的東西？」

「對啊，她不可能帶著她所有的家當失蹤吧？只要調查她留下來的東西，或許可以知道她的下落，所以我才問你，她的私人物品在哪裡。」

「喔，她的私人物品都在末永婆婆的手上……」

「末永女士的女兒和她同住嗎？」

「不，她女兒一個人住在東京，所以說離家出走可能不太恰當。」

「那她女兒之前住的地方目前怎麼處理？」

「我聽說她去退租了……」

「退租？」武史誇張地把身體向後一仰，「為什麼？」

「什麼為什麼？因為……」石崎說到這裡，支支吾吾起來。

「當初不是她女兒和房東簽約嗎？雖然她失蹤了，但這麼快就把她的租屋處退租似乎有待商榷。因為她有可能突然回來啊，更何況她雖然是一個人住，但是她留下的東西有辦法都塞進安養院的房間嗎？」

武史好像連珠砲似地問了好幾個問題，石崎的臉漸漸發白，放在吧檯上的手指微微發抖。

不一會兒，他鞠躬說：

「對不起，我說了謊。我應該一開始就說實話，但我擔心你們不相信，所以就說了謊……真的很抱歉，我會說出實情。不瞞兩位，末永奈奈惠在八個月前自殺了。」

石崎低著頭，不知所措地說道。真世聽了之後，不知道該做出什麼反應。如果完全不知道這些事的人會大吃一驚，或是聽不懂這句話，露出困惑的表情，但是真世比任何人都瞭解真相。

「石崎先生，」武史用冷靜的聲音叫著他的名字，「請問這是什麼意思？你說的自殺是某種比喻嗎？希望你可以用我們也能夠理解的方式說明。」

太厲害了。真世對叔叔的演技感到嘆為觀止。一般人在這種時候會假裝驚訝，但他顯然很清楚，這樣缺乏真實感。

「好，我會向兩位說明。雖然我不知道自己能不能說清楚，你們也可能不相信，但所有的事都是事實。」石崎抬起頭，他的臉脹得通紅。

「你要不要先潤潤喉。」武史從冰箱中拿出啤酒，把平底玻璃杯放在石崎面前，把啤酒緩緩倒了進去，「你心情也先平靜一下。」

「好，謝謝你的好意，真的很抱歉。」

石崎小口喝著啤酒，開始說了起來。有一半內容真世早就知道了，但另一半內容完全出乎意料。末永久子出現了輕度認知功能障礙就屬於後半部分。

「不同的日子，正確地說，是不同的時候，症狀會完全不一樣。有時候說話時，感覺她的思考很清晰，但又會突然忘記所有的事。有時候也會覺得她是因為生病的關係，所以無法接受奈奈惠自殺的事，但是她在說這件事時很平靜，而且說的話也都符合邏輯。」

末永久子似乎在頭腦清晰的時候看了老朋友山村洋子寄給她的信。老朋友在信中說，在東京看到了很像是奈奈惠的女人，於是她就請石崎確認到底是不是奈奈惠本人。

「老實說，我並不認為奈奈惠還活著，但是考慮到末永婆婆的心情，又不忍心什麼事都不做……所以如果山村女士看到的只是一個很像奈奈惠的人，我很希望可以把證據帶回去給她看。」

「石崎先生，你很關心末永女士。」真世坦率地表達了自己的感想。

「不，也不是這樣……只是有一件事讓我放心不下。」

「什麼事？」

「雖然我很不想談論別人的隱私，但是我認為末永婆婆在經濟上可能遇到了困難。她有時候會請我去附近的自動提款機幫她領錢，所以我知道她手頭並不寬裕。」

「是嗎？但是她能夠住進高級安養院，應該有一定程度的積蓄吧？」

「雖然是這樣，但末永婆婆因為突發狀況，需要一大筆錢。」

「什麼突發狀況？」

「賠償金。」

石崎說出了令人意外的事。

「奈奈惠租屋的房東向末永婆婆請求賠償，因為房子變成了凶宅。當房客在租屋處自殺，之後就很難再出租，即使幸運地找到租客，租客也會大幅殺價，所以房東要求補償損失的房租。雖然末永婆婆並沒有告訴我具體的金額，但大家都說，可能總共要花一千萬圓。」

「喔喔，原來是這樣。」

真世並沒有處理過凶宅，但經常聽到房東打算裝修變成凶宅的房子。雖然被請求賠償的人會感到很冤枉，但是也能夠理解房東無法收到預定房租的痛苦。

「如果末永女士付不出安養院的費用，會有什麼樣的結果？」

「雖然於心不安，但是到時候只能請她搬離安養院。因為當初簽約的內容就是這樣。」

「末永女士目前有輕度認知功能障礙，對嗎？」武史向石崎確認，「如果真的變成失智症，到時候也必須搬離嗎？」

「會請她搬離目前所住的房間，但是會遷入安養院隔壁的照護樓。當初入住時，契約上寫明這些內容，只是搬去照護樓，也需要支付費用。」

真世也充分瞭解了事態的嚴重性，按照目前的情況，末永久子很可能失智之後，就被趕出安養院。

「我瞭解末永女士在經濟上的困境了，但是這和奈奈惠的死有關係嗎？」武史問。

「我剛才說，奈奈惠的私人物品都在末永婆婆的房間內，但其實並不是只有那些物品而已。」

「你的意思是？」

「奈奈惠的存摺和印章，還有提款卡都在末永婆婆的房間內，而且並沒有辦理解約手續，不僅如此，她甚至沒有通知銀行奈奈惠已經死了……」

「所以帳戶沒有凍結，仍然留在那裡嗎？」

「沒錯。」石崎聽了武史的問題後回答，「聽末永婆婆說，帳戶內的存款金額不少，我相信支付完末永婆婆日後的生活費還有剩。」

「既然這樣，不是不需要煩惱了嗎？奈奈惠已經死了，末永女士有繼承權，通常都是由子女繼承父母的遺產，但即使是相反的情況，在法律上也完全沒有問題。」

「你說得沒錯，問題在於末永婆婆並沒有這個意願。」

「什麼意願？」

「末永婆婆認為奈奈惠還活著，一旦繼承，就等於接受了女兒已經死了這件事，所以她拒絕繼承，對奈奈惠的存摺完全沒有興趣，就隨手丟在佛壇的抽屜裡。」

原來是這樣。真世感到暈眩。問題似乎比想像中更加複雜，就連武史也露出為難的表情。

「所以說，」武史說，「為了讓末永女士繼承奈奈惠的遺產，必須讓她接受女兒已經去世的事實。」

「是啊。」石崎點了點頭，「所以我希望有證據可以證明，山村女士看到的女人只是長得很像奈奈惠，只是撞臉而已。」

「但是，即使有這樣的證據，末永女士也未必會接受奈奈惠已經死了這件事，不是嗎？」

真世問道，石崎無力地笑了笑說：

「妳說得沒錯，即使這次接受了，之後可能又會發生相同的情況，所以只能發揮耐心說服她，但是我覺得對她來說，這樣反而比較好。」

「為什麼？」

「雖然這麼說有點那個，但是我認為末永婆婆即使有什麼三長兩短，也不會有人來為她送終，因為從來沒有人來探視她。」

「是嗎？」

「既然這樣，也許讓她覺得女兒還在某個地方活得好好的，就不會感到孤獨，也比較幸福。這是我個人的想法。」石崎露出凝望遠方的眼神嘀咕後，猛然倒吸了一口氣，「不好意思，我太多嘴了，這件事和兩位沒有關係。」

「安養院的工作很辛苦。」

「雖然辛苦，但也有開心的事。每次辦活動，看到那些老人很開心，就會跟著感到高興。啊，對了。」

石崎說完，從肩背包中拿出一張宣傳單。

「下個月安養院要舉辦秋祭，是很大的活動，去年也很熱鬧，只不過這次表演的節目不足，所以有點著急。」

武史一臉嚴肅地接過宣傳單。「不好意思，這次無法幫上你的忙。」

「不，你們願意聽我說，我的心情也稍微輕鬆了些，謝謝兩位聽我說。」

石崎站了起來，深深鞠躬說道。

6

看著石崎走出酒吧，確認門完全關上之後，真世深深嘆了一口氣。

「啊，累死我了。」

她把裝了黑啤酒的杯子拉到自己面前，原本細密的泡沫幾乎都消失了，但是她喝了一口，發現適度的刺激帶著香氣一起流入喉嚨。

「總算說服了石崎先生。」

「真是太好了，看他的樣子，應該不會再來這裡了。」

「應該吧，只不過這樣算是解決了問題嗎？」

「啊？什麼意思？」

武史沒有回答，打開了吧檯後方的那道門，說了聲：「請出來吧。」

真世看到從裡面走出來的人，差點把嘴裡的黑啤酒噴出來。因為走出來的人不是別人，而是一臉凝重表情的上松和美——末永奈奈惠。

「上松太太。」真世忍不住尖叫起來。因為最初認識她的時候就這麼叫她，現在已經無法改口，而且也沒這個必要。

這是怎麼回事？真世看向武史問：「你不是說，先不要把石崎先生的事告訴上松太太嗎？」

「之後我又改變了主意，覺得還是應該通知她，那就不需要由我們說明，她可以親眼、親耳確認。」

「既然這樣，你可以事先告訴我啊。」

「一旦告訴妳，妳可能會因為奈奈惠在聽，言行變得不自然。反正妳現在不是知道了嗎？沒必要計較。」

「也是啦……」

但真世還是感到有點不爽，總覺得武史不把她當大人。

「妳覺得如何？」武史問末永奈奈惠，「妳聽了石崎先生說的情況，有沒有什麼想法？」

末永奈奈惠歪著頭說：

「我很意外，媽媽竟然還沒有接受我的死亡，都已經舉辦了葬禮……」

「人類的大腦很不可思議，經常會發生當時沒有產生任何疑問，但事後越想越不對勁的情況。尤其妳媽媽因為生病的關係，有時候記憶變得模糊，所以可能讓問題變得更加複雜。」

「這件事也出乎我的意料，沒想到她竟然會失智……」

「現在還沒有到失智的程度，」武史輕輕搖了搖頭說，「聽了石崎先生剛才說明的情況，應該只是輕度認知功能障礙的階段，聽說很多時候的思考都和健康者完全一樣，只不過也許要做好逐漸失智的準備。」

「我認為這樣的晚年很適合她。她的人生一向認為所有的事都要如她的意，隨心所欲地過日子，完全不考慮別人的心情，最後因為失智，連自己是誰都不知道，然後慢慢走向死亡——要說很像她的風格，的確很像。」

「聽石崎先生說，妳媽媽的經濟可能會有問題。妳可能沒有料到，租屋處的房東會向她請求賠償。」

「那件事也讓我有點驚訝，只不過仔細一想，就沒什麼好意外的。房客在租屋處自殺，對房東來說，簡直就是災難。我和上松太太都太大意了，完全沒有想到這件事。但是正如石崎先生說的，我在自己的戶頭留下了足夠的錢，即使支付了賠償的費用也還有剩……」

「妳說妳的戶頭，是末永奈奈惠名義的戶頭，對嗎？」

武史向她確認，末永奈奈惠回答說：

「對，我從上松和美太太的戶頭領了現金，存到末永奈奈惠的戶頭。我在兩家銀行都是在櫃檯辦理，兩家銀行的行員都要求我出示身分證明，都完全沒有起疑心。」

真世並不感到意外。因為她既是上松和美，也是末永奈奈惠，可以大方地使用貼了照片的身分證明。

「但是，妳媽媽並沒有繼承妳為她準備的資金，」武史說，「妳對這件事有什麼想法？」

「你問我有什麼想法，我也……」末永奈奈惠聳了聳肩，「我不知道該怎麼回答。無論真相如何，末永奈奈惠這個人已經從這個世界消失了，至少在戶籍登記上是這樣。她不繼承是她的自由，只是希望不要造成別人的困擾。」

「這個問題的確令人擔憂，聽石崎先生說，末永女士自己的存款不久之後就會見底，到時候就無法支付每個月的費用。」

「到時候，她應該就會繼承吧。她自尊心很強，不可能欠錢不繳，或是去向別人借錢。」

「但是如果她的症狀在此之前就惡化，被診斷為失智症，問題就會很麻煩，因為到時候就無法辦理繼承手續了。」

「為什麼？到時候請別人代為辦理手續不就好了嗎？」

「不行。」武史立刻否定了這種可能性，「即使她失智了，只要她是合法繼承人，任何人都無法無視她的意見，擅自辦理繼承手續，唯一的方法就是委託代理人，但是必須在被診斷為失智症之前就完成，這當然也需要由本人同意。」

「所以無論是哪一種情況，都必須在末永女士失智之前採取行動嗎？」真世問。

「沒錯，」武史回答，「否則就拿不到奈奈惠留下的遺產。」

末永奈奈惠皺著眉頭說：

「早知道這樣，我應該在上松太太自殺之前，把錢匯到我爸爸的帳戶。當時我覺得萬一我爸爸發現這筆錢，試圖和我聯絡，就會讓事情變複雜。」

「妳的帳戶並沒有凍結，有沒有考慮現在匯到妳媽媽的帳戶呢？」真世問。

「可惜存摺和印章都不在我手上。」

「即使在妳手上，妳自己去辦理也不妥當。」武史說，「銀行遲早會發現末永奈奈惠已經死亡這件事，到時候去追查紀錄，發現戶頭的主人已經死了，卻有匯款紀錄，就會產生疑問，然後確認到底是誰、在哪家分行匯款。如果分行的監視器拍到已經去世的戶頭主人，到時候就會雞飛狗跳。」

武史冷靜的語氣讓真世感到煩躁，但是他說得沒錯，所以也無法反駁。

「既然這樣，要不要用網路銀行？銀行查不出來是誰匯的款。」

「這也不可能，用網銀匯款需要密碼產生器。」末永奈奈惠說。

「那也在妳媽媽手上嗎？」

「應該是。」

真世抓了抓頭問：「所以完全沒有辦法了嗎？」

「不，有一個方法。」

武史在說話時，拿起了石崎留下的宣傳單。

7

一個戴眼鏡、個子嬌小的中年婦女走進休息室，她看到真世等人，深深鞠了一躬。她的胸前別著寫了「坂田」的牌子。

「我是這家安養院的院長坂田，謝謝你們特地遠道而來。之前石崎告訴我時，我太驚訝了，沒想到竟然有這麼有奉獻精神的人。」

「不不不，」武史落落大方地搖著手，他今天穿了黑色燕尾服，「因為最近要去活動會場表演魔術，但我已經很久沒表演了，所以想排練一下，確認一下包括和助手之間的配合度在內的情況。老人院的慰問公演無疑是最理想的預演，雖然這麼說有點失禮，但因為觀眾都是高齡人士，即使有點出槌，也不必擔心他們會發現。」

「你太謙虛了。我聽石崎說了，你年輕時曾經在美國表演——對不對？」她徵求站在一旁的石崎的意見。

「對，」石崎回答說，「這次神尾先生主動提出可以來表演後，我上網查了一下，結果大吃一驚。他曾經在拉斯維加斯表演，藝名是武士——」

「到此為止吧。」武史伸出右手制止了石崎，「已經是陳年往事了。」

「喔。」石崎有點不知所措，他應該沒有發現自己踩了地雷。

「總之，能夠親眼看到你的魔術表演，真是太感謝了。」院長化解了尷尬的場面。

「請妳不要再說了，這樣壓力太大了。我也就算了，這兩位助手今天第一次登台表演。」

「啊喲，原來是這樣啊。」院長看著真世她們。

「請多指教。」真世鞠躬說道。

「也請你們多指教。」院長回答後，看了一眼手錶說：

「時間差不多了，那就不打擾你們了，我先告辭，等一下會在觀眾席欣賞你們的表演。」

「敬請期待。」武史向院長點頭，送她離開。門關上之後，他笑著說：「院長心情似乎很不錯。」

「那當然啊，」石崎說話的聲音都分岔了，「原本因為節目不足，正在傷腦筋，你的出現，簡直就是及時雨。這裡已經很久沒有魔術表演了，而且你們除了交通費以外，不收任何演出的費用，對我們來說，簡直就是天上掉下來的禮物。你向我提這件事時，我還不太敢相信。」

「你太誇張了。」武史微微搖晃著身體，「我剛才也說了，對我們來說，只是一次預演的大好機會，所以你不必放在心上。」

「你這麼說，我也稍微鬆了一口氣。那我就先告辭了，接下來就拜託你了。」

「好，包在我身上。」

石崎離開後，武史看著真世她們問：「妳們兩個人的身心也都作好準備了嗎？」

真世和旁邊的末永奈奈惠互看了一眼。她穿著鮮紅色旗袍，戴著口罩預防疾病感染。因為她不能讓石崎看到她的臉，但是她即使戴著口罩，仍然可以看到她露出了不安的眼神。真世覺得自己應該也差不多。

「怎麼樣呢？」武史再次問道。

「準備工作已經完成了，」真世說，「但是心理準備還沒有作好。」

武史皺起眉頭說：

「要有信心。已經充分練習了，要相信自己。」

「即使你這麼說……」

「妳也沒問題吧？」武史問末永奈奈惠。

「雖然很不安，但既然已經來了，就不去想那麼多了。」

「這就對了。」

真世看向放在旁邊的鏡子，看到穿著蘿莉塔風格洋裝的自己，就感到很崩潰。難道要這身打扮出現在眾人面前嗎？

只有使用網路銀行，才能夠把末永奈奈惠的存款匯到末永久子的帳戶，但是必須使用久子房間內的密碼產生器，才能夠在網路銀行匯款。要如何才能拿到密碼產生器？武史想出了一個方法，那就是三個人在安養院的秋祭時，來這裡表演魔術。

「這是我們去安養院，卻不會遭到懷疑的唯一方法，如果妳堅決不同意，那就請妳想出更好的方法。」

雖然武史這麼說，但真世根本想不到更好的方法，而且末永奈奈惠也贊同他的方案。她說感覺很好玩，很想試一試。

武史和石崎聯絡後，事情的進展很順利。事已至今，已經沒有退路了，於是週末在武史租用的攝影棚進行了特訓。

敲門聲後，門打開了。一名女性工作人員探頭進來問：「請問神尾隊可以上台表演了嗎？」

「我們隨時都沒問題。」武史回答後站了起來，「兩位撲克女郎，要出場了。喔喔，上台之前，別忘了戴上面具。」

真世聽到武史的提醒，拿起了放在椅子上的面具。

站在舞台旁等候時，響起了任何人一聽，就會聯想到魔術表演的音樂。真世第一次知道這首樂曲名叫〈橄欖項鍊〉。一位名叫松旭齋的女性魔術師從一九七五年左右開始使用這首樂曲，之後就在日本魔術業界廣為使用，成為魔術表演時的經典配樂，但是真世發現曾經在美國表演的武史也使用這首樂曲，不禁感到意外。難道他不覺得了無新意嗎？

「真世，妳完全不懂大眾藝術，不是只有表演者而已，觀眾也必須一起炒熱氣氛，所以配樂必須能夠讓觀眾有辦法投入，更何況這次的觀眾都是高齡者，絕對不可以使用他們陌生的樂曲。只要播放〈橄欖項鍊〉，即使完全不需要說明，觀眾也知道我們是魔術師，接下來要表演魔術，沒有理由不使用這麼方便的樂曲。」

武史一副經驗老到地向真世說明，真世只能附和說：「這樣啊。」

他們在這首經典的配樂聲中走上舞台。雖說是舞台，但並沒有設置高台。大廳內排放了很多鐵管椅，安養院的居民都坐在椅子上。

武史開始表演魔術。首先是接連變出很多花朵的魔術，當武史變出足夠的數量後，由真世和末永奈奈惠接過來，做成花束送給觀眾。雖然仔細一看，是很便宜的假花，但在魔術表演的氣氛中，觀眾都很高興。

變完花朵之後，武史攤開雙手，面對觀眾說：

「『康喜達花園城』的各位，大家午安。今天很感謝各位聚集在這裡，觀看我們的魔術表演，我是魔術師神尾武史，由這兩位撲克女郎紅心和方塊擔任我的助手。」

在武史的介紹下，身穿花俏服裝的真世和末永奈奈惠對觀眾露出親切笑容。兩個人分別戴著紅心和方塊圖案的面具，如果沒有面具的保護，簡直太丟臉了，根本無法站在那裡。撲克女郎的名字也讓人傻眼，但武史自信滿滿地說：「和老人打交道，名字越直白越好。」真世也就無法反駁了。

真世在掌聲中巡視觀眾席，剛才還沒有上台前，就已經確認了末永久子的位置，她將一頭白髮整齊地梳起，是一位看起來氣質高雅的老婦人，臉上的表情也很平靜，完全不像是會按照自己的想法控制女兒的毒親。她應該做夢都不會想到，目前站在舞台上，戴著方塊面具的女人就是自己的女兒。

末永奈奈惠面帶笑容揮著手。她的雙眼應該在注視著母親的身影，但是臉上的表情並沒有變化。

「敬請各位充分享受接下來的神奇魔術世界，我們將為各位帶來短暫的美好時光。」

武史說話的同時，〈橄欖項鍊〉的樂曲增加了音量。

武史表演了幾個魔術後說：「接下來要請觀眾一起加入我們的表演。撲克女郎的紅心小姐和方塊小姐，妳們去挑選幾位觀眾來參加。」

真世邀請了事先就鎖定的觀眾。第三名觀眾就是末永久子。

「啊呀啊呀，我不用了，請妳去找別人。」

「您別客氣，請上台和我們一起表演。」真世堅持著。

「對啊，末永婆婆，機會難得，妳就上台吧。」

幸好周圍的老人也都鼓勵她上台，末永久子這才終於站起來說：「那好吧。」

武史準備了五個氣球等在舞台上，五個氣球的顏色都不一樣，分別是紅、藍、黃、黑、白色。

「其中有一個氣球內藏了今日格言。」武史說，「我們將會贈送抽到那個氣球的人超棒的禮物，請各位挑選各自喜歡的顏色，從第一位開始挑選。」

第一位老婦人選了紅色氣球。武史拿著紅色氣球，用另一隻手上的針刺向氣球。氣球破了，但裡面什麼都沒有。

「很可惜沒有抽中。下一位。」

第二位是一位老先生。他選了白色。武史刺破了氣球，也沒有抽中。

第三位也是老先生，他選了黃色氣球，第四位的婦人選了黑色，但是他們選的氣球都是空的。

最後輪到了末永久子。這當然不是剛好，而是真世和末永奈奈惠剛才引導了這幾位老人，但是這些老人應該都沒有意識到自己受到了引導。

末永久子沒有挑選氣球。因為只剩下藍色氣球。

武史拿著藍色氣球上下搖動，聽到氣球內發出了沙沙的清脆聲音。

「咦？好像有東西在裡面。」

他的右手靠近氣球，氣球被刺破時發出了很大的聲音。有什麼東西飄落。原來是摺起的紙片。

「氣球裡有這個。」武史撿起紙片交給末永久子，「請妳自己看一下。」

末永久子打開紙片，瞪大了眼睛。

「上面寫了什麼？」武史問，「請妳出示給其他人看一下。」

末永久子把攤開的紙出示在觀眾面前說：「上面寫著：『剩物有福』。」

「喔喔。」觀眾席上響起一片歡聲。

「抽中的籤就在最後的氣球中，完全符合預言。恭喜妳，可以請教妳的名字嗎？」

「可以，我姓末永。」

「末永婆婆，希望妳健康長壽，同時也感謝其他參加的觀眾。各位請掌聲鼓勵。」

站在舞台上的老人在觀眾的掌聲中走回自己的座位。

「啊呀，差點忘了重要的事。我要贈送禮物給末永婆婆。撲克女郎的方塊小姐，請妳把我們說好的禮物送去給末永婆婆。」

方塊小姐末永奈奈惠感到不知所措。她可能不知道武史說的禮物是什麼。真世也不知道。這時，武史說：

「我們超棒的禮物就是由撲克女郎為抽中獎品的觀眾按摩。方塊小姐，請妳去為末永婆婆按摩肩膀。」

啊哈哈哈。場內響起了笑聲。末永久子也笑了。

「方塊小姐，妳還在發愣嗎？趕快趕快，末永婆婆在等妳。」

末永奈奈惠在武史的催促下，開始為末永久子按摩肩膀。

「末永婆婆，舒服嗎？」武史問。

「舒服，太舒服了。」

「真是太好了。各位，『剩物有福』這句話的意思是，剩餘的東西，或是別人挑剩的東西中，會有意想不到的驚喜，其實人生也一樣。各位都是人生的前輩，是否認為接下來的人生只是殘羹剩飯？絕對不是這樣，也許會發現人生中最大的快樂。請各位保重身體，期待有這麼美好的一天。」

武史說完，現場響起了如雷的掌聲。

8

按了一〇〇九室的按鈕後，房間內傳來無力的回應聲，門打開了，末永久子的瘦臉從門縫中探了出來。她看到真世和末永奈奈惠，叫了一聲：「啊喲，妳們是、呃……」

「午安，感謝您剛才參加我們的表演。」真世面帶笑容向她打招呼。她身上仍然穿著撲克女郎的服裝。

末永久子眼神不安地飄忽，最後終於露出笑容說：

「妳們是變魔術的人，和穿黑衣服的男人一起站在舞台上。」

「沒錯，請問您覺得好看嗎？」

末永久子猶豫了一下，尷尬地皺著眉頭問：

「不好意思，你們剛才表演了什麼魔術？」

「氣球……」

「喔喔，」末永久子拍著手說：「對了對了，那個男人戳破了漂亮的氣球，結果有一封信掉了出來，然後……」末永久子摸著額頭說：「之後怎麼樣了？」

她的記憶似乎變得模糊了。也許今天她大腦的狀態不太好。

「您中了獎，我們要送您禮物，所以現在來接您。」

「接我？」

「因為我們準備的禮物放在其他地方，方塊小姐會帶您去，可以請您和她一起去嗎？我留在這裡為您看家。」

「是什麼禮物？」

「到時候您就知道了。」

「是喔，會送我什麼禮物呢？」末永久子喜孜孜地走了出去。

真世和戴著方塊面具的末永奈奈惠互看了一眼，她眨了兩次眼睛。雖然只是小動作，但真世覺得似乎表示她已經下定了決心。

真世目送她們離開後，走進了房間。

房間的空間雖小，但一應俱全，走廊雖然不長，但很寬敞，可能是為了滿足老人日後身體失去自由時的需求。

真世環顧室內，發現沒有任何不必要的家具，壁櫥是唯一的收納空間。

電視旁有一個小型佛壇，上面放了兩個相框。其中一個相框內放著末永奈奈惠的照片。

她對奈奈惠的存摺完全不感興趣，就隨手丟在佛壇的抽屜裡——真世想起石崎說的話，打開了佛壇的抽屜，發現存摺的確就在裡面。

真世又繼續找了一下，發現除了印鑑和提款卡以外，還有使用網銀所需的密碼產生器。

真世打開帶來的筆電，登入了銀行網站。末永奈奈惠事先告訴了她登入網銀的帳號和密碼。

完成所有的作業後看了手錶，發現從她走進房間到完成，只過了十多分鐘。

她打電話給武史，通知他作業已經完成。

「幹得好，辛苦了，但是妳先不要通知奈奈惠。」

「為什麼？」

「她們正在花園內，一起欣賞花。」

聽武史的語氣，他似乎正在觀察她們母女。

「所以呢？」

「我相信以後再也沒有這樣的機會了，所以再等五、六分鐘。」

「好。」

真世掛上電話後，隔著窗戶向下看，看到她們母女在花圃旁，不知道正在聊什麼，真世當然聽不見。

我相信以後再也沒有這樣的機會了——真世充分瞭解武史想要表達的意思。雖然她們是母女，但是母親並沒有察覺女兒在自己的身旁，女兒也沒有說出自己的身分。

真世看了手錶，確認過了六分鐘後，撥打了末永奈奈惠的手機。電話馬上就接通了，傳來了「妳好」的應答聲。

「我是神尾，我這裡的作業都完成了。」

「我瞭解了，我們現在就回去。」末永奈奈惠語氣平靜地回答。

真世在房間門口等待她們，不一會兒，她們就走回來了。末永久子臉上帶著笑容，脖子上繫了一條花卉圖案的絲巾。

「這是我收到的禮物，太開心了。」

「是嗎？真是太好了。」

「末永婆婆，那我們就告辭了。」末永奈奈惠說。

「啊喲，妳們要走啦，太可惜了，歡迎妳們隨時再來。」

真世和末永奈奈惠揮了揮手離開了，她偷偷瞄了末永奈奈惠一眼，雖然末永奈奈惠仍然戴著面具，但可以看到她的雙眼發紅。

9

晚上八點多時，奈奈惠回到了自己家中。雖然神尾真世他們邀她一起吃飯，但她說今天太累了，婉拒了他們的邀請。她的確感到身體沉重，也沒有食慾，回到家後，甚至沒有力氣換衣服，就直接倒在沙發上。

今天發生了太多事。她做夢也不會想到，自己竟然會在魔術表演中擔任助手。當初聽神尾提起這件事時，她以為是開玩笑，但是在聽了神尾說明之後，認為這是解決問題唯一的方法。

其實說句心裡話，她也很想見到久子，所以得知能夠在不表明身分的情況下見到久子，忍不住動了心。

在安養院見到久子時，千頭萬緒湧上心頭。奈奈惠也不知道為什麼會產生這種感慨。

她看到久子的第一印象，就是久子整個人比以前矮了一截。不知道是否因為久子的腰彎了，有點駝背的關係，整個人比之前縮了一圈。最大的改變，就是沒了以前的氣勢，之前令奈奈惠感到恐懼的壓迫感完全消失了。

在表演魔術期間，奈奈惠也都一直盯著久子。年邁的母親就像少女般興奮不已，露出了毫無惡意的表情。

神尾武史突然要求自己去為久子按摩時，有點不知所措。神尾武史的即興表演，是為了讓自己有機會最後一次和母親有肌膚的接觸。自己已經有數十年沒有碰過母親的身體，母親的身體乾瘦，好像稍微用力，就會不小心折斷。

在神尾真世用網路銀行匯款時，她送了禮物給久子。那條花卉圖案的絲巾是奈奈惠挑選的，她親手繫在久子的脖子上，久子眉開眼笑，完全沒有發現撲克女郎的方塊小姐就是自己的女兒。

之後，她們一起在安養院內散步。久子說想看花，她每天都會去花圃看花，於是兩個人就一起去看了花。

「我的老家院子裡，也種了很多花。因為我媽媽很喜歡花，我也會幫忙澆水和拔草。」久子說。

「妳和妳媽媽感情很好。」

「對啊，但是我媽媽很少會陪我玩。因為祖母和我們同住，還有叔叔也住在一起，所以我媽媽必須同時照顧他們的生活。而且我還有兩個哥哥，媽媽每天從早忙到晚，簡直就像是大家的女傭。因為她太勞累了，所以很早就死了。結果我哥哥就對我說，久子，妳要趕快長大，代替媽媽做家事。我覺得女人太吃虧了，所以我就下定決心，如果我生了女兒，絕對不會讓她受這種苦。」

奈奈惠第一次聽到久子說這些事。她以為久子發現了自己的真實身分，但觀察了久子的表情，發現並沒有這種可能。

之後，她們又聊了很多事。

久子和奈奈惠熟悉的母親完全判若兩人，她坦誠穩重，完全不會用居高臨下的態度對待他人。或許是因為生病改變了她的性格，但是想到也許這才是她原本的性格，就對扭曲了她內心的「某些東西」產生了強烈的憎恨，如果沒有「某些東西」，她們母女或許會有不一樣的人生。

很快就接到了神尾真世的電話，說作業已經完成。「我們回去吧。」奈奈惠對久子說話時伸出了手。因為久子剛才蹲著看花。

久子毫不猶豫抓住了奈奈惠的手，然後驚叫了一聲：

「啊喲，妳的手好柔軟，而且很溫暖，讓人好安心。」

「謝謝。」奈奈惠說話時，努力克制著自己，不讓聲音發抖。

10

戶倉昌夫是不高不矮、不胖也不瘦，臉有點大的男人，身上的平價西裝很合身。年紀應該不到五十歲。

戶倉接過存摺後打開一看，不禁瞪大了眼睛。「五千萬圓嗎？」

「我們也是最近才發現的。」坂田香代子說，「相信你看了存摺已經知道，是透過網路銀行，從末永奈奈惠的帳戶匯進來的，每天一千萬圓，連續匯了五天。」

戶倉微張著嘴，抬起頭問：「是我姑姑匯的嗎？」

坂田香代子歪著頭說：

「不知道，但是除此以外，沒有其他可能。因為只有末永婆婆有辦法匯款。」

「我姑姑怎麼說？」

「她說不記得了。」

「啊，這……」戶倉一臉難以理解的表情，再次低頭看著存摺。

他會感到困惑也很正常。在一旁聽他們談話的石崎心想。其實石崎和其他人，也不認為末永久子會使用網路銀行，因為光是登入網路銀行，就需要輸入帳號、密碼好幾次。

有人代替末永久子匯了款。這是唯一的可能。到底是誰呢？石崎看了匯款的日期，發現就是在秋祭之後。

發現這件事後，石崎想到了一個可能，但是，他並沒有把自己的想像說出口。因為這種想像未免太荒唐了，這意味著已經死去的人，在秋祭那一天曾經造訪這家安養院。

「所以想和你商量一件事，末永久子婆婆在不久的將來可能會失智，我們認為她無法管理這麼大一筆錢，所以想請問你，是否考慮使用成年監護制度？」

戶倉聽了坂田香代子的話，瞪大了眼睛問：「成年監護制度？」

「當成年人逐漸失去判斷能力時，家事法庭會選定支援的人，協助當事人管理財產，並在生活上加以支援的制度，這個支援的人就稱為監護人。」

「會選定什麼樣的人？」

「不知道，但是會挑選和當事人沒有利害關係的人。一旦成為監護人，就必須向家事法庭報告存款的收支，以及身為監護人所做的事，當然這並不是無償服務，會根據所做的事，決定相應的報酬。」

「如果不這麼做，會有什麼結果呢？」

「一旦末永婆婆失智，就沒有人管理她的財產，甚至可能會有人利用末永婆婆失去判斷能力，製作委託書，把那些存款占為己有。」

戶倉皺起眉頭說：「那就有點傷腦筋。」

「只要有人管理財產，應該只有支付我們安養院的相關費用時，才需要提款。雖然說這種話有點輕率，但是我認為末永婆婆這輩子根本花不完這些存款，剩下的錢，就會順利地由繼承人繼承。」

戶倉的表情突然有了變化。他可能想起自己就是繼承人。

坂田香代子發現末永久子的帳戶有大筆資金匯入後，立刻提出要聲請成年監護制度，而且必須在末永久子失智之前辦理完成。調查之後，發現末永久子的兩個哥哥都已經去世，但是二哥有一個兒子，就是戶倉昌夫。四等親以內的親屬都可以聲請成年監護制度。

「既然這樣，我可以考慮看看……」戶倉抓著眉毛旁。

「我也認為這樣比較好，那就拜託了。」坂田香代子鞠躬說道，坐在她身旁的石崎也跟著鞠躬。

走出辦公室，石崎走去停車場。因為他打算難得洗一下小巴士，走到一半時，看到末永久子坐在花圃旁的長椅上。她最近經常在那裡。

石崎走近一看，發現末永久子在打瞌睡，脖子上繫著花卉圖案的絲巾。

鑑定的女人

1

真世在兩點之前抵達那家店。那家店位在大型辦公大樓一樓寬敞的開放空間後方，勾勒出和緩弧度的牆上有一排窗戶，整體宛如一個巨大的裝置藝術。

這裡是義大利高級家具品牌「巴洛巴克」的東京直營店。經過改裝後，上個月才重新開張營業，這也是真世第一次來這家店。原本認識的窗口調走了，今天她來這裡的另一個目的，是自己要來「拜碼頭」。

當她覺得時間差不多時，一輛黑色休旅車緩緩停在眼前的路肩。側滑門打開，一個男人下了車。他身高一百八十公分左右，身材很緊實。年紀大約四十歲左右，白襯衫外穿了一件蘇格蘭呢的西裝外套，搭配牛仔褲。那些挺著鮪魚肚的中年男人絕對撐不起這身打扮。

男人下車後，休旅車就緩緩開走了，司機一定開去其他地方停車，只要他打一通電話，就會立刻回來這裡接他。男人沒有搭計程車，也沒有包車，而是坐公司高階主管的配車。

「妳等很久了嗎？」栗塚正章面帶微笑，大步走向真世。

「沒有沒有。」真世輕輕搖著手說：「我也才剛到，謝謝你特地來這裡。」

栗塚看向家具店的入口問：「是這家店吧？」

「對，希望可以找到你想要的商品。」

「不知道欸，我朋友經常說我喜歡的東西很奇特。」栗塚苦笑著聳了聳肩。

走進玻璃自動門，他們一起走進店內。

寬敞的空間內放著沉穩色調的沙發和桌子，這個品牌的商品很少使用繽紛的色彩。因為該品牌的商品以長期使用為前提，所以追求沉穩而且久看不膩。

真世回想起栗塚的房間。如果要使用這個品牌的家具，適合哪一種風格的裝潢呢？雖然腦海中浮現幾個想法，但還缺乏足夠的素材下結論。

昨天上午，栗塚打電話到真世任職的文光不動產裝修部，說他打算重新裝修目前所住的房子，想諮詢一下。上司接到這通電話後，指示真世接這個案子。因為打電話的客戶要求「最好是女性建築師」。

「他的房子位在南青山，應該值得期待。」上司露出勢在必得的眼神，似乎在說，無論如何都要爭取到這個案子。這一陣子部門都沒有接到大案子，整個部門的業績都岌岌可危。

出門前，她調查了客戶房子的格局，確認上司的直覺很準確。那個房子的面積超過一百平方公尺，屋齡三十年的確有點老舊，但是由一流的業者剛完成大規模修繕，耐震構造也完全沒有問題，資產價值相當高。

屋主就是栗塚，他一個人住在兩房一廳的房子。

「我在三年前買了中古屋，當時並沒有特別裝潢。因為我經常出差去國外，一直覺得自己家裡能住就好，但是今後會暫時留在國內，所以就檢視了一下房子，發現有很多不滿意的地方，像是裝潢很老舊。」

真世完全同意栗塚的想法。壁紙的圖案的確很落伍，照明也很沒有效率，廚房使用起來很不方便。真世只是稍微想了一下，就想到很多可以改進的地方。

栗塚說，他特別重視客廳。

「因為我認為在客廳的時間最長，不瞞妳說，我很中意一組沙發。我在朋友家看到，不僅設計很棒，坐起來也很舒服，不知道能不能買到。」

栗塚出示了手機上的照片。照片上是一張巧妙運用曲線進行設計的沙發。

「我自己查了一下，是一個名叫『巴洛巴克』牌子的產品，但是最近的商品型錄上找不到這款沙發。」

「我和『巴洛巴克』這個品牌很熟，也經常向客戶提議使用這個品牌的商品，如果你有空，要不要去參觀展示中心？即使沒有那款沙發，或許可以找到類似的款式。」

「去參觀展示中心嗎？這個主意不錯。」栗塚似乎很有興趣，「那我們什麼時候去？」

栗塚性急的反應讓真世有點慌了手腳，「我隨時……」

「那明天怎麼樣？俗話說，好事不宜遲。」

「明天嗎？好。」真世慌忙打開了工作記事本。

於是，他們今天一起來到這家店。

「果然沒有那張沙發。」栗塚打量片刻後小聲嘀咕。

「我來問一下。」

真世巡視周圍，想要問店員，剛好看到一個女人走過來。真世看到她的臉，不禁大吃一驚。因為她認識對方。「咦？」真世忍不住叫了起來。

對方似乎也發現了她，露出了帶著驚訝的笑容向她打招呼：「妳好。」

「呃，妳是美菜吧？」

「對，我記得妳叫真世……對嗎？是老闆的親戚……」

「我是他的姪女。原來妳在這裡工作？」

「我之前在橫濱，上個月剛調來這裡。」她從口袋裡拿出名片。

真世也慌忙打開皮包，拿出了名片。

美菜遞給她的名片上印著「巴洛巴克東京 室內裝潢顧問 陣內美菜」。之前經常聽武史提起她，但並不知道她做什麼工作。

「妳們認識嗎？」栗塚問。

「對，」真世回答說，「我叔叔在惠比壽開了一家酒吧，她經常去那裡。」

「這樣啊。」栗塚露出好奇的眼神看著陣內美菜。

「真世，原來妳是建築師。」低頭看著名片的美菜抬起了頭。

「目前負責房屋裝修，今天想讓客人來看一下沙發，所以就一起來了。」

「喔喔，原來是這樣。」陣內美菜將視線移向栗塚問：「請問你們想找哪一種類型的沙發？」

「其實這位客人有想買的沙發，」真世操作了手機，把那張沙發的照片出示在陣內美菜面前說：「就是這張。」

「喔喔。」陣內美菜露出嚴肅的眼神凝視螢幕後，輕輕叫了一聲，「請等我一下。」

她俐落地操作著夾在腋下的平板電腦後，露出尷尬的表情看著他們說：「很抱歉，這款商品在三年前停產，已經不再生產了。」

「果然……」真世看著栗塚說：「雖然很遺憾，但似乎就是這樣。」

栗塚嘆了一口氣說：

「既然已經停產，那就莫可奈何，只能放棄了。」

「有沒有推出改良款？」真世問陣內美菜。

「改良款在這裡。」

真世和栗塚跟著陣內美菜走向店內深處。

那張沙發乍看之下，和栗塚要找的那張沙發感覺完全不同，少了獨特的曲線，整體感覺變硬了。

「這款就是改良品嗎？」栗塚似乎也有相同的感想，露出不可思議的表情。

「有客戶反應，之前那張沙發的設計，如果兩個人坐，感覺有點擁擠。雖然也有客人認為原本的比較好，但是總公司似乎決定進行改良……」陣內美菜尷尬地說。

「這樣啊，但我一個人住，不會有兩個人一起坐的情況。」栗塚果然更中意舊款。

「如果你喜歡曲線的設計，還有幾件感覺比較相近的產品，你要看一下嗎？」

「好，那我看一下。」

「請跟我來，小心這裡有階梯，不要跌倒了。」

陣內美菜帶著真世和栗塚在寬敞的店內移動，介紹了各項產品。她不時用平板電腦確認設計、材質，以及是否可以訂製，向他們說明的樣子，充滿了身為這方面專家的自信。

最重要的是，她果然是貌若天仙的美女。

她每次去「陷阱手」時，身旁總是有男伴，而且每次的對象都不同。雖然可能有人會覺得她輕浮，但也因為她充滿魅力，所以經常有不同的男人追求她。

中途有一個像是來自歐美的中年男子叫住了陣內美菜，他拿著廣告單，不知道在問什麼。陣內美菜笑容可掬地接待了他，用英文說明時也很流利。真世看著她忍不住想，像她那樣的人，可以輕鬆找到各種工作，但是她積極交友，希望可以嫁給有錢人。想起來，人類真是很奇妙的動物。

「差不多都介紹完了。」陣內美菜帶他們在店內逛了一圈後說：「不知道還滿意嗎？」

「很有參考價值。」栗塚說，「原來有這麼多商品，看得眼花撩亂，老實說，反而陷入了選擇障礙，我可以再考慮一下嗎？」

「當然沒問題，請慢慢考慮。」

栗塚轉頭看向陣內美菜說：

「我第一次選家具這麼開心，妳太會介紹了，謝謝妳。」

「不客氣，希望對你有幫助。」

「我會好好想一想，近期內就會決定。」栗塚轉過頭說：「神尾小姐，那我們走吧。」

「好。」真世回答後，看著陣內美菜說：「那我們改天在『陷阱手』見。」

「好啊。」陣內美菜也露出微笑，點了點頭。

走到店外，栗塚說：「今天這一趟太有意義了。」

「聽到你這麼說，就覺得今天和你一起來這裡很值得。」

「沙發也很棒，那個女生的服務太出色，真羨慕她的先生。」

「她的先生？」真世注視著栗塚的臉，眨了眨眼睛說：「呃……你誤會了。」

「誤會？誤會什麼？」

「她並沒有先生，她還是單身。」

「啊？」栗塚瞪大了眼睛，「這樣啊，她這麼優秀，竟然還是單身，真是太意外了。」

「但是她曾經提過，她很想結婚……」

你要不要追她？真世無法對栗塚這麼說，因為他畢竟是重要的客人，絕對不能調侃他。

剛才那輛休旅車不知道什麼時候停在路肩。栗塚似乎已經打了電話。

「神尾小姐，那就改天再聯絡了。」

「好，下次我會提出關於裝修的想法。」

「拜託了。」栗塚說完，走向休旅車。

他上車後，側滑門關上。真世站在路旁，看著車子漸漸遠去，腦袋裡想著各種裝修方案。她已經從栗塚的口中得知，他裝修房子的預算大約三千萬。這是久違的大案子，雖然不知道栗塚有沒有再去找其他業者，但是自己勢在必得。真世燃起了鬥志。

當休旅車轉彎消失後，放在皮包裡的手機響了。

真世一看手機螢幕，發現是前一刻才剛道別的陣內美菜。

2

推開入口的門，發現一個戴著貝雷帽的男人坐在吧檯最裡面的座位，除了他以外，並沒有其他客人。目前還不到八點，和平時的情況差不多。

「晚安。」真世打著招呼走了進去。

站在吧檯內的武史挑了挑單側眉毛問：「妳一個人？」

「我約了人。」真世說：「你絕對不會想到對方是誰。」

「喔，是男人嗎？」

「不是。」

「哼。」武史用鼻子哼了一聲，「我就知道。」

「什麼叫你就知道。」

「沒什麼特別的意思，妳要喝什麼？」

「蘇打水兌波本酒。」

「要什麼波本酒？」

「嗯，那就傑克・丹尼爾。」

武史皺起了眉頭問：「妳不是說要喝波本酒嗎？」

「對啊。」

「哈哈哈。」身旁傳來乾笑聲。是戴貝雷帽的男人。從他花白的兩鬢判斷，差不多是花甲的年紀。

「小姐，『傑克・丹尼爾』並不是波本酒，是田納西威士忌，當初的廣告詞是『不要蘇格蘭酒，也不要波本酒，就是要傑克・丹尼爾』。」男人說完，將視線移向武史問：「你有沒有去田納西表演過？」

「曾經在納什維爾表演過幾次。」

「喔喔，真了不起。」

「你過獎了。」武史向男人鞠了一躬後，轉頭看向真世問：「『野火雞』可以嗎？」

「好啊。」

旁邊的男人用力點了點頭說：「正統的波本原酒威士忌。」

這個老頭是怎麼回事？——真世在內心咒罵著。之前從來沒有看過這個人，但他似乎知道武史曾經在美國表演魔術。

武史把平底大玻璃杯放在真世面前時，聽到了門打開的聲音。陣內美菜皺著眉頭走進來。

「不好意思，我主動約妳，竟然遲到了……」

「別在意，只是我稍微早到了些。」

剛才通過電話後，兩個人說話都不再那麼拘謹。她們在電話中談的內容和工作完全沒有關係。

不，並不算是完全無關——真世腦海中浮現了栗塚正章的臉。

「妳們兩個人竟然約了一起喝酒，的確令人意外。」武史看了看真世，又看向陣內美菜。

「對不對？下次再告訴你詳細的經過。」

「不必了。——妳要喝什麼？」武史問陣內美菜。

「我要雅柏的高球雞尾酒。」

「好。」

「雅柏」是很有特色的蘇格蘭威士忌。真世很擔心貝雷帽老頭又要賣弄知識，但可能他沒有聽她們的談話，這次並沒有多嘴。

「今天真是太驚訝了。」陣內美菜又重提了這個話題。可能她認為自己年紀比較小，所以說話時用了敬語。真世沒有問她的年紀，但猜想她的確比自己年紀輕。只是有點不甘心。

「但是多虧有妳介紹，我們可以仔細看了很多款沙發，栗塚先生也很高興。」

「那我也很高興。」

武史把平底大玻璃杯放在陣內美菜的面前問：「要不要來點下酒菜？」

「先不用，」真世說：「我們要說秘密，你不要過來。」

「不需要妳提醒，我也不想偷聽。」

武史走回貝雷帽老頭面前，真世看著他的側臉，很想反駁他「別說謊了」。他非但會豎起耳朵偷聽，而且還不惜使用竊聽器。

「要不要先乾杯？」陣內美菜拿起酒杯，「祝我們的業務都順利。」

「喔，太棒了。」真世也拿起酒杯，兩個杯子相碰，發出了「叮」的聲音。

陣內美菜喝了一口威士忌，露出了嚴肅的眼神看著真世說：

「我要再確認一次，他真的是單身嗎？」

「他的確一個人住。」真世謹慎地回答，「我想應該是單身，因為他看起來不像和太太分居，而且也不像有孩子。」

「他有說沙發不會坐兩個人。」

「對啊對啊。」真世表示同意。陣內美菜果然聽得很清楚，她的交友天線顯然對栗塚的那句話產生了反應。

「妳有沒有問他做什麼工作？」

「還沒有問得這麼仔細。」真世搖了搖頭，「但應該是在某家企業工作，因為他提到之前經常去國外出差，但是之後會在國內工作一段時間。」

「去國外出差喔……」陣內美菜露出了思考的表情，「不知道他有沒有女朋友。」

「問題就在這裡。如果他剛從國外回來不久，應該還沒有女朋友。」真世歪著頭說，「至少看他家裡，不像有女人的感覺。」

陣內美菜的雙眼一亮，「所以妳已經去他家看過了嗎？」

「看過了啊，因為要裝修，如果不先去看一下，就沒辦法設計啊。」

「房間的感覺怎麼樣？地點在哪裡？大不大？」陣內美菜一口氣問了好幾個問題。

「地點在南青山，兩房一廳，超過一百平方公尺。屋齡雖然有三十年，但房價起碼兩億圓。」

陣內美菜的嘴唇動了動，無聲地說著：「兩億！」

「裝修要花多少錢？」

「就看要怎麼裝修了。栗塚先生說，不包括家具，預算差不多兩千五百萬。」

「如果要用我們的沙發和茶几，至少要兩百萬圓。」

「是啊，所以他似乎打算花三千萬左右。」

「三千萬喔。」陣內美菜喝了一口高球雞尾酒，「不知道他做什麼工作……」

她露出認真的眼神思考的樣子，和在展示中心時完全不一樣。工作時穩重的態度消失了，此刻的她簡直就像瞄準獵物的母豹。

「不過，我有一個好消息。」真世說。

「什麼好消息？」

「栗塚先生似乎也對妳有好感。」

陣內美菜立刻露出了欣喜的表情。「真的嗎？」

「因為他稱讚妳。」

真世轉達了栗塚對陣內美菜的評價。

「他說很意外我是單身，這句話是什麼意思？難道我看起來像已婚婦女嗎？」

「我想應該不是這個意思，他說很羨慕妳先生，可能覺得像妳這麼出色的女生，至今仍然沒有遇到理想的對象，感到很意外吧。」

「是這樣嗎……」陣內美菜歪著頭，但心情似乎很愉快。

「謝謝款待。」真世聽到說話聲。是那個貝雷帽老頭站了起來。「歡迎改天再來坐坐。」武史回答。

貝雷帽老頭看著真世說：「我先告辭了。」真世默默向他點了點頭。

「妳認識他？」陣內美菜小聲問。

「不認識。」真世回答。

貝雷帽老頭走出去後，陣內美菜說：「他兩個星期前也來過這裡，那次一直偷看我們，所以我有點好奇。」

「我們？」

「就是……」陣內美菜說到這裡，露出有點尷尬的表情說：「就是我……和當時在一起的男人。」

「喔……妳當時在約會。」

「才不是約會，是鑑定。」陣內美菜一臉無法認同的表情，「對方自稱是外科醫生。我們是在交友APP上認識的，他約我，我們就去吃了飯，吃完飯之後，我帶他來這裡。當然目的是要讓老闆觀察他，當他去上廁所時，老闆告訴我，那個人是冒牌醫生，叫我不要上當。我大吃一驚，因為我事先在厚生勞動省的官網上確認過，的確有他的名字，是合法登記的醫生，年紀也相符。」

「那個人的手法很巧妙，」武史似乎聽到了她們的談話，插嘴說，「他應該調查了和自己年紀相同的醫生，然後冒充對方。」

「你怎麼知道他是冒牌貨？」

「沒什麼大不了，我只是和他閒聊了幾句，和他討論了十五年前，曾經在國外流行的傳染病，然後提到當時的厚生勞動大臣是誰，但是他不記得了。只不過不可能有這種事。因為十五年前，剛好是他取得醫師執照的那一年，醫師執照上會有厚生勞動大臣的名字，而且寫得很大，如果真的是醫生，不可能不記得。」

「原來是這樣……」

武史以前是魔術師，騙人是他的拿手絕活，也很擅長識破別人的謊言。真世不難理解陣內美菜倚重他的心情。

「所以妳和那個男人分手了。」真世問陣內美菜。

「沒有什麼分不分手，我們根本還沒有開始交往。當然那天之後，我就沒再和他聯絡。」

「那就太好了。」

因為曾經發生過這種事，所以才對栗塚有濃厚的興趣。

「目前我只能提供這些消息。」真世拿起酒杯說：「因為我也是昨天才剛認識栗塚先生。」

「謝謝妳，太有參考價值了。」陣內美菜在胸前合起雙手。

「所以妳有什麼打算？如果妳想和他聯絡，我可以幫忙。」

陣內美菜想了一下後，搖了搖頭說：

「不，我不會馬上採取行動，而且可能還有機會再見到他。」

「是啊，如果他說想要『巴洛巴克』的沙發，我還會帶他去店裡。」

「希望會是這樣。」陣內美菜喝完了高球雞尾酒說：「那我就先告辭了。」

「啊，這麼快就回家？再喝一杯嘛。」

「我等一下要去上英文課，渾身酒氣會很不好意思。」陣內美菜從皮夾中拿出一張一萬圓說，「我放在這裡。」

「太多了。」

「今天是我約妳，當然該由我請客，而且妳也提供了寶貴的線索。——老闆，下次再麻煩你。」

「謝謝。」武史說。

真世目送著陣內美菜離開，武史說：「看來她最近會帶新的對象來這裡。」

「你不是說，你不會偷聽嗎？我就知道你會伸長耳朵。」

「妳們的聲音傳進我的耳朵，我也沒辦法啊，難道要我用耳塞嗎？」

「算了，你覺得如何？」

「這次似乎不是什麼可疑的人物。」

「這次不是在交友網站上認識的，而是我的客戶，但正因為這樣，所以難度可能比較高。」

武史歪著頭納悶地問：「什麼意思？」

「他那樣的年紀仍然單身，就代表對結婚沒有興趣，或是曾經離過婚，已經受夠了結婚這樣事，所以即使美菜主動示好，他也不可能輕易被打動。」

「原來是這個意思，那就沒問題了。」武史的鼻子抽動了幾下，「妳多慮了。」

「你怎麼知道？你根本沒見過栗塚先生。」

「只要稍微動一下腦筋就知道了，他以為美菜是有夫之婦是在說謊。如果他真的這麼在意這件事，應該會看她的左手，不可能沒有確認她有沒有戴戒指。」

聽武史這麼說，似乎也有道理。真世也同意。

「既然這樣，他為什麼那麼問？」

「那還用問嗎？他只是想表示，他對美菜有好感，然後這個計謀也順利得逞，美菜也透過某個自以為是愛神丘比特的三十歲建築師，得知了這件事。」

「所以他利用了我嗎？」

「妳不必露出這種好像受騙上當的表情，妳不是也樂在其中嗎？」

「我的確希望他們可以有情人終成眷屬……」

「那我也抱著期待，看看美菜會帶什麼樣的男人來這裡，希望這次是一個好男人，因為我整天為她鑑定也有點累了。」武史打開黑啤酒的瓶蓋，拿著酒瓶直接喝了起來。

3

這對即將邁入老年的夫婦前來詢問，十五年前買的沙發是否可以換沙發布。美菜回答說，當然可以。她用平板電腦查了購買紀錄，很快就查到了紀錄。因為是舊款，所以已經停產，但是可以訂做沙發布。

「那就麻煩為我們訂製。」丈夫看了太太後，看著美菜說：「雖然也曾經考慮換新，但預算有點問題。如果換上新的沙發布，費用和換新沙發差不多嗎？」

「應該不一樣，我來計算一下大致的費用。」

美菜用計算機算了一下，發現如果換沙發表布，只要一百萬圓左右。如果購買同等級的新沙發，價格超過兩百萬。那對夫婦聽了美菜的說明後，終於下了決心。

美菜請他們挑選了外層布的材質和顏色，然後為他們寫了訂單。夫妻兩人露出了滿意的笑容。美菜觀察他們的衣著打扮，知道他們的生活過得很愜意。雖然可能已經退休了，但和那些只靠年金過日子的老百姓不一樣。美菜做了這份工作後深刻瞭解到，真正的有錢人不會追求虛榮，凡事講究合理，所以沙發舊了，就只換沙發表布解決問題。

不知道這對夫妻用什麼方法累積財富，如果他們有孩子，不知道幾歲了。不知道他們會不會對自己說，他們的兒子目前仍然單身，問自己願不願意和他們的兒子見面。

她在寫訂單的時候胡思亂想，結果花費了很長時間。她確認沒有寫錯之後，交給了那對夫妻。

「謝謝。」他們道謝後離開了。她站在門口，目送他們離去的身影，忍不住嘆了一口氣。現實終究和想像不一樣。

就在這時，她看到一輛休旅車停在路旁。後方的車門打開，一個男人下了車。她看向男人的臉，忍不住大吃一驚。那個人是栗塚，他正筆直走過來。

美菜心跳加速，調整了呼吸。神尾真世昨天帶他來這裡參觀，今天他為什麼一個人來這裡？美菜的腦海中浮現了各種可能，但是她太慌亂了，無法認真思考。

這時，栗塚已經從自動門走了進來。他看到美菜就站在門內，似乎感到很意外，露出一絲驚訝的表情後，對她笑了笑說：「妳好，昨天很謝謝妳。」

「栗塚先生，歡迎光臨。不知道之後考慮得怎麼樣了？」

「很抱歉，沙發的事，再給我一點時間，等我決定之後，會和神尾小姐一起再來找妳。因為不能把她一腳踢開。」

「這樣啊，我瞭解了。」

「妳一定很納悶，既然這樣，我今天為什麼來這裡。其實我是來找妳的。」栗塚從上衣內側拿出手機，「我可以約妳吃午餐嗎？如果妳沒有意願，請直接告訴我，我不會再提這件事，但是如果有一絲可能性，請妳用這支電話撥打妳的手機號碼。」

美菜驚訝地看著栗塚的臉問：「午餐……嗎？」

「我沒有那麼大的自信，認為妳會答應我一起去吃晚餐。」栗塚瞇起眼睛，「怎麼樣？我朋友在麻布十番經營一家西餐廳，那裡的香煎豬排簡直是絕品。」

美菜聽了栗塚這番話，突然很想吃香煎豬排，更何況她沒有理由拒絕。

「這是我的榮幸。」她說完這句話，接過了手機。

美菜晚上回到家後，立刻接到了栗塚的電話。「我個性很急，所以忍不住打電話給妳。」栗塚在電話中說，然後問她下週三是否有空。他顯然事先調查了星期三是「巴洛巴克」的公休日，所以才會約她在這天吃飯。

我有空。美菜原本想這麼說，但最後把話吞了下去。因為她想到一個計畫。

「不好意思，我那天白天有事。」

「啊，這樣啊，太遺憾了。那、呃……」

「那個，」美菜說：「我晚上有空。」

「啊？晚上？」栗塚停頓了一下問：「那我可以約妳嗎？」

「是我說晚上有空的。」

「好，那就約晚上。」栗塚語帶興奮地說：「那我們就一起吃晚餐。」

決定時間和地點之後，就掛斷了電話。美菜的臉頰微微發燙，她已經很久沒有感受這種心情了。和在交友網站或交友APP上認識的人互傳訊息時，也無法擺脫內心的猜疑，從來不會有激動的感覺。

她看著月曆。星期三要穿什麼衣服。她忍不住開始思考。開始做目前的工作時，美菜覺得機會來了。只有收入可觀的人，才會考慮購買高級沙發，她期待認識理想結婚對象的機會大為增加。

但是，實際工作後，她很快就發現自己的期待落空了。因為來店裡的客人中，幾乎見不到單身男性，大部分都是女人，即使有男性客人，也都是夫妻或是情侶檔。認真思考一下，就不會感到意外。因為單身男人很少會購買高級沙發。

美菜在無奈之下，只能在網路上尋找緣分，但遲遲找不到理想的對象。她知道是因為自己的要求太高了。年收入至少要兩千萬圓，年齡差異在十五歲以內——這些要求篩掉了大部分人。即使如此，並不是完全找不到，也曾經和幾個人見了面。只不過在深入交談後，就發現大部分都是誇大了自己的收入，「過去曾經賺過兩千萬」、「我的目標是年薪兩千萬」還不算最差的，甚至有人反嗆「我沒想到會有人信以為真」。

除了年薪以外，也遇到很多人的個人簡介完全是胡說八道。兩個星期前見面的那個自稱是外科醫生的男人就是其中一人。不久前，還差點被一個冒充是年輕企業家的男人下藥，那次多虧「陷阱手」的神尾相救。那次之後，她就很仰賴神尾的眼力。如果當時沒有遇見神尾，自己不知道受騙上當了幾次。

美菜覺得自己幾乎快失去對他人的信任之際，栗塚出現在她面前，她忍不住祈禱，希望幸運女神這一次會對自己展露微笑。

4

麻布十番的那家西餐廳位在狹小坡道的中間位置，是一家看起來像是民宅改建的小型餐廳，如果栗塚沒有事先傳來地圖，搞不好會找不到。

走進餐廳，就看到栗塚坐在後方的座位。他看到美菜後站了起來。他穿了一件合身的上衣，裡面穿了一件黑色針織衫。

「今天太謝謝了。」栗塚用認真的語氣說。

「不，我才要謝謝你。」

「陣內小姐，妳會喝酒，對嗎？如果妳不介意，要不要喝香檳？」

「好，我沒問題。」

栗塚找來服務生，點了兩杯香檳。

「你經常來這家店嗎？」

「也沒有很經常，但是每年都會來幾次，帶國外的客戶來這裡，他們都會很高興。」

「請問你從事哪方面的工作？」美菜問了今天最想知道的事。

栗塚從懷裡拿出名片，上面印著一家沒聽過的企業名字。他的頭銜是專務董事。

「妳是不是覺得這家公司很可疑？」栗塚探頭看著她的臉問。

「我沒有這麼想。」美菜慌忙搖了搖頭。

「一般人不知道很正常。簡單地說，就是電腦相關的公司。」

「IT 產業嗎？」

「嗯，是啊。」栗塚露出潔白的牙齒。

我就知道。美菜這麼想著，看著對方。

「你的工作內容，可能說了我也聽不懂，因為太難了。」

「那也未必，妳有沒有聽過元宇宙？」

「元宇宙……好像看過幾次。」

「簡單地說，就是在網路上建構的虛擬空間。妳有沒有在電視上看過有人戴上特殊的眼鏡，體驗虛擬世界？」

「啊，那我看過，」美菜點了點頭，拍了一下手說：「用在 3D 遊戲上。」

「那也是元宇宙的一種，目前我們公司在研發將元宇宙運用在商務上，比方說，虛擬商店。客人進入虛擬空間中的商店，可以自由瀏覽商店內的商品。如果有不瞭解的問題，可以問店員。店員是真人店員的虛擬化身，也就是在虛擬空間中的分身。有了這樣的商店，買東西就不必去大老遠的地方了。」

「聽起來很有趣。」

「也可以用於觀光旅行，在虛擬空間中重現世界各地的城市和風景絕佳的觀光勝地，不僅可以輕鬆體驗旅行，而且比實際出門旅行的旅費便宜多了，即使是生病的人，或是行動不方便的人也可以環遊世界。目前我們正在和航空公司合作，共同進行開發。」

「太棒了。」美菜表達了坦率的感想。

「除此以外，還有無限的運用。我們確信，元宇宙是很有發展的技術。」

從他說「我們」，就可以感受到他意識到自己是公司的代表。

服務生送來了香檳。

「那今天就請多指教了。」栗塚拿起了杯子。

「請多指教。」美菜也舉起杯子喝了一口。香檳的香氣飽滿，很容易入口，但也可能是因為有點飄飄然而產生的錯覺。

「妳有沒有什麼不吃的食物？」栗塚翻開菜單問，「或是有沒有什麼很想吃的東西，也可以告訴我。」

「我什麼都吃，你點菜就好。」

「好。」

栗塚再次找來了服務生開始點菜，他點了醋拌芹菜章魚、蒜烤櫛瓜花、高麗菜捲和香煎豬排。

「如果吃完這些還吃得下，再來點牛肉燴飯。」栗塚闔起菜單，交還給服務生。他不經意的動作散發出絕對裝不出來的從容。

瞭解了栗塚的職業，就完成了今天最大的目的。回家之後上公司的官網好好研究一番，就可以瞭解公司的概況。接下來要確認他的資產、經歷和家庭成員。

「栗塚先生，請問你的興趣是什麼？」

沒想到栗塚微微皺起眉頭說：「這是我最難回答的問題。」

「是嗎？為什麼？」

「因為我並沒有什麼興趣，雖然曾經試過很多活動，但沒有任何一件事能夠讓我投入到可以稱為興趣的程度。比方說高爾夫，如果有人約我去打球，我對自己能夠打出不錯的成績小有自信，但是如果問我是不是很喜歡，答案就是否定的，至少我從來沒有主動邀約別人去打球，這無法稱為興趣吧？」

「那你假日都做什麼？」

「嗯，」栗塚發出了低吟，「看當天的情況，有時候會去看電影，有時候就在家裡看書……但無論是看電影或是看書，都不是可以稱為興趣的程度。」

「那休長假的時候呢？夏天會去避暑勝地的別墅嗎？」

栗塚聽了美菜的問題，噗哧一聲笑了出來。

「我沒有別墅，雖然經常有人推薦我買，但我覺得完全沒有意義。」

「為什麼？」

「妳不覺得很浪費嗎？每年應該只會去住幾次，卻要花好幾千萬，甚至好幾億的錢，我無法理解那些人的想法。如果拿這些錢去住飯店，可以在高級飯店住很久。」栗塚說到這裡，似乎突然想到了什麼，「妳該不會很嚮往別墅吧？如果是這樣，我似乎說錯話了。」

「不是，」美菜輕輕搖了搖手，「很多來『巴洛巴克』的客人都有別墅，所以我在想，你可能也有別墅，我並沒有嚮往別墅，也覺得你的看法很有道理。」

「那真是太好了。」栗塚露出鬆了一口氣的表情。

短暫的交談中，美菜又完成了另一個目的。從他剛才說的話判斷，顯然有購買別墅的財力。

料理送了上來。第一道是醋拌芹菜章魚，口感清爽美味，忍不住一口接著一口喝香檳，當蒜烤櫛瓜花送上來時，酒杯已經空了。

「接下來要喝什麼？」栗塚立刻問道，「等一下還有高麗菜捲和香煎豬排，要不要喝酒精度比較低的紅酒？」

「你決定就好。」

栗塚很擅長和女人打交道。以他的身分，交往過的女人應該不止一、兩個，但只要不花心，這一點屬於加分項目。

高麗菜捲的味道很溫潤，和紅酒相得益彰，但是美菜當然不可能專心吃菜。

「栗塚先生，請問你老家在哪裡？」

「在札幌，讀大學時來到東京，之後就留在東京工作。」

「就是目前這家公司嗎？」

栗塚搖了搖頭說：

「當時進了一家電信公司工作，然後在十年前，和在那家公司認識的朋友自立門戶，創立了目前這家公司。」

難怪他這麼年輕就是專務董事。美菜終於瞭解了。

香煎豬排送了上來。肉質軟嫩，醬汁散發出平實的香氣，忍不住不停地喝紅酒，但現在可不能喝醉。

「你現在會回札幌嗎？」

「每年差不多一、兩次……左右吧。因為我父母都在。」

「你父母在做什麼？」

「我爸爸老當益壯，還在當牙醫，雖然我勸他可以退休了，但他說只要病人還需要他，他就會繼續做下去。」

既然他父親自己開診所，想必他從小在經濟上就很富足。

「你有沒有兄弟姊妹？」

「有一個姊姊，嫁進了北海道的一家和菓子店。」

「這樣啊。」

有一個小姑也還好，更何況對方已經結婚了，不會有太大的問題。而且考慮到父母老後的問題，有人分擔責任反而比較好。

栗塚呵呵笑了起來。

「怎麼了？」美菜問。

「不好意思，我只是好奇考試的結果，不知道妳如何評價我。」

「啊……不好意思。」美菜拿著刀叉，微微低頭道歉。栗塚似乎察覺了她的目的。

「妳不需要道歉，我認為這很正常，而且我很榮幸妳對我有興趣，所以，陣內小姐，接下來可以由我問妳幾個問題嗎？」

美菜注視著對方的臉，繃緊了全身回答：「好，請說，任何問題……」

栗塚苦笑起來。

「請妳不要這麼緊張。那我先從出生地開始，請問妳老家在哪裡？」

「我在神戶出生。」

「喔，」栗塚噘著嘴，「但是妳說話完全沒有關西腔。」

「因為我爸爸工作的關係，我們住過很多地方。雖然是在神戶出生，但我對那裡完全沒有記憶。」

「妳父母目前住在哪裡？」

「我爸爸已經去世了，我媽媽和我哥哥嫂嫂住在多倫多。」

「在加拿大？」栗塚瞪大了眼睛。

「哥哥在加拿大工作時，交了一個加拿大的女朋友，結婚之後就決定住在那裡。他很喜歡賞鳥，說那裡的環境太棒了。」

「那真是太好了。可以請教妳的興趣愛好嗎？」

「興趣……喔。其實我也沒有特別的興趣。硬要說的話，可能是下廚吧，但並沒有很擅長，純粹只是喜歡而已。」

興趣是下廚——美菜認為這是男人聽了最高興的答案。她去料理教室上課的目的，就是為了可以說這句話。

「太棒了，但是很抱歉，我可能無法奉陪，因為在料理方面，我只會吃。」

栗塚說完，把最後一塊香煎豬排送進嘴裡。

「很好啊，我也很愛吃。」

「真希望我們可以有共同的興趣，如果有什麼可以開心討論的興趣，吃飯會更開心。」

「是啊，但你覺得什麼樣的共同興趣比較好呢？」

「必須我們都能夠樂在其中的興趣，所以像是運動，或是遊戲之類的，還有陶藝。不，也許更輕鬆一點比較好。音樂的話，每個人有各自的喜好，所以像是看電影……但是我剛才已經承認，看電影並不是我的興趣。」

美菜聽著栗塚的嘀咕，閃過一個念頭。

「戲劇呢？」

「戲劇？」

「我是說舞台劇，像是音樂劇之類的。」

栗塚放下了刀叉，坐直了身體說：「我以前從來沒想到。」

「不好嗎？」

「當然不是。」栗塚左右搖著頭，「只是很意外，因為我完全沒想過，但是可能是個好主意。戲劇喔。妳這麼一說，我想起之前曾經有人提出，可以把舞台劇和元宇宙結合。雖然舞台和影像相同，都是虛構的世界，但和影像不同的是，觀眾可以進入舞台的世界，可以臨時加入，一起在台上演戲。和使用者可以用虛擬化身加入的元宇宙很像。嗯，這個主意很不錯。陣內小姐，妳喜歡戲劇嗎？」

「偶爾會去看。」

「既然這樣，那我們下次一起看。我會查好哪裡在演什麼舞台劇。」

「太好了，你也喜歡，那就麻煩你了。」

「很棒的提議。」栗塚豎起了大拇指。

吃完香煎豬排就很飽了，雖然很想吃牛肉燴飯，但只能放棄了，甜點也吃不下了。

「等一下有什麼安排？如果妳累了，今晚到此結束也沒問題。」栗塚結完帳後問她。

「我並不累，如果你不介意，可以陪我去續攤嗎？惠比壽有一家很棒的酒吧。」

「就是妳和神尾小姐聊天時提到的酒吧嗎？我當然樂意奉陪。」栗塚高興地說。

雖然美菜不認為他會拒絕，但還是鬆了一口氣。因為她想帶栗塚去「陷阱手」，所以特地把原本的午餐改成晚餐。

走進酒吧，店裡沒有其他客人，神尾正在吧檯內擦杯子。他看到美菜他們走進店內，笑著向他們打招呼說：「歡迎光臨。」

「這位是老闆神尾先生，是真世的叔叔。」美菜向栗塚介紹了神尾，然後告訴神尾，栗塚是神尾真世的客戶。「幸會、幸會。」「你好、你好。」兩個人聽了她的介紹，臉上的表情一下子放鬆了。

美菜向神尾使了眼色，暗示他像往常一樣為她鑑定。神尾雖然面不改色，但美菜知道他了然於心。

「兩位要喝什麼？」神尾問。

「我雅柏的高球雞尾酒。」

「那我也一樣。」

「好。」神尾點了點頭。

「栗塚先生，你有車子嗎？」美菜又問了新的問題。為了讓神尾鑑定栗塚是不是真的有錢人，必須盡可能多提供一些判斷的材料。

「不，我沒有車，平時出門不是搭大眾運輸工具，就是計程車，或是用公司車。因為公司車也可以在合理範圍內私用。」

「你自己不開車嗎？」

「雖然有駕照，但很少自己開車。因為找車位很麻煩，而且很浪費時間，更何況也很怕發生車禍。」

「兩位久等了。」神尾說著，把裝了高球雞尾酒的平底大玻璃杯放在他們面前。

「而且，」栗塚拿起酒杯說：「如果開車的話，就不能喝酒了。」

「那倒是。」美菜也面帶微笑，拿起了酒杯。

不愧是時下的年輕企業家，即使成為有錢人，對車子也沒有興趣。美菜心想。

之後，栗塚聊了學生時代參加的運動項目。他在高中之前都打網球，大學時代忙著當志工。在提到當志工這件事時，他坦承「其實是為了對畢業後找工作有幫助，因為我聽說只要曾經做志工，在面試時就可以加分。雖然我猜想可能只是都市傳說」。

喝了兩杯高球雞尾酒後，美菜去了化妝室。除了上廁所以外，還有另一個目的。她用手機搜尋了栗塚的公司。

不愧是ＩＴ企業，官網的設計很新潮，業務內容中提到了元宇宙，只不過內容太難了，美菜看不太懂，但是感覺公司的生意很興隆。公司概況中也提到了栗塚剛才說的，公司在十年前成立。

美菜回到座位後，栗塚站起來說：「那我也稍微失陪一下。」然後走進化妝室。

「老闆，」美菜小聲叫著神尾，「你覺得怎麼樣？」

神尾皺著眉頭，輕輕搖了搖頭，沒有說話。

「啊？不行嗎？為什麼？」

「真世會很傷腦筋。」

「真世？為什麼？」

「真世正在構思這個客戶住家的裝修方案，但恐怕必須從根本重新調整，從原本的單身住宅變成新婚住宅。」

「啊？所以……」美菜的臉頰發燙。

神尾咧嘴笑了起來。

「成功了，他真的是有錢人。妳剛才去上廁所時，他拿出手機確認了行程，明天他要去做健檢，健檢的地點是會員制的高級醫療設施，而且每年的會費要數十萬圓，然後晚上要和航空公司的董事洽談業務。」

「航空公司……他剛才也有提到。」

「他的行程很忙碌，但仍然擠出時間和妳見面，所以很有希望。他是難得一見的大魚，妳千萬別讓他跑了。」

「好。」美菜注視著神尾的眼睛回答。

5

在中場休息後，扮演女主角的演員站在舞台上。她站在星空的背景下又唱又跳，歌詞的內容表達了她內心的猶豫。她是英國鄉村的老師，目前面臨了抉擇。到底要和心愛的男友一起去美國，還是和喜歡自己的學生繼續留在鄉村？這些學生中，還有一個眼睛失明的少女，如果沒有女主角的支援，日常生活都會有問題。而且，明天就是男友前往美國的啟程日，男友和她相約在英國南安普敦港見面。從那裡出發前往美國的那艘船，就是「鐵達尼號」。

這個劇本經過精心設計，觀眾都知道那艘知名的豪華郵輪之後的情況，但是舞台上的劇中人物當然並不知道，所以只有觀眾提心吊膽，為劇中人物捏一把冷汗。

最後，女主角並沒有去港口，但是得知鐵達尼號沉沒的意外，不禁感到愕然。這個衝擊在她的內心留下了陰影。她在人生的十字路口做了重大的決定，但是她始終無法判斷，自己的選擇是否正確，她無法認為，自己撿回了一命，所以是正確的決定。

三個半小時的舞台劇結束，美菜和栗塚在晚上八點多時走出劇場。

「很精采。」栗塚的臉頰有點紅，「我太滿足了。」

「真的很好看。」

「我們找一個地方慢慢聊。」

他們一起去銀座的一家餐酒館吃飯，栗塚事先預約了那家餐廳。

「沒想到最後的結局是這樣。」栗塚拿著紅酒杯說，「她的男友竟然還活著。幸好沒有把心愛的女友捲進來。這種想法一直支持著他，簡直太感人了。」

「神父說的話令我印象深刻。沒有搭上鐵達尼號的人，或許覺得自己撿回了一命，但是，如果船上的乘客不同，船長可能會有不同的判斷，最後或許不會發生那場意外。這句話點醒了我，讓我思考自己在人生中做出的各種選擇的意義。因為沒有人知道，如果選擇了不同的路，最後會有什麼樣的結果。」

「那句台詞的確讓人茅塞頓開，這個曲折的故事太強大了，很精采，演員的演技也很精湛。」

「演技喔，」美菜說完，微微歪著頭，「這倒未必。」

栗塚意外地眨了眨眼睛問：「妳覺得不好嗎？」

「你不覺得女主角演得太用力了嗎？看了前半部分的劇情，不難猜想後半部分將會有將整齣戲帶向高潮的局面，所以照理說在表演時，感情要稍微收斂一點。果然不出所料，在結局的時候，觀眾有點疲累了，淡化了原本應有的緊張感。」

「嗯嗯，」栗塚露出同意的表情看著美菜的臉，「妳這麼一說，的確有道理。我在後半場時，也感到神經有點麻痺。妳太厲害了，和我看戲的層次完全不一樣。」

「對不起，我太自以為是了。」

「不不不，我學到了。」

走出餐廳時，已經晚上十點半了。栗塚提出要送她回家，今晚似乎就到此結束了。

「不，我自己回去就好。今晚很謝謝你，是一個美好的夜晚。」

「我也是，我下次可以再約妳嗎？」

「當然，我等你的聯絡。」

剛好有一輛計程車駛來，栗塚舉手為她攔下了車子。美菜坐上計程車，在車內向他揮手。

計程車駛出去後，美菜請司機去惠比壽。

推開「陷阱手」的門，發現吧檯前有兩個客人。上次和神尾真世一起來的時候，就曾經看過那個坐在裡面的那個戴貝雷帽的男人，坐在他前面的是一個四十歲左右的女人，美菜以前沒見過她。她和那個男人分開坐，顯然並不認識。

「歡迎光臨。」神尾向她打招呼，「一個人嗎？」

「我剛才還和他在一起，我們一起去看舞台劇。」

「好看嗎？」

「算是還不錯，至少不會感到無聊。」

神尾露出意味深長的眼神看向她。

「我是問妳鑑定的結果。這不就是妳和他見面的目的嗎？」

「已經有了大致的結果，我認為就像你之前所說的。」

神尾把臉湊了過來，「如假包換，對吧？」

「驗明正身。」

神尾用力點了點頭，「我有一瓶珍藏的渣釀白蘭地，我請客。」

「那我非喝不可。」

神尾轉過身時，門打開了，神尾真世走了進來。她發現美菜也在，露出又驚又喜的表情走向她問：「妳一個人嗎？」

「對啊。」

「我也一個人。剛才去聚餐，沒想到很早就結束了。」

「妳來得正好，我有事情想要告訴妳。」

「是關於栗塚先生的事嗎？」

美菜緩緩點頭，神尾真世瞪大了眼睛。

「那我一定要聽妳細說分明，啊啊，但是等我一下，我先去上個廁所。——叔叔，雖然我不知道美菜點了什麼，但我也要一樣的。」她說完這句話，就走去了化妝室。

神尾皺起眉頭，咂著嘴說：

「這傢伙還真沒品，一進門就去廁所，至少應該先坐下來。」

「沒關係啦。」

「我也要請她喝渣釀白蘭地嗎?真是不太願意。」

化妝室的門打開了,神尾真世走了出來。就在這時,酒吧的門打開,有人走了進來,兩個人差點撞在一起。

但是,下一剎那,美菜差一點尖叫起來。因為走進來的那個人戴著黑色面罩。

「Freeze!」蒙面男人大叫一聲。他用英語叫大家「不許動!」,而且男人又繼續對眾人說話。(不許叫,否則就殺了你們。)

美菜看到男人手上拿著刀子,嚇得渾身的汗毛都豎了起來。

男人立刻抓住了身旁的神尾真世的手臂,把她拉向自己,接著把刀子抵在她的脖子上。神尾真世大驚失色,完全說不出話。

「Calm down。」神尾向男人伸出右手,叫他不要激動。(有話好好說,你想幹什麼?)神尾用流利的英文問男人,雖然神尾的聲音有點緊張,但語氣很平靜,他一定知道不要刺激對方。

男人看向神尾。(把錢交出來。)

(你要錢嗎?我當然會給你,但是你不要亂來。)神尾從下方拿出現金箱,放在吧檯上。(來吧,這個給你。)

「Open。」男人叫著。

神尾打開了現金箱的蓋子,裡面有幾張一萬圓紙鈔。

妳去拿。男人命令神尾真世，神尾真世伸手去拿現金箱，她渾身都在發抖。

（你的目的達到了，放開這個女人。）神尾說。

蒙面男人搖了搖頭。

（我要把這個女人帶走，否則我一走出去，你們就會報警。只要我能順利離開，就會在那裡放了這個女人。在此之前，如果我發現有警察在追我，我就殺了這個女人。）

（我向你保證，我不會報警，也不會讓其他人報警，所以你放了她。）

（不行，我不相信。）蒙面男人用刀尖抵著神尾真世的脖子慢慢後退。神尾真世臉色發白。

美菜面對眼前的緊張情況，有一種奇妙的感覺。不知道為什麼，她感到渾身熱血沸騰。雖然明知道現在不能輕舉妄動，必須靜靜等待事情落幕，但內心湧起了一股莫名的衝動。

「Wait！」美菜情不自禁叫道，叫歹徒等一下，連她自己都不知道為什麼要這麼做。

美菜發現蒙面男人看向自己，嚇得渾身都無法動彈，根本發不出聲音再說什麼。自己為什麼要出聲？雖然她後悔不已，但已經來不及了。

而且，她的嘴巴又不由自主地動了起來。

（你放開她，我跟你走。）

我在說什麼？美菜忍不住自問。我瘋了嗎？

「那可不行。」美菜聽到有人用日語說話。是神尾。他在吧檯內搖著頭說：

「妳不要說話，不要刺激他。」

（你們在說什麼？）蒙面男人大叫起來。（用英語說。）

（我說我要代替她跟你走。）美菜跳下高腳椅，走向男人。

（等一下，妳不要過來。）男人伸手制止，（把妳的皮包給我。）

美菜低頭看著自己的肩背包。（這個嗎？）

（沒錯，就是那個皮包。妳慢慢拿過來，別想要什麼花招。）

美菜聽了男人說的話，終於瞭解剛才為什麼感到不對勁，也終於瞭解自己為什麼會有那些回應。

該不會是？她忍不住產生懷疑，但又同時認為不可能。

（妳在幹什麼？趕快給我。）蒙面男人咆哮著。

美菜把右手緩緩放進了肩背包，然後看向男人。

（到此為止，你趕快放開她。）

（妳說什麼？）

美菜瞪著男人。她的腎上腺素狂飆，全身的血液在沸騰，但是頭腦的某個部分異常冷靜。她完全搞不清楚為什麼會發生這種狀況，只是現在必須做該做的事——本能向她下達了命令。

（我是ＭＰＤ的偵查員。）美菜對男人說，（我的皮包裡有手槍，你不要再抵抗了。）

ＭＰＤ是「Metropolitan Police Department」的縮寫，也就是警視廳。美菜在說話的同時思考著。

神尾露出驚訝的表情看向美菜，他的英文能力很好，一定搞不懂美菜為什麼會這麼說，只不過美菜自己也沒有自信能夠充分說明。

（少騙我。）男人大叫著。

（那你要試試看嗎？只要你敢動這個女人一根汗毛，我就會扣下扳機。）美菜說話時努力保持冷靜。

（往後退，不要再靠近。）

（我叫你趕快放開她，這是為你好。在我把槍拿出來之前，我在寫報告時可以手下留情，也可以說是一場惡劣的鬧劇，但是一旦把槍拿出來，事情就沒這麼簡單。日本的警察不能隨便掏槍，必須寫報告長篇大論地交代清楚，我只能說，因為看到有男人拿著槍，試圖傷害女人，如此一來，你就是罪犯。傷害未遂？搞不好是殺人未遂，無論是哪一種情況，警察都會抓你。你打算怎麼辦？我都無所謂。）美菜流利地說出了平時很少使用的英文單字。這當然是有原因的。

蒙面男人的眼神飄忽，渾身散發出不安的感覺。

男人用力推神尾真世的身體，她輕輕尖叫了一聲，那個男人打開門，衝了出去。

神尾拿起手機。他似乎打算報警。但是在他打電話之前，聽到有人說：「請等一下。」原來是坐在裡面的貝雷帽男人。不知道為什麼，他露出滿面笑容看著美菜，然後舉起雙手，竟然拍著手，拍手的速度漸漸加快，變成了鼓掌。

除了他以外，第一次來這家店的中年女人也同樣拍著手。

貝雷帽男人停止鼓掌，一臉嚴肅地深深鞠了一躬。

「首先向各位道歉，很對不起大家。除了陣內小姐，還造成了神尾老闆的困擾，更要向老闆的姪女道歉，對不起。」

「你為什麼要道歉？這是怎麼回事？」神尾連續發問。

「雖然我不知道該從何說起，但是先說明真相。剛才的搶劫是假的，蒙面男人是我僱用的演員。」

「演員？」神尾皺起眉頭。他似乎還難以接受。

但是，美菜並沒有太意外。因為她剛才就感到有什麼地方不對勁。

「這是我的名片。」貝雷帽男人拿出了名片，交給了美菜和神尾。名片上印著「頭盔經紀公司 代表 製作人 大瀨逸郎」。

美菜大吃一驚。因為她知道「頭盔經紀公司」這個名字，同時想起自己曾經在多年前見過這個男人。

「你在紐約的攝影棚……」

大瀨笑了起來。

「妳終於想起來了，好久不見，一眨眼就三年了。」

「你怎麼會在這裡？」

「我回國休假，順便處理一些工作上的事。來這家店只是巧合，因為聽說之前在美國很活躍的魔術師開了這家店，所以就基於好奇心來看看，結果看到了妳，只不過妳完全沒有發現我。」

「對不起，我完全不記得了。」

「這也很正常，因為當時妳是表演的一方，而我是看別人表演，我們的處境不一樣。」

「不好意思，打斷一下，」神尾插了嘴，「可以稍微說明一下，讓我這個局外人也能瞭解嗎？」

「不好意思，」大瀨輕輕點了點頭，「我在美國從事演藝相關的工作，主要負責亞洲藝人的角色安排。三年前，在企劃一齣新的音樂劇時，曾經接受委託，要尋找一名日本女演員，而且最好是沒沒無聞的演員。於是我就運用自己的人脈關係，找了幾個人甄選，鎖定了三個人選，聽取了導演的意見，最後決定了其中一位演員，但我更中意另一個人選。那名女演員雖然演技不夠細膩，但有一種可以打動人心的東西，最吸引人的就是她的表演無法預測，我強烈希望有朝一日可以用她。結果很快就有了機會，我看了劇本之後，發現那個角色簡直就是為她量身打造，我認為既不需要甄選，也不需要試鏡，我立刻試圖聯絡她，沒想到怎麼都聯絡不上，她似乎回日本了。我在無奈之下，只好找了其他演員，但一直對這件事耿耿於懷。沒想到幾年後回國，竟然在意外的地方遇到了這名女演員。陣內美菜小姐，那個人就是妳。」

美菜聽了大瀨的話，想起了幾個星期前的事。就是和自稱是外科醫生的人見面的那天晚上。看來那天覺得有人在打量自己，其實並不是錯覺。

「美菜，妳以前在美國當演員？」神尾問。

「只是有名無實，也可以說是自以為是演員。」美菜無力地笑了笑，「幾乎從來沒有演過任何有名字的角色，我當初告訴自己，努力到二十五歲，如果在二十五歲之前沒有成功，就承認自己沒有才華，然後就回日本。」

「妳不要這麼輕易放棄自己。」大瀨注視著美菜說：「美國有很多機會。」

「我知道，但是想要抓住那些機會的人有一千倍。」

「只不過一千倍而已，不能因此感到害怕。」大瀨把手伸進上衣的內側口袋，拿出了一樣東西。原來是一張照片。美菜看到那張照片，不禁大吃一驚。因為那是她在三年前參加甄選時交的照片，「那時候的妳無所畏懼。」

「我沒有成功，」美菜搖了搖頭，「所以我回來了，但是你為什麼要做這種事？」

「接下來才是正題。」大瀨把照片收起來後，走向美菜，瞪大了眼睛，「不瞞妳說，目前有一個很大的企劃，由我來安排一位日本女性擔任重要的角色，我正在煩惱要找誰，在這裡遇到妳之後，我靈機一動，覺得妳是不二人選。」

「我？怎麼可能……」美菜感到愕然，更有點不知所措，「我已經好幾年沒演戲了。」

「我知道，因為再鋒利的刀，如果疏於保養，很容易生鏽，所以必須考試。」

「考試……」

「就是剛才的搶劫事件。一個蒙面男人突然持刀闖入，抓了人質，我想瞭解妳在那種狀況下會有什麼反應，但是，我並非只是觀察妳對意外狀況的應對能力，妳後來是不是發現了這是有人安排的一場戲？」

「我當時覺得很奇怪，因為我以前曾經經歷完全相同的情境，而且蒙面男人的台詞也完全一樣……」

「妳是不是說那時候？」大瀨用強烈的語氣說，「三年前，妳參加甄選時演的戲，就是剛才的情境。在近郊的小餐館內，蒙面搶匪突然闖入，挾持人質，索取金錢──沒想到妳還記得。」

「我怎麼可能忘記？但是，我腦筋一片混亂。因為現實生活中，不可能發生和戲中相同的情況，所以我在分不清到底是現實還是演戲的情況下，身體做出了自然的反應，還來不及思考，就脫口說出了台詞。」

「妳的表現太精采了。我向來認為，舞台劇演員除了演技以外，還必須具備各種素養，最重要的是，遇到突發狀況時，能夠在剎那間應對的膽量和判斷力。在剛才那種緊張的狀況下，妳仍然能夠完成演技，我對妳的膽量表達敬意。妳的刀完全沒有生鏽，我可以對這件事掛保證，也就是說，妳通過了考試。」大瀨單手放在胸前，注視著美菜說：「所以我想拜託妳一件事，妳可以和我一起去美國嗎？我會帶妳去見導演，我要向導演推薦妳。」

美菜聽了大瀨突如其來的要求差一點昏倒。這是做夢嗎？還是幻覺？抑或是剛才那齣戲還在演？如果是這樣，自己該怎麼演下去？

「請等一下，」神尾說，「所以，你剛才是為了測試美菜身為演員的能力，才安排了這場鬧劇嗎？」

「雖然我對鬧劇這種說法有點意見，但差不多就是這樣。我要為沒有事先向你打招呼道歉，為了追求逼真，這也是不得已的事。」

「開什麼玩笑！」神尾難得變了臉，「你怎麼可以在我的店裡做這種事？剛才那個扮演歹徒的演員，手上拿的是真刀，如果有人受傷怎麼辦？搞不好會害我無法繼續營業。」

「你姪女的出現是失算，因為原本應該由她成為人質。」大瀨指著中年女人說，「結果你的姪女剛好撞到了演搶匪的演員，那名演員顯然認為如果不抓在他身旁的人作為人質很不自然。不瞞你說，我剛才也慌了神。」

神尾皺著眉頭，仰頭看著天花板。

「怎麼會有這種事？如果你事先和我討論，可以想出更好的點子。」

「很抱歉，我剛才也說了，這是為了追求逼真。」

「有很多方法可以不影響逼真，」神尾露出心有不甘的表情後，嘆了一口氣，「但是，你怎麼知道美菜今天晚上會來這裡？」

美菜也感到不解。

「很簡單，就是耐心等待機會的出現。因為我猜想她遲早會來這家店。」

「你的意思是，」神尾說完，轉頭看向美菜，「你一直在監視她的行動嗎？」

「因為沒有其他方法，有專門的業者接受類似的委託。」

美菜大吃一驚。「你請了偵探？然後一直監視我？」

「為了達到目的，只能不擇手段，但是，我無意侵犯妳的隱私，只是為了掌握妳的去向，但是，妳今晚的約會行程帶給我很大的勇氣。因為我瞭解到，妳並沒有失去對戲劇的興趣。」

美菜別過臉去，「我去看舞台劇，並不是還放不下表演。」

「但是，妳並沒有刻意迴避，這件事很重要。陣內小姐，妳願不願意考慮一下，跟我一起去美國？」

「你突然提出這種要求……我已經展開另一種生活了，也找到了自己的容身之地，事到如今，演戲這種事……」

「我當然不會要求妳馬上回答。我可以等妳一個星期。這是妳的人生，所以請妳認真思考，只是想對妳說一句話，我剛才也說了，美國有無限的機會，只不過機會不會出現在不願意挑戰的人面前。」大瀨的話在店內迴響，然後靜靜地消失。

「那就先這樣，」大瀨從皮夾中拿出一萬圓，放在吧檯上。「今天我們就先告辭了，我等妳的好消息。」他向中年女人使了一個眼色，兩個人一起走了出去。

美菜目送他們離開後，仍然茫然地站在原地。腦袋中掀起了風暴，擾亂了思緒，她無法整理出思考的頭緒。

「老闆，」她叫了一聲，她的聲音很無力，「你覺得我該怎麼辦？」

「呼！」神尾長長地吐了一口氣說：「這件事，只有妳自己能夠決定。」

神尾說的這句話完全正確，但也因此聽起來很冷淡。

「但是，」神尾又繼續說道：「以我個人的經驗，日本人要在美國的娛樂行業獲得成功非常困難，即使一時受到矚目，隔天可能所有的鎂光燈就消失了。那裡就是這樣的世界。」

「是啊……」

「而且妳不是終於找到了鑑定合格的男人嗎？」神尾對她露出了笑容。

「是啊，沒錯。」美菜也放鬆了臉上的表情，她差一點忘了栗塚。

「請喝渣釀白蘭地。」神尾把裝了透明液體的杯子放在美菜面前。

美菜喝酒之前，轉頭看向神尾真世，她無力地坐在吧檯角落，一臉茫然的表情。她似乎仍然驚魂未定。

「喂！」神尾叫了她一聲。

「嗚呃。」神尾真世發出了叫聲。

「妳怎麼發出這種奇怪的聲音？妳振作一點，給妳，這是回魂藥，妳也一起喝吧。」神尾說完，把裝了渣釀白蘭地的酒杯放在她面前。

6

美菜正在說明新推出的沙發，上了年紀的女性客人臉色越來越難看。

「妳剛才有沒有聽我說話？我不是說了，要買布沙發嗎？妳為什麼推薦皮沙發給我？皮沙發的價錢的確比較貴，但是我有我的考量。」

「啊，很抱歉，我忘記了。布沙發都在這一區。」

美菜慌忙帶她去了另一個區域，但是女性客人心情更加惡劣。

「怎麼回事？這些都是矮沙發，公司的會客室怎麼可能用這種沙發？妳把我當傻瓜嗎？」

「不，絕對沒這個意思……不好意思，我太大意了，原來是要放在公司的會客室，如果是這樣，皮革……」

「布沙發！我要說幾次妳才聽得懂！」

樓層經理可能聽到了女性客人的叫喊聲，趕緊走了過來。「不好意思，請問怎麼了？」

「你還問我怎麼了？能不能找稱職的店員來接待？」

「如果有什麼冒犯之處，我向您道歉，晚一點我會好好提醒她，那就由我來為您介紹。」樓層經理轉頭看著美菜，小聲對她說：「妳先回辦公室。」美菜向客人鞠了一躬，轉身離開了。

走去辦公室的路上，她感到沮喪不已。剛才接待客人的確太離譜了，挨罵也是理所當然的事。因為她根本無法專心工作。

她知道原因。大瀨對她說的話一直留在腦海中揮之不去。

再次前往美國，挑戰演藝事業──大瀨說的話太出乎意料了。原本以為那是和自己無緣的世界，已經放棄了，沒想到還是攪亂了內心的平靜。她對這件事感到心浮氣躁，甚至痛恨大瀨擅自打開了她已經封印的事。

美菜的心飛向了遙遠的過去。在她八歲的時候，因為父親工作調動的關係，全家都搬去美國生活。起初因為語言的關係吃了不少苦，但漸漸適應之後，交到了朋友，每天的生活都很快樂。

在她十歲的時候，她遇到一件很震撼的事。父母帶她去百老匯看了音樂劇。當布幕緩緩升起，她立刻深受吸引。歌曲和音樂深深震撼了她，演員的演技讓她感動不已，華麗的舞台更讓她陶醉其中。她發現原來藝術可以為人帶來如此幸福的感覺，不知不覺流下了淚水。

雖然她當時年紀還小，但她內心確信了一件事，自己屬於這個地方。有朝一日，自己會回來這裡，這是自己的命運。

父母反對她的想法。在演藝界獲得成功並非易事，更何況她是少數族裔。媽媽對她說：「百老匯並不是只演《西貢小姐》。」爸爸也說：「就連歌劇《蝴蝶夫人》，都是由外國人演的。」

即使如此，她仍然無法放棄夢想。十五歲時，全家要回日本，她堅持要一個人留在美國，但是父母不同意。

她在日本讀了高中，又讀了大學。在這段期間，她內心始終陷入天人交戰。日本的生活很不錯，不再是少數族裔這件事比想像中更舒適，但是，她對演戲的熱情並沒有減少。她加入了幾個小劇團，學習了表演。雖然不曾參與過大戲，但瞭解到表演的樂趣，最後決定去美國挑戰顛峰。

她在二十歲前的冬天放手一搏。她從大學休學，用形同離家出走的方式前往美國。

她在美國邊打工，邊努力以演員為目標。她參加過不計其數的甄選，但是很少能夠爭取到像樣的角色，即使偶爾爭取到有台詞的角色，也幾乎都是因為現實的考量，或是必須錄用不同族裔演員的關係，大部分時候只是舞台上的裝飾。

二十五歲那一年，她參加了最後一場甄選。那是前所未有的重要角色，是主角的年輕女生的朋友，同時也是司機兼保鏢。甄選考試時，要演在旅行途中遭到暴徒的攻擊，靠著膽量和機智化險為夷的那一幕。沒錯，就是在「陷阱手」上演的那一幕。

那次甄選落敗時，她下定決心，夢想到此為止。她隔天就踏上了回國之路。三年的時間過去，原以為早就忘記了一切──

手機的訊息聲把美菜從回憶拉回了現實。她慌忙拿出手機。是栗塚傳來的訊息。「今天晚上有空見面嗎？」

他們約在日本橋一家法國餐廳見面。她在餐廳門口報了栗塚的名字後，服務生帶她去了包廂。

「不好意思，臨時約妳。」栗塚向她鞠躬道歉。

「我沒問題，你不是很忙嗎？」

「的確有點忙，並不是因為閒著無聊，所以約妳出來見面。因為我無論如何都想見妳，所以特地擠出了時間。」他說話的聲音感覺比平時緊張。

「有什麼急事嗎？」

「急事……也不算太急。先不說這些，我們來吃飯。」栗塚找來了服務生。

他們用香檳乾杯後開始吃飯。第一道菜是醋漬馬加鰆。

「我上網查了一下我們那天看的那齣舞台劇，」栗塚說了起來，「實在太驚訝了。我看了知名評論家的評論，發現那位評論家指出了和妳說的意見完全相同的問題，說女主角的演技無法做到有弛有張是美中不足，如果前半部分的感情再稍微收斂一點，會呈現出更理想的效果。我太佩服妳了，妳對戲劇的審美觀簡直是專家等級。」

「沒有啦……只是剛好。」

一開口就聊舞台劇嗎？美菜忍不住感到憂鬱。她目前並不想討論這個話題。

「不瞞妳說，在看舞台劇時，我不時偷瞄妳。並沒有特別的意思，身旁有自己喜歡的女人，不是很想多看幾眼嗎？」栗塚毫不害臊地說，「然後我期待妳察覺我的視線，也轉頭看我，但是，妳自始至終都盯著舞台。」

「對不起，我完全沒有發現。」

栗塚笑著搖了搖頭。

「妳不需要道歉。我事後反省，既然要把戲劇當成興趣，當然要更專心。」

「那要不要找其他興趣？」

栗塚聽了美菜的提議，瞪大了眼睛說：

「這怎麼行？好不容易才剛開始，我想多瞭解。下次要不要去看音樂劇？我查了一下，日本的劇團在演好幾齣百老匯的作品，妳有沒有看過？」

「不，我沒在日本看過。」

栗塚聽了美菜的回答，眉毛動了一下問：「所以妳是在百老匯看的嗎？」

「小時候看過幾次……很久以前的事了。」

自己太多嘴了。美菜有點後悔。

「原來是這樣，妳喜歡哪一齣？」

「不知道欸，」美菜歪著頭說，「我剛才也說了，是很久以前的事了，所以記不太清楚了……硬要說的話，可能是《芝加哥》……」

「喔喔，《芝加哥》啊。」栗塚拿起手機操作起來，「是不是這齣？」他說完這句話，就聽到了爵士名曲。

華麗的舞蹈立刻浮現在美菜的眼前。當年聽說由日本演員演主角時，她不知道有多嫉妒——

栗塚又操作了手機，停止了播放的音樂。「音樂的確很好聽。」

美菜拿起杯子，喝了一口香檳，試圖消除腦海中的畫面。

「我也曾經去過紐約幾次，可惜從來沒有去看過音樂劇。其實我曾經有一次，有機會去看，別人送了票，但是我找不到別人和我一起去，結果就轉送給別人了。我記得是一部很紅的作品。」

「什麼作品？」

「我忘了是什麼名字，只記得摩門什麼。」

美菜的腦內立刻迸出了火花。「《摩門經》嗎？」

「嗯，好像就是這一部。」

「你把票送人了？」美菜說話的聲音忍不住激動起來。

「是啊……有什麼問題嗎？」

「你不知道當年我為了買一張票，真的費盡心思——」她發現自己的語氣太激動，乾咳了一下說：「對不起……」

栗塚打量著她說：

「妳果然對戲劇很內行。」

「也不是這樣……」美菜想要改變話題，「你去紐約是觀光嗎？」

「是去工作。我不知道有多少年沒有去觀光旅行了，所以就連國內也有很多地方沒去過。」

「札幌呢？你有沒有打算什麼時候回去探親？」

「札幌……嗎？」栗塚突然露出嚴肅的表情，「我原本打算晚一點才談論這個話題。」

「為什麼？」

「其實我打算下個星期回去，因為有事要向父母報告，只是目前還不知道有沒有辦法向他們報告，如果不行的話，就只能取消了。」

美菜聽不懂他的意思，歪著頭看著他。

栗塚緩緩拿出一樣東西放在美菜面前。那是一個四方形的小盒子。美菜看到那個小盒子的瞬間，立刻心跳加速。因為她知道小盒子裡面裝了什麼。

「妳打開看看。」栗塚說。

美菜戰戰兢兢地伸手拿起小盒子。她打開蓋子的手指在發抖。

小盒子裡是一枚鑲了大顆鑽石的戒指，戒身上也鑲滿了碎鑽。

「那我就單刀直入地問妳，妳願意嫁給我嗎？」

他直截了當的問題，讓美菜有點暈眩。

她不知道期盼了這一天有多久。每次想像理想中的對象向自己求婚的瞬間，雙眼就忍不住發亮。從她放棄在美國成為演員的夢想那一刻開始，她就覺得那是自己得到幸福唯一的方法。

「我知道妳需要考慮，」栗塚一臉嚴肅的表情說：「但如果可以，我希望越快越好，我剛才也說了，我打算下個星期回老家。」

「我知道了，我想應該不會讓你等太久。」

其實，美菜早就已經決定了，沒有立刻回答只是一種「表演」。

「這樣啊，那這個戒指就先放在我這裡。不瞞妳說，這個戒指是特別情商珠寶店借我的，知道妳的指圍後，我會正式訂製。」

「謝謝。」

美菜蓋上蓋子，把小盒子還給了栗塚。

「要不要再來一杯香檳？我想再乾杯一次。」

「好，我也贊成。」

栗塚找來服務生，點了香檳。

「說回旅行的話題。」栗塚說，「妳有沒有什麼特別想去的地方？」

「有很多啊……你呢？除了工作以外，你有想去的地方嗎？」

「我也不知道，但是，我想和妳一起去一個地方，那就是百老匯。」

「喔……」美菜露出了苦笑，沒想到又回到了這個話題。

「入夜之後，和妳一起走在五光十色的時代廣場一定很棒，我們一起走去百老匯，然後看到一家又一家劇場。妳喜歡《芝加哥》，我會去訂最好的座位。走進劇場，看到觀眾席的高級座位，我們緩緩走下樓梯，走向我們的特等座位。坐下之後，我們抬頭看向舞台，等待布幕升起。」

栗塚說的話讓美菜在腦海中回想起清晰的畫面。夢想和憧憬的百老匯。自己不知道去了多少次。

「接著，布幕緩緩升起。現在的我還無法瞭解舞台上會出現什麼樣的表演，但我相信一定很精采，音樂也一定很吸引人。我們陶醉其中，忘了時間的存在。」

美菜聽了栗塚說的話，在內心反駁。才不是吸引人而已。開場就是名曲 *All That Jazz*。燈光下，舞台上的女人表演精湛的舞蹈，編舞都經過精心設計，每一個動作都傳達了強烈的訊息。觀眾屏息凝神地注視著舞台上的表演——

「不對。」美菜小聲嘀咕。

「啊？妳說什麼？」栗塚問，「怎麼了？」

「不對，」美菜又重複了一次，「我並不是坐在觀眾席上。」

7

真世走進「陷阱手」，武史正拿著手機講電話。

「……這樣啊，那真是太好了。……是啊，我當然很期待。我知道為妳擔心是多餘的，但還是衷心祈禱妳一切順利。……好，那就保持聯絡。」掛上電話後，露出冷漠的表情看著真世說：「妳也來得太早了，現在還不到七點。」

「我和栗塚先生約了在這裡見面。他突然說有事要和我談一談，我猜想是關於裝修的事，但到底是什麼事呢？」

武史不感興趣地聳了聳肩說：「不知道。」

「說到栗塚先生，妳有沒有聽說美菜的事？她去了美國。」

「我知道，剛才就是和她通電話。」武史說話時，搖了搖手上的手機。「她已經找到住處了，今天就已經開始進行聲音技巧訓練。」

「原來是這樣啊，但是太驚訝了。因為她和栗塚先生的感情似乎發展得很順利，我以為她已經拒絕了去美國這件事。」

武史沒有反應，面不改色地檢查著酒櫃中的酒。真世對武史的不理不睬感到很生氣。

這時，入口的門打開了，栗塚笑容可掬地走了進來，向真世打招呼說：「妳好，不好意思，臨時約妳來這裡。」

真世站起來說：「我在此恭候大駕。」

「真是說人人到啊。」武史說。

真世轉頭狠狠瞪了他一眼說：「你不要多嘴。」

「你們在聊我什麼？」栗塚在高腳椅上坐了下來。

「沒有，你不必介意。」真世慌忙擠出笑容。

「那我來猜一猜。」栗塚舔了舔嘴唇後繼續說了下去，「該不會是我被陣內美菜甩了的事？」

真世屏住呼吸，伸手捂住了嘴。

栗塚呵呵笑了起來，「看來我猜對了。」說完，他抬頭看向武史問：「你還沒有告訴她真相吧？」

「我想等你來了之後再說比較好。」

「原來是這樣。」

真世聽了他們的對話，忍不住皺起眉頭。真相是什麼意思？而且武史對栗塚說話的語氣突然變得很熟絡也有點奇怪。

「怎麼回事？這是什麼意思？」真世輪流看著他們兩個人。

武史抱著雙臂，低頭看著她說：

「妳應該記得那天在這裡上演的那齣戲吧？雖然妳被蒙面男人脅迫，嚇得昏過去了，但記憶不至於消失吧？」

「我怎麼可能忘記？」真世嘟著嘴說，「而且我並沒有嚇昏過去，只是有點茫然。那齣戲怎麼了？」

「其實我之前就知道大瀨逸郎是以美國為主戰場的製作人，我以前在那裡工作時，曾經和他見過幾次，也是因為這層關係，他才會來這家店。」

「果然是這樣。我第一次在這裡見到他時，就有這種感覺。但是那天你們並沒有提這件事。」

「因為有各種原因，現在就來向妳說明這個問題。那天晚上，大瀨說的話大部分都是事實。他在這家店發現美菜之後，無論如何都希望可以帶她去美國見導演，於是他就和我討論這件事。起初我以為他在開玩笑，但他的態度很認真，我也就不能隨便聽聽而已。我對他說，我瞭解了，會盡力協助他，於是他就提出要演那齣戲。結果妳也知道很成功，大瀨確認了美菜的魅力絲毫不減。妳突然闖進來加入了這場戲，對妳來說，有點像是參加了整人遊戲。」

「才不是這麼輕鬆而已，可把我害慘了，我可能會留下心靈創傷。」

真世目前看到刀子，仍然會情不自禁閉上眼睛。

「我想妳當時也聽到了，原本是另一個女人要扮演人質的角色，配角突然換了人，演強盜的那個演員也慌了神。當時我也提心吊膽，不知道會有什麼狀況。」

「原來是這樣，但是你表現出你也不知道是在演戲的樣子，為什麼呢？」

「這是有原因的，因為對美菜的考試還沒有結束。」

「什麼意思？」

「大瀨和我討論這件事時，我提醒他一件事，要讓美菜回去演戲，有一個很大的障礙。真世，妳應該知道是什麼障礙。」

被武史這麼一問，真世只能想到一個答案。

「該不會是她想嫁給有錢人這件事？」

「沒錯，她想嫁給有錢人的想法很強烈。大瀨聽了之後，認為這個問題非同小可。因為有想要和有錢的男人結婚得到幸福這種安逸想法的人，無法在美國演藝界這種嚴峻的世界生存。於是就有了第二場考驗，想要瞭解她到底選擇嫁給有錢人，還是重返演員之路。」

「嫁給有錢人？」真世在說話的同時看向身旁，發現栗塚露出了笑容。

「啊？該不會……？」

「妳猜對了。」栗塚鞠了一躬，「終於輪到我了。」

「所以你愛上美菜是在演戲？」

「的確是這樣。很抱歉，讓妳蒙在鼓裡。」

「咦？但是你會認識美菜，是我帶你去『巴洛巴克』……」真世說到這裡，恍然大悟，「不對，當初是你堅持要找那張沙發，我們才會去『巴洛巴克』，所以……」她緩緩看向栗塚，「這齣戲該不會從你打電話去我的公司，說要裝修房子就開始了？」

「對不起。」栗塚再次鞠躬道歉，「我也於心不忍。」

「這也太……」真世說不出話。

「妳不要責怪他。」武史在一旁插嘴說，「他以前是演員，只是受大瀨的委託，按照大瀨的指示行動，劇本是我想的，之所以利用妳，是因為如果使用交友APP，恐怕需要很長時間才能得到美菜的信任，但如果是朋友介紹，安心感就完全不一樣。」

真世雙手放在吧檯上，瞪著武史說：

「既然這樣，你可以事先告訴我實情啊，我也很樂意協助。」

「也許是這樣，只不過如此一來，就會有一個很大的不安因素。」武史豎起了食指，「那就是妳的演技。」

「太傷人了，我也會演戲……」

「美菜可是專業的演員，」武史冷冷地說，「如果她發現妳的言行不自然，整個計畫就泡湯了，現在這樣很好。」

「所以，裝修房子的事……」

「沒這件事。」武史當下回答，「那個房子是我朋友的家，他目前在國外工作，我向他說明了情況，於是他就借我使用。但是，妳不必悲觀，等他回國想要裝修房子時會打電話給我。」

「怎麼會這樣！唉，原本還以為終於接到一個大案子，」真世托腮說道，但突然停了下來，轉頭看向栗塚問：「但是，如果美菜選擇要嫁給有錢人的話，你打算怎麼辦？」

「不，神尾先生說不可能有這種事……」

真世抬頭看著武史問：「你為什麼這麼斷言？」

「只要持續觀察美菜就知道。雖然她以為自己在鑑定那些人，但其實是在鑑定自己未來的生活。如果有機會能夠公正評價現在而非將來的她，我想她不可能放棄。」

真世咀嚼了武史的這句話後問：「你的意思是，她並不排斥別人鑑定她？」

「只要有自信，就不會排斥。尤其是像她那樣有才華的女人，根本沒時間去鑑定男人。」武史說完，打了一個響指。下一剎那，他的指尖出現了一張照片。

那就是陣內美菜參加甄選所拍的照片。

專文推薦

睡著也好醒來也罷，魔術師都會在吧檯後陪妳

作家．盧郁佳

東野圭吾前作《迷宮裡的魔術師》中，偵探神尾武史一登場就像陳柏惟[2]開噴，一尊槓精躍然紙上，句句充滿侵略性，哪裡有他在，哪裡就是他的主場。碰觸陌生人的身體是社交禁忌，但神尾武史下手毫不猶豫。他身為留美魔術師，以舞台表演的職人手法，一邊跟調查命案的刑警大叔對話，一邊無情探入對方身上的西裝內袋，迅雷不及掩耳掏出警察證件、手機翻搜，光天化日打劫就像走自家廚房那麼行雲流水，連老鳥刑警都防不勝防，一邊唉唉叫一邊任憑宰割。他畢生遵奉「你的就是我的，我的還是我的」，以貪婪自律，包括別人的錢：他像卑鄙源之助[3]隨時找機會敲竹槓白吃白喝，能報帳必吃豪華大餐，自掏腰包就買超商便當勤儉持家。喪家想打聽什麼資訊，他說「就用來代替奠儀」，真的把包出去的鈔票

2 前台灣立法委員。
3 台灣 YouTuber「反正我很閒」的原創角色，人設為無所不用其極地貪小便宜，態度卻非常理直氣壯、沾沾自喜。

從白包裡偷回來，只剩空袋，堪稱地表最摳門。搜刮別人的個資，無論對著生張熟魏，謊話張嘴就來，臉不紅氣不喘，分分鐘能套出對方不想洩漏的資訊。竊取別人的影像、聲音、思路，家常便飯。對著傻白甜助手姪女真世找碴鬥嘴，宛如對口相聲。光是看他次次秀下限，就讓人嘴角失守噗哧。

那時我還沒察覺，下流竟然是一種我所缺少、且不可觸及的權力。它是方向盤，主導場面往自己所需的方向發展。

到了系列續作《謊言裡的魔術師》，魔術師神尾武史竟然扮演起兩性導師許常德。序章〈TRAPHAND〉中，網約初見面，美菜就忙著打聽男伴身家資產，不怕別人說她心機重、撈妹，神尾武史卻告訴她：「妳是想法很務實的人，很詳細地瞭解他的資產狀況，而且不是不經意地打聽，而是大膽地直球對決。我並不是在批評妳，而是稱讚妳這樣做很好，因為這是關係到自己一輩子的事，不需要有任何顧慮。」「在決定結婚對象時，鑑定對方的背景很重要，二十年前，松嶋菜菜子在電視劇中也說過這句話。」

電視劇應該是《大和拜金女》，松嶋菜菜子飾演的女主角神野櫻子金句連發：「看男人，首先要觀察他的車鑰匙，然後再推測他的年收入，不動產，股票……

如此一來他的價值就無所遁形了。」「年收、遺產、不動產。愛情可以讓人幸福嗎？我才不這麼認為呢！」「沒有錢的男人，管他是死是活，我都當他不存在。」

誰也沒想到，櫻子在空姐光鮮亮麗外表下，其實是《乞丐囝仔》賴東進行乞十六年娶到富家女、《流氓教授》礦工兒子林建隆開賭場殺人未遂坐牢苦學讀博士，那樣的白手起家勵志典範。櫻子在富山漁村從小忍受爸爸酗酒，哥哥們鬥毆爭奪食物，決心脫貧，靠自己的雙手改變命運。高中畢業就偷了爸爸存摺印章逃到東京，以贓物商的鷹眼從手錶鑑定聯誼男人的階級。為了胸前別有賽馬馬主徽章的聯誼紳士，拋棄大醫院小開遞上的婚戒，誰知「馬主」其實只是繼承魚店的魯蛇數學家。如果有神尾武史手把手教估價，櫻子就不會犯這種低級錯誤了。是的，物化男人的女人，不需要改邪歸正相信愛情，只要有魔術師幫忙。

美菜只是一連串命運的敲門聲。接下來各篇，櫻子說的「遺產、不動產」還有婚姻，才真正開始拷問女人。在釣金龜婿的撈女、情婦、逆媳等汙名標籤背後，常像網紅律師粉專貼的離婚案例，有個老實姑娘，以及她不知道自己擁有的、沉睡的自我。還有一想到真要伸張權利時，她那股自我厭惡和內疚，自問：「這樣真的可以嗎？」

〈懷了繼承人的女人〉中，兒子過世留下房子，老夫婦原本委託真世裝潢自住。不料離婚媳婦懷孕了，宣稱孩子有權繼承房子，老夫婦只好取消裝潢委託。真世替老夫婦叫屈，義憤填膺時，叔叔神尾武史卻勸她：改向前媳婦毛遂自薦做裝潢。

真世皺起眉頭說：「我怎麼可能做這種沒品的事？」「我不可能做這種事，我無法背叛富永夫婦。」

「妳不必在這種無聊的問題上這麼一板一眼，只要認為是做生意，這種事就根本不重要了。」

對話乍看只是過場，實際上直扣核心。無數情侶、夫妻，像這對叔姪一樣深感雞同鴨講：一方感嘆社會不公不義，事情不該如此，尋求伴侶同理共鳴，希望自己能做點什麼去改變。一方主張現實如此，只能接受，每個人都該替自己打算，如國片《老狐狸》中，老江湖富商教被欺負的男童，遇到別人受難時，心裡暗念消災避禍的口訣「干我屁事」。

家庭、社會訓誨女人要友善親切，作家人朋友的情感後盾，為對方著想，隨時滿足對方的需要。不能沒有同理心，禁止從老夫婦的損失中牟利。

總之，女人不能有界線。

訓誨男人要有魄力，知道怎麼決定都無法討好每個人，所以要什麼就動手拿，不用理會別人怎麼想。不能軟弱感情用事，接案該賺的要一毛不少落袋。

總之，男人必須死守自己的界線，主動打破女人的界線。

法律規定遺產繼承權男女平等。實務上，女兒、以及嫁出去的女兒，往往被排除在外。在鄉下同住的兒子撞車賠人、換車，屢次投資創業負債，老母親總叫在城市奮鬥買房的女兒出錢收爛攤子。父母買房投資，登記在兒子或女兒名下。夫妻買房，登記在誰名下。都是靈魂拷問。女人為自己要求平等，自知在別人看來，往往罪大惡極。

〈虛幻女人〉對女人的天真，寄以深沉的悲憫。我只在東野圭吾《真夏方程式》裡看過，偵探伽利略發現火車上偶遇的男童小白兔誤入叢林陷阱而不自知時，那份迂迴暗助的悲憫。照神尾武史這尿性，本該像欺負姪女真世，一言不合就開酸：「妳不要覺得別人都跟妳一樣（不用腦）」，沒想到靜水流深，他跟伽利略一樣不說破，不驚動，等當事人自己察覺有異。雖然一毛不拔，卻自費無酬奔走調查，洩漏了外傲內嬌。

服飾店女店員柚希，邂逅了英俊瀟灑的男顧客智也。酒過三巡，他坦承有妻有子，感情不好，分居。然後要求交往。柚希心想，至少他很誠實，知道那些騙人說未婚的男人很愚蠢。柚希婉轉問他會不會離婚，他爽快答「目前沒這打算」。

換成我應該不敢問。我怕男人知道我竟敢有私心為自己打算，面對這份誠摯的告白，竟然無意慷慨為愛奉獻一切。為了面子，演也要演給對方看，因為我有義務證明我不是撈女。柚希比我強多了，神尾武史如果聽了應該也會稱讚：「妳這樣問很好，因為這是關係到自己一輩子的事，不需要有任何顧慮。」

柚希有在為自己打算。因為她覺得如果不答應，男人走出餐廳，這輩子就不會再約她了。而世界上也不會有更好的男人。柚希抱持流血的決心，選擇了愛情。

就像幼兒期待母親為她做的，柚希天真無邪，在現實中投射出一個全然愛著她、完全為她而活的人。

「柚希不覺得自己和智也是婚外情。因為智也從來不談家裡的事，但柚希對結婚不抱希望。因為她告訴自己，不能有這樣的期待。」因為知道，想結婚，關係就會結束。為什麼一個為她而活的人，會因為她想結婚就不要她？反過來說，就因為她不指望結婚，所以才獲准留在他身邊。兩種思維本不相容，但卻必須在某種契機之下，其間如大峽谷般的裂縫，才會從迷霧後現身。柚希抱持流血的決心，選擇了探索真相。她的勇氣就像把屋頂颳上天的龍捲風一樣，成就了翻天覆地的革命偉業，令人尊敬。

我總知道別人應該怎麼對待我，即使那不是我想要、願意的。但因為別人一直都這麼對待我，所以我最後還是會買單。然後自嘲因道德潔癖吃了多少苦，但仍感覺良好，因為我是對的那一方。

神尾武史看著這樣的我們，站在吧檯後擦杯子，沉默暖心守護著顧客的哀怨。然後我們身邊的日常，不知何時就化為一場魔術秀，猶如置身鏡反射迷宮中一般真幻難分，關係逆轉，物件、人物、情境定義都被偷換，角色被迫轉換框架來看待自己的人生。

遊戲規則一變，鑑定別人的人，反而被鑑定。過去的明星下台一鞠躬，未來的明星奔赴舞台而上。不著痕跡地，神尾武史的掌中魔術，在各篇中竟已逐漸讓位給顧客的眩目大秀，成為暖場表演，和解謎的引言。因為觀眾的驚歎鼓掌已不重要，把世界像一隻高跟鞋般顛倒過來敲一敲，只為倒出角色內心如礫石般細微且折磨人的真實想法。原來，東野圭吾才是舞台深紅簾幕後，手法精湛的魔術大師。

國家圖書館出版品預行編目資料

謊言裡的魔術師 / 東野圭吾著 ; 王蘊潔譯. -- 初版.
-- 臺北市 : 皇冠, 2024.08　面 ; 公分. --（皇冠叢書 ; 第 5173 種)(東野圭吾作品集 ;45)
譯自 : ブラック・ショーマンと覚醒する女たち

ISBN 978-957-33-4180-2(平裝)

861.57　　113010007

皇冠叢書第 5173 種
東野圭吾作品集 45

謊言裡的魔術師

ブラック・ショーマンと覚醒する女たち

作　　者—東野圭吾
譯　　者—王蘊潔
發 行 人—平　雲
出版發行—皇冠文化出版有限公司
台北市敦化北路 120 巷 50 號
電話◎ 02-27168888
郵撥帳號◎ 15261516 號
皇冠出版社（香港）有限公司
香港銅鑼灣道 180 號百樂商業中心
19 字樓 1903 室
電話◎ 2529-1778 傳真◎ 2527-0904
總 編 輯—許婷婷
責任編輯—黃雅群
內頁設計—李偉涵
行銷企劃—蕭采芹
著作完成日期— 2024 年
初版一刷日期— 2024 年 8 月

法律顧問—王惠光律師
有著作權 ・ 翻印必究
如有破損或裝訂錯誤，請寄回本社更換
讀者服務傳真專線◎ 02-27150507
電腦編號◎ 527046
ISBN ◎ 978-957-33-4180-2
Printed in Taiwan
本書定價◎新台幣 480 元 / 港幣 160 元